Promemoria

11

DELLA STESSA SERIE
nella collana «La memoria»

Un Natale in giallo
Capodanno in giallo
Ferragosto in giallo
Regalo di Natale
Carnevale in giallo
Vacanze in giallo
La scuola in giallo
La crisi in giallo
Turisti in giallo
Il calcio in giallo
Storie di Natale
Viaggiare in giallo
Un anno in giallo
Una giornata in giallo
Cinquanta in blu. Otto racconti gialli
Cinquanta in blu. Storie

Giosuè Calaciura, Andrea Camilleri,
Francesco M. Cataluccio,
Alicia Giménez-Bartlett, Antonio Manzini,
Francesco Recami, Fabio Stassi

Storie di Natale

Sellerio editore
Palermo

2016 Prima edizione «La memoria»

2021 Prima edizione «Promemoria»

Traduzione di Maria Nicola

Il racconto di Francesco M. Cataluccio viene pubblicato in accordo con The Italian Literary Agency

Questo volume è stampato su carta Holmen Book Cream prodotta dalla cartiera Holmen Paper AB con l'impiego di fibre cellulosiche provenienti da gestione responsabile delle foreste e da altre fonti controllate.

Storie di Natale. - Palermo: Sellerio, 2021.
(Promemoria ; 11)
EAN 978-88-389-4298-3
853.91408334 CDD-23 SBN Pal0349457

CIP - *Biblioteca centrale della Regione siciliana «Alberto Bombace»*

Storie di Natale

Andrea Camilleri

I quattro Natali di Tridicino

Uno

Tridicino era stato accussì chiamato di nomi pirchì era il tridicisimo figlio di Tano Sghembari e di Tana Pillitteri.

Ed era figlio unico, in quanto non aviva cchiù né frati né soro essenno che tutti l'autri dudici erano morti uno appresso all'autro quanno che c'era stata la passata di 'na terribili pidimia di qualera.

Tano possidiva 'na varca a vela, che s'era accattata col dinaro che gli aviva lassato in ridità un sò zio, con la quali annava a piscari aiutato da sò mogliere Tana, e campava accussì, vinnenno quello che arrinisciva a tirari fora dall'acqua con la riti.

Come i frati e le soro che l'avivano priciduto, Tridicino nascì proprio dintra a quella varca, sò matre si sgravò mentri che attrovavasi a bordo, a sei miglia da Capo Russello, la matina del quinnici di maio del milli e ottocento e deci.

Appena che vinni alla luci, Tano lo pigliò e lo puliziò 'nfilannolo nell'acqua di mari. Quanno che un attimo doppo lo tirò fora, il corpo di sò figlio era completamenti 'nturciuniato nelle alghe, squasi che il mari l'avissi voluto arraccanosciri come a 'na criatura che gli appartiniva.

E sempri dintra alla varca Tridicino si sucò il latti materno, criscì, 'mparò a stari addritta, passò le malatie che venno a tutti i picciliddri, sanò, e a sei anni era già tanto forti e travagliatore che potiva aiutari a sò patre nella manopira della vela.

Quanno che fici deci anni, sò matre Tana pinsò bono di non annare cchiù a mari, tanto Tano oramà l'aiutanti l'aviva e lei potiva finalmenti pirmittirisi di chiangiri i sò figli morti. Tana si misi a fari la fìmmina di casa in modo che i sò dù òmini, tornanno dalla fatica, ogni jorno attrovassero qualichi cosa di càvudo da mangiari.

Tridicino era 'na speci di pisci, capace di stari sott'acqua chiossà di cinco minuti filati senza ripigliare sciato e d'arrivari 'n grannissima profunnità in un vidiri e svidiri.

Se la scialava ad agguantari con le mano certi purpi granni e grossi quanto a lui e a strapparli dalli scogli indove quelli s'aggrampavano con tutti i tintacoli e po' certe vote si mittiva a jocare a tistate coi delfini che annavano appresso alla varca.

Aviva macari 'n'autra particolarità.

A sidici anni accanosciva alla perfezioni 'u giro del tempo e la cunnutta dei venti e delle correnti che manco un marinaro con una spirenzia cinquantina.

Capitava che spisso e volanteri l'autri piscatori s'arrivolgivano a lui per consiglio.

«Tridicì, dumani che facemo, niscemo?».

Tridicino taliava il mari, il celo, la cursa delle nuvoli, il movimento dell'acqua e po' sintinziava:

«Nisciti presto, pirchì a mità matino farà burrasca forti».

E a mità matino, puntuali, si scatinava burrasca.

'Na vota che sò patre non era potuto annare a piscari pirchì aviva la 'nfruenza, Tridicino vinni 'nvitato nella varca di Japichino Scozzari, che era il cchiù vecchio e sperto marinaro di Vigàta e che non aviva figli o nipoti.

«Ci veni con mia, Tridicì?».

«Zù Japichì, vossia mi devi ascusari, ma non mi pari cosa di nesciri. Si pripara un malottempo tinto assà».

«Lo saccio che non è cosa, Tridicì. Ma io non voglio nesciri per pigliari pisci».

«E allura pirchì?».

«Se avemo fortuna, t'imparo l'unica cosa di mari che ancora non accanosci».

«Mi voliti fari 'mparari la vostra arti?».

«Sì. Tu nni sì digno».

«Vegno» fici Tridicino.

E si sintì filici e scantato in una botta sula.

Pirchì 'u zù Japichino era l'unico marinaro di tutta la costa a possidiri, a quanto si diciva, l'arti e il coraggio di mittirisi facci a facci con la dragunara, accussì era chiamata la tirribbili trumma marina, e di tagliarla con un colpo sulo.

Ed era chiaro che, non avenno eredi, voliva trasmittiri a lui il sigreto che picca pirsone al munno accanoscivano.

Era un'arti antica e sigreta che non stava scrivuta in nisciun libro di mari, passava di vucca 'n vucca, di generazioni in generazioni, a Japichino gliel'aviva 'mparata sò patre Nunzio, a Nunzio sò patre Malino e accussì s'acchianava e s'acchianava narrè nella notti del tempo fino a quanno si pirdiva il nomi del primo che aviva accaputo come si faciva a tagliari la dragunara.

Ma Tridicino era macari scantato pirchì aviri a chiffare facci a facci con la dragunara squasi sempri significava morti per acqua di l'omo e distruzioni completa della varca.

Gli era capitato, a Tridicino, di vidiri 'n luntananza 'na dragunara e non se l'era cchiù scordata.

Era come uno 'mbuto giganti che funzionava arriversa di come funzionava uno 'mbuto: 'nveci di fari scinniri l'acqua verso il vascio se la sucava dal mari fino a portarla 'n celo, era àvuta quanto un palazzo di cinco piani, la parti stritta 'nfilata dintra al mari, la parti larga rapruta 'n mezzo alle nuvoli come un gigantisco sciuri maligno, e si sucava tutto quello che 'ncontrava nel sò camino e po' facennolo firriari vilocementi nel sò interno se lo portava fino alla massima altizza e da lì lo lanciava lontano, come capita quanno sputi supra a 'na trottola.

E la rumorata scantusa che faciva!

Cento para di tori arraggiati che arrumugliavano tutti 'nzemmula avrebbiro fatto meno frastono.

Col vento forti 'n puppa, filavano ch'era 'na billizza, ma viniva difficili governari la vela.

Via via che la costa addivintava 'na linia tanticchia cchiù scura tra celo e mari, i cavaddruna si facivano sempri cchiù àvuti e violenti, erano come cazzotti alla panza della varca che si nni risintiva tanto che il fasciami si lamintiava priciso 'ntifico a 'na criatura che provava dolori.

L'occhio esercitato di 'u zù Japichino fu il primo a vidiri la dragunara a granni distanzia, 'na speci di fumo nìvuro dintra al grigio uguali di l'aria e dell'acqua.

«Eccola!» gridò.

Tridicino taliò nella direzioni che Japichino 'ndicava e la vitti.

Era come 'na vestia sarbaggia, 'na mala vestia potenti e scantusa, che s'avvintava verso di loro volanno e minazzannoli con una speci di scotimento di l'aria che pigliava sono e pariva la voci del giudizio niversali.

Annichiluto dallo scanto, Tridicino affirrò 'mmidiato il timoni con le dù mano e circò di cangiare rotta.

«No! No! Dritto contro la dragunara!».

La voci di 'u zù Japichino, che puro era potenti, gli arrivò appena appena, mangiata da quella della vestiazza firoci.

Tridicino bidì, a malgrado che trimava tutto già sintennosi pigliari dal gelo della morti.

Tempo un attimo Japichino, che pariva essiri tornato picciotto, ammainò, si misi ai remi e principiò a vogari alla dispirata verso il becco-pompa dell'armàlo 'nfilato nell'acqua.

Quanno che la prua fu a dù metri dalla dragunara, si susì addritta, fermo, 'mmobili, un rimo 'n mano tinuto àvuto supra alla sò testa come 'na lancia, e po', dicenno qualichi cosa che Tridicino non accapì, lo conficcò usanno stavota tutte e dù le mano, con tutta la forza che aviva, in un punto priciso del becco-pompa, a circa dù metri d'altizza dal pilo dell'acqua ribollenti.

Subito, indove la punta del remo era trasuta, si raprì come uno squarcio in un tissuto, s'allargò, l'interno del corpo della dragunara s'ammostrò per un attimo fatto priciso alle maglie d'una riti a spirali che cidivano una appresso all'autra, po' quel corpo di mostro pirditti forma, consistenzia e forza, addivintò sulo 'na massa gigantisca d'acqua che s'arrovesciò con violenza supra alla varcuzza inchiennola tutta e facenno cadiri ai dù òmini 'n mari.

«Hai viduto come si fa?» spiò Japichino mentri che stavano tornanno a ripa.

«Sissi, zù Japichì. Ma come aviti fatto a capiri qual è il punto priciso indove 'nfilari 'u rimo?».

«La testa della dragunara è uguali a quella d'ogni autra vestia. Avi macari l'occhi. E tu devi pigliarla in uno dei dù occhi che sunno pricisi 'ntifichi a dù granni pirtusa. Se sbagli il colpo, sei fottuto, la dragunara t'afferra e non hai cchiù salvizza».

«Mi parsi, ma forsi mi sbagliai, che dicivavu macari qualichi cosa che non sintii».

«Non ti sbagliasti. Quello è lo scongiuro sigreto. Va ditto a mezza voci mentri ti pripari col rimo».

«Me lo potiti arrivilari?».

«Certo. Ma tu prima mi devi giurari che non lo dici a nisciun essiri viventi supra alla terra».

«Ci lo giuro».

'U zù Japichino arridì.

«Non abbasta».

«Allura che devo fari?».

«Devi fari un giuramento sullenni, che 'na vota fatto non si pò rinnigari, supra alla vita e supra alla morti».

«Non l'accanoscio».

«Arripiti con mia».

'U zù Japichino si susì addritta. Macari Tridicino. 'U zù Japichino si misi 'na mano supra al cori. Tridicino puro lui.

Po' 'u vecchio dissi:

Animi dei marinari morti annigati,
taliate a nui e po' testimoniati:
ch'io mora sulo, 'nfami e dispiratu
si alla palora data aiu mancatu.

Tridicino l'arripitì.

«Ora t'arrivelo lo scongiuro».

«No» fici Tridicino.

'U zù Japichino lo taliò 'mparpagliato.

«Pirchì?».

La risposta di Tridicino arrivò dicisa.

«Pirchì sugno certo che non avrò mai 'u coraggio vostro davanti a 'na dragunara».

«Non si sapi mai prima se uno avi 'u coraggio di fari 'na certa cosa. È quanno sei al punto che 'u coraggio ti veni o non ti veni. Sulo in quel priciso momento sai di che pasta d'omo sei».

Tridicino ci pinsò supra tanticchia. E arrivò alla conclusioni che 'u zù Japichino aviva raggiuni.

«E vabbeni».

«Avvicinati che te la dico in un oricchio. Arricordati che manco il mari la devi sintiri».

Tridicino aviva un sulo amico, piscatori macari lui, che di nomi faciva Cosimo Imparato.

Si vidivano davanti alla chiesa la duminica matino e si annavano a viviri un bicchieri di vino 'nzemmula.

Cosimo aviva perso il patre 'n mari e tiniva perciò a carico la matre e 'na soro di nomi 'Ngilina che Tridicino manco accanosciva pirchì le dù fìmmine non niscivano mai di casa.

Cosimo non possidiva un ligno sò, ma travagliava in una delle varche di proprietà di don Sarino Sciabica che a Tridicino non faciva sangue pirchì era un omo pripotenti come a tutti i ricchi, in quanto possidiva sei paranze che gli rinnivano bono assà.

Due

Tano 'na sira, tornanno dalla pisca, dissi che non si sintiva bono. Si annò a corcari e l'indomani a matino sò mogliere l'attrovò morto dintra al letto. E fu accussì che Tridicino, a diciott'anni appena fatti, addivintò capofamiglia.

Era la vigilia di Natale quanno che le varche erano allura allura tutte ritrasute 'n porto dalla pisca, Paolino Siragusa, che cumannava una delle paranze di don Sarino, ma che era macari 'u capo arraccanosciuto di tutta la ciurma delle varche, gli spiò al solito:

«Tridicì, dumani niscemu?».

«Iu non mi catamineria dumani» fu la risposta.

«E pirchì?».

«Ci sarà timpesta».

«Allura dumani tutti 'n libbirtà» fici Siragusa alle ciurme.

Don Sarino, che era arrivato al molo in quel priciso momento, sintì le palore del capo ciurma e dissi friddo friddo:

«Voi dumani niscite lo stisso».

«Ma non lo sintistivu a Tridicino che dissi...» accomenzò a replicari Paolino.

«Tridicino non cumanna supra alle mè varche. E vui doviti fari quello che vi ordino iu».

«Ma dumani non sulo c'è malottempo ma è macari jorno di Natali».

«Natali o non Natali dumani nisciti».

Po' si firmò, si girò e dissi:

«Vi pozzo concidiri di tornari a mezzojorno accussì vi facite la mangiata 'n famiglia».

E senza salutari a nisciuno, votò le spalli e s'alluntanò.

Paolino Siragusa allargò le vrazza, rassignato.

Alle otto del matino del jorno appresso, che le paranze di don Sarino erano nisciute da un tri orate, il mari era addivintato accussì forti che i cavaddruna scavarcavano il vrazzo del porto e passavano da 'na parti all'autra. Caminare contraventu era 'na faticata.

Quanno ammancava picca all'una, proprio 'n cima alla punta del molo di livanti indove che c'era il faro, s'accomenzaro a raccogliri 'na vintina di fìmmine tutte vistute di nìvuro con lo sciallino supra alla testa.

La maggior parti si nni stava muta a taliare l'orizzonti con l'occhi sgriddrati, autre tinivano il rosario 'n mano e prigavano senza palori, cataminanno sulo le labbra.

Erano le fìmmine, matri, soro, mogliere, figlie, dell'aquipaggi delle paranze di don Sarino Sciabica che aspittavano il ritorno delle varche, e chiossà il tempo passava e chiossà le loro facci s'insicchivano, come se la prioccupazioni mangiasse loro la carni.

A un certo punto s'apprisintò macari 'u zù Japichino per portari 'na palora di conforto.

«State carme, Paolino Siragusa lo sapi com'è fatto il mari».

Alle dù di doppopranzo ancora non si vidiva al largo nisciuna paranza di ritorno.

Le fìmmine ora si erano mittute a chiangiri 'n silenzio. Lo stisso zù Japichino scotiva la testa scunsulato.

Arrivò di cursa Tridicino secutato da 'na dicina di marinari delle varche che non erano nisciute.

Tirò sparte a 'u zù Japichino.

«Vossia come la vidi?».

Japichino scotì la testa scunsulato.

«La vio malamenti, Tridicì».

«Macari io».

Si nni stettiro 'na picca 'n silenzio, po' 'u zù Japichino spiò:

«Tu te lo senti il cori di nesciri a darici aiuto?».

«Io sì, ma l'autri piscatori no» arrispunnì Tridicino. «'U mari è troppo grosso e 'u vento troppo forti, hanno raggiuni a diri che è naufragio assicurato».

Fu in quel priciso momento che arrivaro dù fìmmine, una anziana e una picciotta, che a Tridicino erano scanosciute.

Si tinivano abbrazzate, avivano l'occhi sbarrati per lo scanto e non dicivano nenti, le labbra sirrate e trimanti.

«Cu sunno?».

'U zù Japichino le taliò.

«La matre e la soro di Cosimo Imparato, l'amico tò».

Po', tutto 'nzemmula, 'na voci di vecchia attaccò e le sò parole ognuno le sintiva chiare a malgrado che il vento se le pigliava e se le portava luntano pirchì le sapivano stampate a mimoria, era la prighera strema per quelli che 'n mezzo all'acqua furiosa stanno talianno la morti 'n facci:

O granni Diu che cumanni a lu mari,
nui tutti ccà ti stamu a prigari,
dicci ca subito s'avi a carmari,
chista timpesta falla firmari,
ca li criaturi ca sta facenno affucari
sunno tò figli e fannu i marinari...

E l'autre fìmmine chiangenno arrispunnivano 'n coro.

Allura Tridicino non si tenni cchiù, votò le spalli e corrì a pigliare la sò varca.

Il seguito di la storia la contò, quella sira stissa, Paolino Siragusa nella taverna di Gnazio Bonocore:

Fu doppo un tri orate che eravamo 'n mari che io accapii che mai saremmo arrinisciuti ad arrivari alla sicca di Fiacca indove che don Sarino nni aviva cumannato d'annare a piscari.

'U vento cangiava 'n continuazioni, le correnti ora pigliavano un verso ora 'n autro, facivi faticanno cento metri e un attimo appresso nni pirdivi cinquanta.

E po', macari se arrivavamo alla sicca, non era cosa di calari le riti, troppo forti era la correnti sott'acqua.

L'unica era tornari subito 'n porto prima che il timporali s'incaniasse chiossà.

Detti l'ordini e tutte le paranze, che non aspittavano autro, ficiro manopira appresso a mia.

Non avivamo fatto manco cinco miglia che capitò 'na cosa stramma.

'U vento cadì di colpo, i cavaddruna scomparero torno torno a noi, vinni 'mprovisa bonazza.

Però, a distanzia, vidivamo che c'era ancora la timpesta, era sempri furiosa e circunnava completamenti quel pezzo di mari nico nico indove stavano le nostre paranze stritte l'una allato all'autra e indove rignava 'na 'mpressionanti calma piatta.

Aviti prisenti 'n ovo? Nuautri eravamo come il russo dell'ovo 'n mezzo a tutto il bianco ch'era la timpesta.

Stavamo tutti assammarati e sintivamo friddo assà.

La rumorata del mari forti a noi nni arrivava luntana luntana.

Pasquali Straziota, da 'n'autra paranza mi spiò:

«Paolì, che facemo?».

«Che voi fari? Non potemo navicari a forza di rimi, troppo è la distanzia. E po', chi ce lo fa fari a trasiri novamenti dintra alla timpesta? Aspittamo ccà ca passa».

Però eravamo tutti nirbùsi, la facenna era veramenti stramma, in trentacinco anni che vaio per mari, mai avivo viduto 'na cosa simili. Era 'mpressionanti, accapivi che non potiva durari, che si trattava di 'na facenna momintania, che di certo la timpesta si sarebbi ripigliata macari quel pezzo di mari.

Tutto 'nzemmula accomenzammo a sintiri che faciva càvudo.

No, non era lo scirocco o il sumun, 'u vento che veni dal diserto, no, non c'era 'n alitu di vento, il calori viniva dal mari.

Mi calai e 'nfilai 'na mano in acqua.

Era addivintata càvuda, come se si stava quadianno al foco di un fornello. Mi si arrizzaro i capilli 'n testa per lo scanto.

Che viniva a significari? Nisciuno si seppi dari 'na spiegazioni.

Tempo dù orate, non sulo i nostri vistiti si erano asciucati, ma 'na poco di piscatori si erano macari livata la cammisa e si nni stavano a petto nudo squasi che fusse 'u misi di austo.

La timpesta continuava sempri a circunnarinni.

Appresso, in un vidiri e svidiri, un gran colpo di vento scancillò la calura e la bonazza, le varche s'arritrovaro novamenti sospise 'n cima a cavaddruna gigantischi, la rumorata della timpesta nn'assordò e la giostra mortali arraccomenzò.

Arripigliammo a governari come meglio potivamo, ma il mari era cchiù arraggiato di prima.

Fu a 'sto punto che vitti la prima dragunara formarisi a un tricento metri dalla nostra prua.

Ci stavamo annanno a sbattiri contro, pirchì iddra si nni stava ferma e firriava supra a se stissa pricisa 'ntifica a 'na trottola, guadagnanno sempri cchiù forza.

Virai a mancina e subito davanti alla prua si nni formò 'n'autra.

A farla brevi, le nostre povire paranze foro circunnate da quattro dragunare, quattro fungi maligni nasciuti all'improvviso, quattro colonne del tempio del dimonio che da un momento all'autro avrebbiro ruinato supra di noi.

Ero morto di scanto, e con mia tutti l'aquipaggi, ma io ancora arriniscivo a raggiunari tanticchia.

Dato che si nni stavano ferme, pinsai, forsi ce l'avremmo fatta a passari tra l'una e l'autra.

Non avivo finuto di fari 'sto pinsero, che le quattro dragunare principiaro a cataminarisi viloci come furmini verso di noi, squasi che si fossiro passata la palora, facenno 'na rumorata di muntagne che franavano.

Eravamo morti, non c'era cchiù nenti di fari.

Muti, nni taliammo l'uno con l'autro, giarni come cataferi.

Fu a 'sto punto che sintii la voci di Cosimo Imparato, agitata e sorprisa, che faciva:

«'Na vela!».

E subito appresso arripitì, squasi non avissi criduto lui stisso a quello che vidiva:

«'Na vela!».

E doppo ancora:

«La varca di Tridicino è!».

Isai l'occhi. L'arraccanoscii macari io, era la sò.

Ma 'nveci d'essiri cuntento, mi sintii stringiri il cori.

Che aiuto potiva darinni?

Che potiva fari, mischino, lui sulo contro a quattro dragunare?

Nenti, era vinuto per moriri con nui.

E di chisto l'arringraziai, abbascianno la testa, 'ngi-nocchiannomi e priganno macari per lui.

Passato un momento, sintii novamenti la voci trionfanti e ammaravigliata di Cosimo.

«'La dragunara tagliò!».

Non ci cridii. Com'era possibili? Ancora non sapivo che 'u zù Japichino gli aviva 'mparato l'arti.

Mi susii addritta.

Vero era! Era successo 'u miracolo!

Tridicino aviva tagliato 'na dragunara che ora gli stava cadenno di supra trasformata in tonnellati d'acqua, ma lui si riggiva e faciva voci:

«Viniti verso di mia!».

E intanto girava la vela.

In un lampo, tutte le paranze s'apprecipitaro nel varco aperto dalla dragunara abbattuta, s'attrovaro fora dalla rotta convergenti delle autre tri dragunare che vinniro a scontrarisi e a distruggirisi con una furia tali che il celo stisso trimò nelle sò radici.

Il mari 'n timpesta, 'na vota che fummo fora dal periglio delle dragunare, nni parse 'na cosa da ridiri.

E chisto fu il primo Natali di Tridicino.

«Bravo! Hai viduto che ce l'hai fatta quanno sei arrivato al punto!» dissi l'indomani 'u zù Japichino a Tridicino.

«Sissi, ma...».

«Dimmi».

«Assà mi scantai».

«È naturali. Che ti cridi? Macari io mi sugno sempri scantato davanti a 'na dragunara».

«Sì» ribattì Tridicino vrigugnoso. «Ma non fino ad arrivari a pisciarisi nei cazùna come capitò a mia».

'U zù Japichino si misi a ridiri. Tridicino s'infuscò.

«No, non arrido pirchì ti sei pisciato» spiegò 'u zù Japichino, «ma pirchì ora sai di che pasta d'omo sei fatto. 'Mpara 'st'autra cosa, Tridicì: cchiù l'omo prova scanto cchiù l'omo piglia coraggio».

Tre

Tri misi appresso la battaglia contro le quattro dragunare, Tridicino si fici zito con 'Ngilina, la soro di Cosimo.

Si fici zito non pirchì è di giusto che un picciotto arrivato a 'na certa età si cerca 'na brava mogliere che gli duna figli, ma pirchì lui di 'Ngilina si nni era 'nnamorato di colpo quel jorno stisso che l'aviva viduta chiangiri sutta al faro.

Anzi, per dirla propio tutta, erano state quelle lagrime a farlo corriri in aiuto dei piscatori.

Po' si maritaro e 'Ngilina s'arrivilò 'na bona fìmmina di casa, amorusa e sincera, che parlava picca e faticava assà, e arrinisciva sempri a tiniri tutto pulito e in ordini.

Aviva 'na fisima sula: le piacivano le conchiglie e le cchiù belle che le portava Tridicino se le tiniva 'n fila supra al cantarano.

Naturalmenti sò frate Cosimo, che era un bravo piscatori, lassò volanteri di travagliare all'ordini di don Sarino e accittò l'invito di sò cugnato Tridicino di annare a piscari con lui.

Po', un jorno, Tridicino fici 'na pinsata.

Annò 'n cartoleria e s'accattò un quaterno a quatretti, 'na matita copiativa, 'na matita russa e blu, 'na gumma per scancillari e 'na bussola che sapiva come s'adopirava macari se non l'aviva mai usata.

Lui s'arrigolava col soli e con le stiddre, come gli aviva 'nsignato sò patre Tano.

Quanno tornava dalla pisca, s'assittava davanti al tavolino della cucina col quaterno, le matite, la gumma, la bussola e un calannario che arriportava macari le fasi lunari.

Passava orate 'ntere a tracciari linii colorate supra ai fogli del quaterno, a scancillarle e a rifarle.

«Ma che studdii?» gli spiavano 'Ngilina e Cosimo.

Lui sorridiva e non diciva nenti.

Alla fini di 'na misata di fari disigni, che il primo quaterno non era abbastato e si nni era dovuto accattari 'n autro, 'na sira che stavano mangianno, Tridicino dissi a Cosimo:

«Dumani a matino niscemo un'ura doppo che sunno nisciute tutte le autre varche».

«Pirchì?».

«Pirchì non voglio che vidino la rotta che facemo. Devi ristari sigreta per tutti».

Cosimo strammò.

«Vuoi annare in un posto diverso da quello indove semo sempri annati?».

«Sì».

«E pirchì?» tornò a spiari Cosimo.

«In una matinata 'ntera di travaglio, quanno la fortuna nn'aiuta, arriniscemo a fari dù ritati, è vero o no?».

«Vero è».

«E 'nveci sugno pirsuaso che ci sarebbi un modo per piscari chiossà».

«E come?».

«È da tanto tempo ca penso che i pisci nel mari non navicano ammuzzo, ma seguendo rotte pricise che sunno signate non sulo dalle correnti, ma macari dalle fasi di la luna e dalle maree. Come mai, mi sono addimannato, quanno le correnti sono deboli il pisci è scarso? Ho fatto 'na speci di calannario, spero d'essiri arrinisciuto ad accapire quanno e indove si spostano».

«E se ti sbagliasti?».

«Pacienza. Avremo perso tempo e dinari».

«Mi fai accapiri macari a mia?».

«Certo. Calcolai che al largo di Vigàta avemo dù correnti permanenti e quattro correnti di marea che cangiano di direzioni ogni sei ure e un quarto e dipennino dalle fasi di luna. Doppo un tri orate, 'na correnti di marea raggiungi la sò vilocità massima e in quel punto si venno ad attrovari le maggiori quantità di pisci. Po' la vilocità accomenza a scemari e i pisci l'abbannunano».

All'indumani partero un'ura doppo, è vero, ma tornaro con la varca talmenti china di pisci da pareggiari il piscato di tutte le paranze di don Sarino.

E da quel momento in po' accomenzaro a passarisilla meglio.

Ora, 'na vota alla simana, 'Ngilina potiva accattare la carni. E la duminica passiavano pàisi pàisi vistuti bono.

Un jorno di vento, che era 'n'autra vigilia di Natali, Tridicino con la varca arriparò darrè allo scoglio di Mannarà e ammainò per riposarisi tanticchia.

Era dovuto annare a piscari da sulo pirchì Cosimo si era fatto mali a 'na gamma.

Si stinnicchiò 'n funno e si misi a taliare le nuvoli 'n celo che cangiavano forma e ora parivano un àrbolo d'aulivo, ora un gatto pronto a savutare, ora un cavaddro al galoppo.

Mentri si nni stava accussì, gli parse d'aviri sintuto 'na musica. Come se qualichiduno, vicino, sonasse un flauto di canna.

Ma siccome la cosa non era possibili pirchì non c'erano varche nelle vicinanze, si fici pirsuaso d'aviri strasintuto.

Però, doppo tanticchia, il sono s'arripitì, stavota cchiù forti e cchiù chiaro. Allura Tridicino si susì addritta e taliò torno torno.

C'erano solamenti lui, la varca e lo scoglio.

Mentri che si nni stava ancora a taliare, sintì daccapo il sono e accapì che viniva dall'autra parti dello scoglio, quella opposta a indove s'attrovava la sò varca.

Allura con un sàvuto acchianò supra allo scoglio, s'arrampicò 'n cima, si misi a panza sutta a taliare l'autro lato.

Non c'era nisciuno, ma posata supra allo scoglio ci stava 'na conchiglia enormi, dù vote la testa di un omo, a strisce gialle e marrò, la cchiù bella che avissi mai viduto.

La musica viniva da lei, quanno 'na folata di vento

la pigliava in un certo modo di traverso e trasiva e le firriava dintra, produciva 'sta speci di noti che cangiavano sono via via che l'aria, percorrennola tutta, nisciva novamenti fora.

Stetti ancora a sintirla, sorpriso e affatato.

Ma soprattutto pinsanno a quanta contintizza avrebbi provato sò mogliere quanno gliel'avrebbi portata 'n casa.

Se stava a lui, a 'Ngilina le avrebbi voluto arrigalare tutte le meglio cose che c'erano al munno, ma era sulo un poviro piscatori e il dinaro che guadagnava abbastava sì per il mangiari e il vistirisi, ma non certo per accattare cose d'oro e petre priziuse.

Comunqui quella conchiglia maistosa sarebbi stata un billissimo rigalo di Natali. Non potiva lassarla perdiri.

Allungò le vrazza cchiù che potti per agguantarla ma le mano non ci arrivaro, arriniscì sulo a toccarla con le punte delle dita. Perciò dovitti sporgirisi con tutto il corpo in avanti.

E in quel momento, sbilanciato, accomenzò a sciddricare di panza lungo lo scoglio, a testa sutta.

Fici per affirrarisi, ma le mano non facivano presa, attrovavano solamenti lippo virdi, 'na sorta di muschio vagnato e saponoso che formava come una gonna colorata torno torno allo scoglio.

Nella caduta urtò contro la conchiglia che finì a mari, si inchì d'acqua e affunnò con lui, scomparenno in un attimo.

Tridicino riemergì subito, pigliò 'na vuccata d'aria, accapì che la conchiglia si nni era calumata sott'acqua e prontamenti si rituffò.

La doviva riacchiappari a tutti i costi.

Era 'na jornata chiara di soli e la luci del jorno perciò arrivava fino a 'na decina di metri. Ma per quanto taliasse, non arriniscì a vidiri la conchiglia, doviva essiri calata ancora cchiù abbascio, fino ad annarisi a posari supra al funnale.

Ma il funnale a quanti metri s'attrovava?

Non arriniscì ad accapirlo.

Riassumò, si inchì bono i purmuna d'aria, si ricalò.

Superata la zona d'acqua illuminata dal jorno, arrivò in quella parti indove il mari addivintava grigio scuroso squasi quanto il celo doppo il tramonto del soli, continuò a scinniri e po' sintì che non potiva prosecutare, che doviva assoluto assumari in superfici, l'aria che aviva dintra gli sarebbi stata appena bastevoli per tornari a galla.

E fu in quel priciso momento che 'ntravitti, supra a 'na sporgenza della pareti dello scoglio che continuava a sprufunnari fino a pirdirisi nello scuro assoluto, il giallo e il marrò della conchiglia.

'Na dicina di metri cchiù sutta.

Considirò, scoraggiato, che non ce l'avrebbi mai fatta ad arrivari a quella profunnità.

Non potiva fari autro che arrinunziari, a malgrado che quella arrinunzia gli pisassi assà.

Riassumò sintennosi scoppiari i purmuna, le vintate d'aria frisca che gli trasivano dintra al petto glielo facivano doliri di fitte che erano come pugnalate firoci.

Si nni stetti a galleggiari a corpo morto senza aviri la forza di dari 'na vrazzata.

E si sintì addivintato di colpo cchiù poviro.

Pirchì aviva perso 'na ricchizza, la vista di l'occhi sparluccicanti di contintizza di 'Ngilina mentri che avrebbi taliato la maraviglia di quella conchiglia che sarebbi stata sò per sempri.

No, non ci potiva arrinunziari.

Il rigalo che avrebbi fatto a 'Ngilina sarebbi addivintato veramenti 'na cosa priziusa se lui se lo fossi guadagnato a rischio di vita.

Si rituffò, mantinennosi nella scinnuta ranto ranto alla pareti dello scoglio e via via che scinniva dalla pareti niscivano di sorprisa alghe grosse come corde che circavano di firmarlo avvolgennosi con violenza alle gamme e alle vrazza e lui, prima d'arrinesciri a libbirarisinni, pirdiva tempo, forza e resistenzia.

Era come se il mari volissi addifinniri la conchiglia.

Ma Tridicino non aviva nisciuna 'ntinzioni d'arrinnirisi, aviva davanti a lui l'immagini dell'occhi sparluccicanti di contintizza di 'Ngilina che gli dava coraggio.

Quanno ancora mancavano cinco metri scarsi per arrivari alla conchiglia vitti nella pareti un granni pirtuso nìvuro, di sicuro la trasuta d'una grutta sutt'acqua dalla quali stava niscenno un purpo enormi, scantuso, ogni tintacolo era dù vote cchiù longo di lui.

«Con tia me la vio 'n autro jorno» dissi col pensiero alla vestia.

Fu viloci chiossà del purpo, agguantò la conchiglia e, tinennola con una mano, accomenzò la risalita.

Però accussì potiva adoprari un sulo vrazzo per darisi la spinta verso l'alto epperciò la sò acchianata sarebbi stata cchiù lenta del solito. Era 'na cosa che non aviva considerato.

Non sulo, ma dovitti allontanarisi dalla pareti pirchì novamenti l'alghe circavano d'agguantarlo cchiù forti di prima, approfittannosi della sò dibolizza per obbligarlo a lassari la conchiglia.

Quanno dal grigio passò al mari cilestrino, e gli parse che ci aviva 'mpiegato 'n'eternità, isò l'occhi a taliare quanto ammancava per arrivari alla superfici.

A 'na dicina di metri d'altizza c'era come 'na lastra di luci abbaglianti, era il soli che s'arriflittiva supra all'acqua.

Oltri quella lastra, ci stava l'aria tanto addisidirata, tanto suspirata.

Pinsò che forsi non ce l'avrebbi mai fatta. Che forsi quella lastra avrebbi cummigliato la sò tomba marina.

Il vrazzo col quali si dava la spinta era addivintato pisanti come un ramo d'àrbolo morto, nell'oricchi a ogni battito del cori gli arrivavano martellati duluruse, sintiva d'aviri al posto dei purmuna dù palluna di picciliddri pronti a scoppiari.

Arriflittì che se abbannunava la conchiglia, natanno con dù vrazza sarebbi stato cchiù viloci. Ma se arrinunziava al rigalo per 'Ngilina ogni faticata che aviva fatta sarebbi stata inutili, persa.

Po', e non lo seppi manco lui come aviva fatto, accapì d'essiri arrinisciuto a risaliri 'n superfici.

Si lassò portari dalla correnti fino allo scoglio e ristò a longo senza potirisi cataminare, con l'occhi chiusi, tra lui e un morto annigato non c'era nisciuna differenzia.

Doppo tanticchia, avvirtì qualichi cosa di càvudo supra alla vucca. Raprì l'occhi, taliò. Stava pirdenno sangue dal naso.

E 'na guccia che aviva pigliato la forma di 'na rosa era caduta supra alla conchiglia.

Quattro

Quanno che si sintì cchiù 'n forzi, acchianò supra alla varca e s'addiriggì verso il porto.

Mentri navicava, pigliò la conchiglia e l'accomenzò a puliziari a mari.

Voliva fari scompariri la macchia di sangue a forma di rosa.

Ma per quanto la strufiniasse con un pezzo di petra pomicia, la macchia non si nni ghiva, anzi addivintava sempri cchiù come se ci fusse sempri stata. Alla fini, lassò perdiri.

«Talè che rigalo che ti portai» fici Tridicino posanno supra al tavolino della cucina la conchiglia arravugliata dintra a un pezzo di pezza.

'Ngilina la sbrugliò con sdilicatizza e appena che comparse la conchiglia si misi a fari sàvuti di gioia.

«Maria, quant'è beddra! E 'sta rosa pare pittata!».

Po' abbrazzò stritto stritto a Tridicino e gli dissi:

«Macari io aio un rigalo di Natali per tia».

«E unn'è?».

«Cercalo» fici 'Ngilina arridenno.

Senza perdiri tempo, Tridicino si misi a taliare sutta al letto, supra al cantarano, dintra al mobili indove tinivano le cose di mangiari, tra le casuzze del prisepio, ma non attrovò nenti.

«M'arrenno» fici alla fini. «Dimmillo tu».

«Io non te lo dico» dissi 'Ngilina arridenno chiossà.

Tridicino fici per aggramparla e lei si nni scappò. Tridicino l'assicutò 'n càmmara di dormiri e l'affirrò. Ma 'nvece di spiarle indove era il rigalo, la vasò. 'Ngilina ricambiò la vasata.

Cchiù tardo, mentri si nni stavano stinnicchiati supra al letto, e Tridicino aviva la sò testa appuiata supra alla panza di 'Ngilina, lui tornò alla carrica.

«Me lo dici indove teni ammucciato il rigalo?».

«Sutta alla tò testa» arrispunnì 'Ngilina ripiglianno a ridiri.

«Che veni a diri?» spiò lui 'mparpagliato.

«Veni a diri che aspetto».

E prima che Tridicino potissi arreplicari, lei dissi:

«Senti la conchiglia».

Fora dal balconi, la conchiglia faciva un sono diverso da quello che aviva sintuto supra allo scoglio, era 'na musica allegra di festa.

E chisto fu il secunno Natali di Tridicino.

Quanno la criatura nascì e si vitti che era mascolo, addecidero di chiamarlo Tano, come il patre di Tridicino.

Il jorno stisso del vattìo del piccilìddro, Cosimo annunziò a sò soro e a sò cugnato che si era fatto zito con una picciotta che s'acchiamava 'Ntonia.

Appena che sintì la nova, Tridicino arriflittì che il

guadagno del piscato jornalero non sarebbi abbastato per tutti e che abbisognava strumentiari qualichi cosa per fari trasire cchiù dinaro 'n casa.

Ma per quanto si sforzava, non gli viniva nisciuna idea 'n testa.

'Na matina di malottempo che non era cosa di nesciri e Tridicino tambasiava casa casa, notò che la conchiglia non stava cchiù nel posto indove 'Ngilina l'aviva mittuta.

Po' la sintì sonari.

Guidato dal sono, annò a rapriri il balconi. 'Ngilina l'aviva assistimata lì fora, supra a 'na cascia di ligno, e l'aviva contornata con un pezzo di riti 'n modo che il vento non la facissi sbattuliare.

«La sò musica mi teni compagnia» gli spiegò cchiù tardo 'Ngilina. «E quanno tu sei fora a piscari, è come se fusse la tò voci a parlarimi».

Fu il sono della conchiglia che gli fici tornari a menti la promissa fatta l'anno prima al purpo giganti che nisciva dalla grutta che c'era nella pareti sott'acqua dello scoglio di Mannarà. Aviva arrimannato la sfida tra loro dù a 'n autro jorno e abbisognava rispittari la parola.

Ma allo scoglio doviva annarici sulo, pirchì quella era 'na facenna pirsonali tra lui e la vestia.

Epperciò 'na matina di vigilia di Natali che Cosimo non potti nesciri con lui pirchì aviva 'na poco di facenne da sbrigari, Tridicino misi la prua verso lo scoglio di Mannarà.

Prima di calarisi sott'acqua con le sule mutanne, si nni

stetti a longo a respirari circanno, a ogni tirata di sciato, di fari trasiri sempri cchiù aria dintra ai purmuna.

Appena che si sintì pronto, si misi tra i denti 'u cuteddro che tiniva nella varca per ogni nicissità, s'arrutuliò torno torno alla vita 'na corda che cummigliò con un pezzo di tila bianca, e po' si tuffò. Stavota però, alla prima alga che scattò dalla pareti per agguantarlo e firmarlo nella scinnuta, replicò affirranno 'u cuteddro e tagliannola con un sulo colpo netto. Da quel momento, squasi che si fussero scantate, l'autre alghe non si cataminaro. Perciò la sò discisa fu cchiù viloci assà della prima vota.

Arrivato all'altizza della trasuta della grutta suttamarina, non ci si 'nfilò subito, si scantava che il purpo giganti l'aspittava allo scuro.

Stetti tanticchia a passari e a ripassari davanti alla trasuta, spiranno che il purpo, attirato dal bianco della pezza, viniva fora, pirchì sapiva che qualisisiasi cosa bianca è per 'u purpo come la pezza russa per il toro. Po', visto che non capitava nenti, pinsò che 'u purpo era fora a procurarisi il mangiari e quindi potiva trasire dintra alla grutta. Lo fici e s'attrovò nello scuro cchiù fitto. Per quanto circasse d'abituari l'occhi, sempri nìvuro vidiva. Era tempo perso stari ddrà. Stava per niscirisinni fora quanno gli parse di vidiri 'na splapita luminosità luntana.

E d'unni viniva 'sta luci? La curiosità fu cchiù forti del periglio che corriva natanno alla cieca. Pigliò ad addiriggirisi verso la chiarìa e mentri che avanzava accapiva che la grutta acchianava all'interno dello scoglio. Po', tutto 'nzemmula, s'attrovò con la testa fora dell'acqua e coi pedi che toccavano il funno. Avanzò di tri passi ancora 'n salita, e arrivò a 'na spiaggiuzza nica nica, fatta non di rina, ma di migliara di scorci di conchiglie frantumate e indove ci si vidiva bastevolmenti.

La luci viniva da un pirtuso largo 'na trentina di centilimetri, 'na speci di fumarolo scavato dalla natura stisa dintra alla roccia, che si partiva dal tetto della grutta e arrivava fino alla cima dello scoglio. Fu accussì che vitti, appuiati in un angolo della spiaggiuzza, dù bummuli antichi, nìvuri, ma addisignati di figure bianche. Il cori gli si misi a battiri forti, forsi aviva attrovato il tisoro dei pirati del quali tutti parlavano, capace che i dù bummuli erano chini di monite d'oro. Ne pigliò uno, lo sollivò e provò 'mmidiata la sdillusioni di sintirlo vacante. Macari dintra al secunno non c'era nenti. Comunqui addecidì di pigliarisilli lo stisso, erano un bellissimo rigalo di Natali per 'Ngilina.

Nisciuto fora dalla grutta s'addunò che del purpo non c'era manco l'ùmmira, capace che aviva arrinunziato al duello, epperciò si nni potti tornari filato alla varca.

La matina appresso che era Natali e Tridicino era nisciuto per accattari cosi duci per la mangiata, 'Ngilina pigliò i dù bummuli e li misi fora di casa, sulla strata, appuiati 'n terra allato alla porta, per farli asciucari al soli e si nni ristò a taliarli.

Uno rapprisintiva 'na beddra fìmmina stinnicchiata nuda supra a 'na speci di letto che tiniva un grosso cigno 'n mezzo alle gamme ed era chiaro che stava facenno cose vastase con l'armàlo mentri che torno torno a lei autre fìmmine vistute con un linzolo addrumavano 'ncensi o priparavano cose di mangiari. Nell'autro era addisignato un firoci cummattimento di guerrieri 'na poco nudi con la minchia di fora e 'n'autra poco con l'armatura e si vidivano morti con la testa tagliata e cataferi con la panza aperta.

No, non era cosa di tinirisilli 'n casa quei dù bummuli. Il primo a 'Ngilina la faciva vrigugnare, il secunno la faciva scantare. Mentri che stava a pinsari a come diri la cosa a sò marito, 'na voci alle sò spalli dissi:

«Signora, mi scusi, ma queste anfore sono in vendita?».

Si votò. A parlari era stato don Sciaverio Cosentino, uno che faciva l'inteppetre per i 'nglisi che vinivano a visitari i tempii di Montelusa. 'Nfatti aviva allato a un signori vistuto come si vistivano tutti i 'nglisi.

«Sì» arrispunnì senza arriflittirici un momento.

Fu accussì che il bono stari trasì 'n quella casa.

E chisto fu il terzo Natali di Tridicino.

Col dinaro dello 'nglisi, che era assà, Tridicino detti la sò varca a Cosimo pirchì ci abbadassi lui, si nni accattò 'na secunna, bella grossa, e ci misi a capo ciurma a Paolino Siragusa che non voliva cchiù stari all'ordini di don Sarino, e si nni fici fari 'na terza, spieganno a don Manueli Bordò, 'u meglio mastro d'ascia di Vigàta, come gliela doviva fabbricari.

E don Manueli fici un capolavoro, 'na varca di picca cchiù stritta delle solite e tanticchia cchiù longa, liggera ma capiente, e accussì viloci che pariva volari supra all'acqua.

Alla figlia fìmmina che vinni dù anni doppo Tano ci misiro il nomi della madre di 'Ngilina che 'ntanto era morta, Brigida. Il nomi del secunno figlio mascolo fu Stillario, lo stisso del nonno di Tridicino.

Po' a Stillario, che manco aviva un anno, ci vinni la fevri forti e la tussi.

Allura 'Ngilina vosi che 'u picciliddro dormissi con loro nel letto granni.

'Na notti Tridicino sintì chiangiri a sò mogliere e s'arrisbigliò. Il picciliddro tussiva.

«Che fu?».

«Ascuta la conchiglia».

Tridicino la sintì e aggilò. Stava facenno un sono accussì lamintioso che stringiva 'u cori.

Stillario morse dù jorni appresso.

Passaro l'anni.

A Tano lo ficiro studdiare, avivano mittuto il dinaro sparte proprio per mannarlo a scola e lui studdiò e po' volli pigliari la carrera militari, 'mbarcato come ufficiali nelle navi di guerra.

Brigida 'nveci si fici zita a sidici anni con Liborio Stella, un bravo picciotto che sò patre aviva dù paranze, e dù anni appresso si maritò.

Macari Stefano, 'u primo figlio di Brigida, nascì 'n mari.

E da come 'mparò a tri anni a natare, tutti si capacitaro che sarebbi stato un novello Tridicino. E 'nfatti, quanno che fici deci anni, non ci fu verso:

«Voglio annare nella varca del nonno».

Acchianò nella varca di Tridicino e non volli scinniri cchiù. E tanto fici e tanto dissi che ottinni il primisso di stari a mangiari e a dormiri coi nonni.

«La vita» pinsò Tridicino «è come la risacca: un jorno porta a riva un filo d'alga e il jorno appresso se lo ripiglia».

E subito doppo fici 'n autro pinsero.

Ora che gli aviva portato 'sto gran rigalo, cosa si sarebbi ripigliata in cangio l'onda di risacca?

La risposta alla dimanna l'ebbi sei anni appresso, quanno tornanno con Stefano dalla pisca, attrovò a 'Ngilina caduta 'n terra 'n cucina che non potiva manco parlari e 'nveci di respirari rantuliava. Il medico la fici portari allo spitali di Montelusa, ma non ci fu nenti da fari.

Tridicino volli che dintra al tabbuto vinissi mittuta macari la conchiglia che sonava. Le avrebbi tinuto compagnia.

Con la morti di 'Ngilina, Tridicino accapì d'essiri arrivato alla vicchiaia. E non se la sintì cchiù di annari a piscari. La sò bella varca la consignò a Stefano che a mari era addivintato bravo quanto lui.

Passava le jornate al molo a taliare le varche che trasivano e niscivano dal porto.

«Ma che vita è oramà la mè?» si spiava spisso.

Vita 'nutili, vita a mità. Pirchì mità della sò esistenzia si era già persa con la morti di 'Ngilina. Si sintiva come a certi pisci che si tagliano a mezzo e che continuano a cataminarisi per un pezzo puro essenno già morti.

La matina di quello che sarebbi stato cognito come il quarto Natali, Tridicino s'arrisbigliò e seppi quello che doviva fari. Si fici 'mpristari un caicco, si nni partì e a forza di rimi, doppo quattro ure di voca che ti rivoca, arrivò allo scoglio di Mannarà. Si spogliò, si lassò le mutanne, s'avvolgì 'na corda torno torno ai scianchi, la cummigliò con una pezza bianca e si misi 'u cuteddro fra i denti.

Era ancora vivo quel purpo giganti? Si augurò con tutto il cori che fusse il purpo a vinciri il duello. E comunqui sapiva che, 'na vota scinnuto 'n profunnità, non ce l'avrebbi fatta mai cchiù a riassumare 'n superfici, era troppo vecchio, i purmuna assà malannati.

Stava per tuffarisi quanno s'apparalizzò. C'era 'na musica. Possibili che supra allo scoglio ci stava 'n'autra conchiglia che sonava pricisa 'ntifica a quella che tanti e tanti anni passati aviva arrigalato a 'Ngilina?

Dalla varca s'arrampicò fino alla cima dello scoglio, si misi a panza sutta, taliò. Non c'era nisciuna conchiglia, doviva aviri strasintuto.

In primisi non vitti nenti.

Po' talianno meglio s'addunò che dintra a un pirtuso dello scoglio ci stava 'na conchiglia pricisa 'ntifica alla sò ma tanticchia cchiù nica e con una macchia russa a forma di rosa propio 'n mezzo.

«D'accordo, 'Ngilì» dissi Tridicino con la voci che gli trimava.

Tornò nella varca e principiò a vociari verso il porto. E mentri rimava, pinsava a quante cose aviva ancora da fari. La prima di tutte, 'mparari a Stefano come si faciva a tagliari la dragunara.

Giosuè Calaciura

Santo e Santino

Santo e Santino sono fratelli. Santo, il più grande, ha 14 anni, capelli neri tagliati cortissimi, zigomi sporgenti, un incisivo scheggiato e occhi pieni d'acqua. Ma è difficile capirne il colore perché Santo li tiene semichiusi, a mezz'asta. Alza le palpebre quel tanto che serve per dare una sbirciatina al mondo e a suo fratello Santino. Quando Santo ride – e lo fa spesso – mostra solo il bianco degli occhi. Gli occhi di Santo sono un problema. Non solo per lui. Santo ha sempre le mani impiastricciate, sporche di colore, di terra, di cioccolato e di altro imprecisabile. E con quelle mani si tocca gli occhi. Quante volte la mamma è dovuta intervenire a passare batuffoli con acqua di camomilla perché le secrezioni dell'infezione incollano le palpebre di Santo con cristalli minuti, di giallo duro.

Santo accetta la sua temporanea cecità senza grandi lamenti che conserva per improvvise e incomprensibili disperazioni. Santo sta fermo mentre la mamma gli pulisce gli occhi e placa il malessere dell'oscurità rassicurandolo: «Adesso puliamo gli occhi di Santo», «Adesso Santo aprirà gli occhi», «Adesso Santo vedrà la mamma». E Santo aspetta quieto di tornare alla luce con il suo eterno sorriso. Sorride Santo per qualcosa che vede solo lui e ne gioisce con gorgheggi di soddisfazione. Sono pensieri, sono visioni o forse solo la chimica generosa del cervello che lo risarcisce della propria incongruità.

Santo è un ragazzo speciale. Così dice la mamma quando suo fratello Santino, più piccolo di tre anni, anche lui capelli scuri corti, magro e silenzioso, con sbuffi e lamenti non accetta le lentezze, i ritardi del fratello, la continua ed esclusiva attenzione dei genitori. Forse Santino è geloso di Santo quando il papà lo spinge per strada sulla sedia a rotelle. Santo è in grado di camminare ma si muove lentamente scegliendo lui stesso la direzione di marcia, decidendo quando e per quanto tempo fermarsi. E quando Santo si ferma è difficile farlo ripartire. Intrattiene lunghe conversazioni di suoni di gola, di fischi acutissimi attraverso i denti, di singhiozzi, ma anche di silenzi, di ascolto, risposte che solo lui percepisce. I genitori pazienti attendono che Santo finisca. Sorridono, perfino, ai nuovi suoni di Santo, ai suoi cinguettii. Forse Santo ritiene di essere un uccello. Per Santino invece è una tortura restare fermo per strada ad attendere i comodi del fratello. Si allontana con la scusa di guardare una vetrina, si appoggia a un'auto parcheggiata dove i genitori non possono vederlo. Santino non sopporta gli sguardi dei passanti, i colpi di gomito delle coppie che col mento indicano Santo mentre zufola come un merlo, gli sfottò, i sorrisini soffocati. Non sopporta l'indice puntato dei bambini più piccoli che chiedono alla mamma perché quel ragazzo è così. «È malato» rispondono le mamme che non vorrebbero farsi sentire. E invece Santino è lì, e le sente.

Santo e Santino si chiamano così perché i due nonni, materno e paterno, hanno lo stesso nome: Santo. E per non fare torto a nessuno mamma e papà hanno chiamato i figli uno Santo e l'altro con il diminutivo. I nonni non hanno mai capito a chi dei due pensassero i figli quando è nato il primo nipote. Non hanno mai voluto chiederlo. Di Santo parlano raramente, mai in pubblico. Ritengono sia una sventura, un castigo di Dio, ma lo rivelano a se stessi solo nell'intimità del loro letto, mentre la nonna prega per il nipote.

Santino è costretto a seguire il fratello quando il papà, per fare presto, per comprare il pane, per commissioni urgenti imposte dalla mamma, spinge la sedia a rotelle di Santo. Santino vorrebbe restare a casa ma papà lo vuole al suo fianco. Ha intuito il malumore, il rancore senza parole verso il fratello, le risposte laconiche, annoiate. Papà tenta di farlo partecipe dei progressi di Santo: «Senti come fischia bene...» e sapendo che non ci sarà risposta continua a spingere Santo con allegria, indicandogli curiosità di strada.

Santino resta indietro e pensa.

Fino all'anno scorso Santino giocava con Santo. Seduti sul tappeto si scambiavano figurine di calciatori. Santino spiegava a Santo e Santo ascoltava col suo sorriso perenne. Santino raccontava le prodezze del campionato di calcio, i fuoriclasse e i brocchi, per il fratello mimava i gol più belli, le parate più difficili dei portieri e Santo a quel gioco da mimo del fratello allargava il suo sorriso sino a una risata sonora e anche Santino per contagio rideva.

Si scambiavano soldatini di plastica per interminabili battaglie sotto le sedie del salone. Santo faceva strage di interi plotoni a manate perché non ha precisione nei gesti. Santino capiva, comprendeva. Rimetteva in riga i suoi marines e ricominciava a guerreggiare. Alla fine Santino doveva chiamare la mamma perché Santo si era infilato in bocca un fuciliere e non voleva restituirlo. Chiamava la mamma non per la sorte del soldatino ma per il rischio che Santo lo ingoiasse. Era già successo.

Al termine dei giochi Santino metteva a posto il suo esercito malconcio. Santo masticava i soldatini, spesso sino alla decapitazione, a morsi allungava i fucilini di plastica fino a farne delle aste informi che si attorcigliavano come punti interrogativi grondanti di saliva. Santino sopportava senza lagnarsi. Anzi, quei soldatini con le armi bizzarre, frutto della pazienza masticatrice di Santo, piacevano anche a lui.

L'ultima volta che sono corsi al pronto soccorso Santo aveva ingoiato una grossa forcina dei capelli di mamma. Non si era accorta che le era scivolata per terra. I medici hanno consigliato di aspettare e sperare che riuscisse ad evacuare. Santo ha un vasino tutto suo, così è possibile controllare se riesce ad espellere le cose che inghiotte. Ci riuscì. La mamma per evitare di portare forcine si è tagliata i capelli corti corti. «Sembri un ragazzo» le dice papà «un ragazzo bellissimo».

Il medico di Santo ha detto che tutti gli oggetti piccoli devono essere tenuti fuori dalla sua portata. Il medico ormai è un amico di famiglia. È venuto lui stesso per indicare a quale altezza è meglio conservarli. Santo non sa prendere la scala, basta mettere gli oggetti pericolosi sopra uno scaffale irraggiungibile. Quando il medico viene a casa per visitare Santo – la visita a domicilio è più semplice per tutti – prima di andare via dà una rapida occhiata anche a Santino. L'ultima volta gli ha portato un regalo: una cassetta di sicurezza dove mettere in salvo le sue cose, per evitare che il fratello le distrugga o le inghiotta. È una cassetta rossa di metallo, con una bella chiave che sembra antica. Il medico ha ordinato a Santino di legarla con una cordicella e assicurarla al passante della cinta dei pantaloni. Così non può perderla e Santo non può ingoiarla.

Nella sua scatola Santino conserva i ricordi più antichi: un ciuccio da neonato che per gioco e per curiosità metteva in bocca anche a Santo e che il fratello più grande succhiava con uguale divertimento, le foto di quando erano piccoli e sembrava che si assomigliassero, soprattutto in una dove Santo e Santino abbracciati per sempre hanno lo stesso sorriso di pazienza, i soldatini e i cavalieri più preziosi che sino all'anno scorso entusiasmavano entrambi, conchiglie e altri tesori recuperati sulla spiaggia.

Il mare è a due passi, fuori dal posteggio nel cortile sotto casa, oltre lo stradone. Un arenile che Santo ha visto crescere e alzarsi di sfabbricidi, resti di demolizioni, sgomberi di case. I camion arrivano di notte per vomitare scorie di edilizia e Santino ascolta il tramestio di scarico nel buio della stanza che divide col fratello. Ma Santo non si sveglia perché la mamma nel latte della sera gli versa le gocce per dormire.

Ogni mattina dell'ultima estate Santino è andato a verificare quanta spiaggia è rimasta. Un po' la mangia il mare, un po' la discarica. Santino, sulla striscia di sabbia che sente sempre più stretta, recupera quello che le onde spingono a riva: gomitoli di alghe, rami che per l'abitudine all'acqua hanno preso la forma di pesci, legni colorati di naufragi stranieri – Santino lo intuisce dai caratteri alieni –, tubi di gomma che sembrano serpenti. Si è fermato a lungo sul bagnasciuga, seduto sui calcagni, a guardare l'agonia di un piccolo polpo aggrappato ai ciottoli sulla riva. Polpo di rotta spersa in fuga dal mare sottocosta, intossicato dai grassi oleosi delle navi che lavano le cisterne fuori dal porto, sviato dai riflessi iridati dei banchi immobili e solidi di sporco, nauseato da carburanti e pesci morti. Il mare stremato di fine agosto.

Quando soffia la tramontana e guarda l'orizzonte, Santino riesce a percepire il tempo che scorre. Settembre è lì, in fondo, il vento lo spinge verso la costa. Santino si mette due dita di entrambe le mani tra i denti e tira fuori un fischio sottile. Ha letto che i delfini sentono i richiami, i più acuti, e accorrono. E Santino ci prova, ci riprova, con l'eco del fischio che rimbalza sulle colline di detriti e rifiuti, rotola tra le onde, si allarga nel vento. Ma nessun delfino ha mai risposto al suo richiamo. Non fischia mai davanti al fratello per non fargli capire che lui è più bravo anche a fischiare. Santo, invece, sulla spiaggia non vuole andarci. Ogni volta che mamma e papà hanno tentato di fargli vedere il mare Santo si è rifiutato di guardare. Lo avevano sistemato proprio sul bagnasciuga, a sfiorare l'acqua, e Santo sigillava ogni possibilità di sguardo mettendosi le mani sugli occhi chiusi. Appena un'onda leggera gli sfiorava i piedi, Santo faceva un passo indietro pigolando come un pulcino caduto dal nido. Papà e mamma lo raccoglievano e ancora con le mani sugli occhi lo riportavano nel nido, a casa. Santino immaginava che il fratello non sopportasse lo sgomento senza ostacoli del mare, l'assenza di punti di riferimento, l'eccesso di azzurro. Perché anche a lui facevano impressione.

Il medico ha capito che Santino ha un problema con il fratello. Quando erano più piccoli Santino era sempre presente alle visite di Santo. Anche lui voleva auscultare il cuore di Santo e il medico, paziente, gli faceva sentire i battiti con lo stetoscopio, e poi toccava a Santo auscultare il cuore di Santino, ed era un divertimento per tutti vedere le smorfie di Santo, i suoi soprassalti, la meraviglia e poi il sorriso che si allargava. Quando il medico mostrava le radiografie di Santo, Santino ascoltava a bocca aperta le spiegazioni anatomiche e sul suo corpo si faceva indicare dal medico dove si trovavano il fegato, i polmoni, il cuore. Non riusciva a comprendere perché gli organi occupano sempre lo stesso posto nel corpo di tutti gli uomini. Il medico, che non sapeva come spiegarlo, diceva che usciamo tutti dallo stesso stampo. Come in una fabbrica. Adesso Santino quando il medico visita Santo si allontana, si chiude nella stanza. Il medico con la scusa di dargli un'occhiata prima di andare via rimane qualche minuto con lui. «Non lasciarlo solo» gli dice sempre al termine della visita, e ogni volta, prima di uscire dalla stanza, conclude: «Devi avere pazienza».

Santino ha avuto pazienza sino al 15 settembre, primo giorno di scuola, prima media. Una classe di compagni nuovi. All'uscita mamma gli ha fatto una sorpresa. È venuta a prenderlo con Santo, senza la sedia a rotelle.

I nuovi compagni erano tutti lì, circondavano Santo, Santino e la mamma in un cerchio di sollecitudine e curiosità. Santino sperava che il fratello non tirasse fuori uno dei suoi eccessi, ma Santo, nel profondo del suo sorriso perenne avvertì, forse per il tono, forse per l'insistenza, la nota stonata nelle domande dei nuovi compagni di Santino: «Ci va a scuola?», «Ha imparato a leggere?», «Ce l'ha la fidanzata?», e mentre la mamma rispondeva con lo stupore dolce che riservava a quanti si interessavano del figlio, Santino capì che non avrebbe avuto scampo. Santo s'irrigidì, mostrò i pugni, gonfiò le vene del collo, tirò indietro la testa ed emise un urlo feroce di gabbiano affamato, e poi ancora un altro, e ancora, abbandonò la mano della madre e si lanciò nel suo viaggio a scatti, e poi paralisi in attesa di risposta, ripartenze con nuove domande da uccello, seguito dalla mamma e dai compagni di Santino. Santino rimase indietro, li guardò allontanarsi e perdersi oltre l'incrocio.

A scuola, il giorno dopo, Santino aspettava i commenti e gli sfottò, le battute e le cattiverie. Non accadde nulla sino alla terza ora, Scienze. Il professore spiegava le specie animali, la differenza tra ovipari e ovovivipari. Santino avvertì un brivido perché non si sarebbero fatti sfuggire l'occasione. Quando il professore disse che gli uccelli sono tutti ovipari uno dei compagni più maladrini chiese: «Anche gli uccelli che fanno così...?» e lanciò l'urlo gracchiante di suo fratello Santo, ma con una vena ridicola di disprezzo, e lo ripeté alla classe perché fosse più chiaro, e i compagni cominciarono a ridere tenendosi la pancia, a sghignazzare sino alle lacrime, alcuni imitavano le movenze di Santo, i pugni chiusi, la testa all'indietro, la sua andatura indecisa. Santino non si voltò, guardava dritto verso il professore che non capiva quell'esplosione improvvisa di insubordinazione ridanciana. All'inizio anche lui rise, poi cominciò a capire che doveva esserci un secondo fine, una cattiveria, e mise a tacere tutti.

Ripresero all'uscita, lungo le scale della scuola, all'imitazione di uno rispondeva un altro e in mezzo le risate svuotate di fine giornata dei compagni.

Per tutta la settimana andò avanti così. Santino non rispose mai alle provocazioni, lasciava che si stancassero dei loro stessi giochi. Non reagiva nemmeno quando gli si paravano davanti con le mani sui fianchi, le braccia in forma di alette e chiocciavano come galline, in quella che immaginavano fosse la più offensiva degradazione ornitologica. Santino restava con gli occhi sul libro, ignorandoli. Sino a quando i compagni lo ignorarono.

Si sentiva completamente solo. L'unica era Monica, terzo banco, magrissima e sconclusionata, che alla fine delle lezioni, dopo la campanella del liberi tutti, si avvicinava presto presto a Santino per copiare i compiti per casa della giornata, che puntualmente dimenticava di segnare. Santino l'aiutava perché si stava innamorando della compagna, ma Monica non aveva il senso della progressione del tempo e la successione delle scadenze, non riusciva a mettere insieme le materie da studiare con i giorni di interrogazione. Il suo diario era caotico e vago come lei, con fogli stracciati, colmo di disegni e poesie in un marasma del prima e del dopo senza speranza di ordine: confondeva il lunedì con il venerdì, novembre con marzo. Compiti e date non appattavano mai. Solo in prossimità delle festività natalizie, pagine in rosso ornate con disegni di palline colorate, come una boa di salvezza il diario sembrava recuperare la sua funzione. E da quelle date di certezza, Santino, a ritroso, spiegava alla compagna come rispettare le scadenze dei compiti. E quando Monica si allontanava certa di avere capito, Santino sentiva il suo stomaco stringersi in un nodo: avrebbe voluto toccare le ciocche dei capelli di Monica che sfuggivano all'elastico della coda di cavallo.

Santino continuò nel suo silenzio per non dare sazio e soddisfazione ai compagni e il disturbo delle urla di gabbiano, dopo le minacce dei professori di note sul registro, rientrarono a poco a poco nel repertorio sonoro della classe, senza più memoria di Santo.

Ma un pomeriggio dopo i compiti, mamma mandò Santino in farmacia perché le gocce per dormire di Santo erano terminate. Li vide sul marciapiede di fronte, i quattro compagni più agguerriti. Santino tirò dritto e i compagni lo chiamarono per cognome, lui non rispose e loro continuarono con toni sempre più beffardi. Attraversarono la strada e si misero dietro Santino adeguando i loro passi alla sua camminata rapida, di fuga. Li sentiva alle spalle nell'imbarazzo di non sapere più come angustiarlo e Santino sperava che si stancassero, che avessero terminato gli argomenti di tortura e divertimento. Ma improvviso risuonò alto l'urlo di gabbiano di Santo nella scimmiottatura dei compagni. E continuarono mettendoci tutto il fiato perché avvertirono una crepa nell'imperturbabilità di Santino che senza accorgersene vacillò, rallentò, confuse più volte il marciapiede sentendosi in trappola. Ormai la farmacia era vicina, ancora pochi passi, Santino immaginava di essere in salvo. Quando entrò Santino era stremato. Il farmacista lo guardò e immaginò che ci fossero guai. Era già successo. Ragazzini mandati dai più grandi a recuperare farmaci vietati. Santino prese fiato e consegnò la ricetta. Il farmacista riconobbe la firma del medico e capì che le gocce erano per Santo.

Santino si prese tutto il tempo e anche oltre nella speranza che i compagni se ne andassero. Rimase ad aspettare tra gli scaffali dei dentifrici, poi tra le creme di bellezza, e ancora a sbirciare oltre la vetrina, nascosto dalle confezioni dei pannolini. Sentiva in sordina la minaccia del verso di gabbiano del fratello perché i compagni, come uccelli marini sospesi nel vento in attesa che emergesse la preda, facevano a gara a chi urlava più forte. Decise di uscire perché era già molto tardi e il farmacista ricominciava a guardarlo con sospetto. Appena fuori i compagni lo accolsero con un applauso di presa in giro e urlarono con più vigore. Si sentivano soddisfatti della capitolazione di Santino costretto a uscire fuori dalla farmacia ma che continuava a camminare imponendo il suo itinerario. Non voleva che si avvicinassero al cortile e al palazzo, la mamma non doveva sentire l'urlo di Santo nella versione oscena dei compagni. Fece giri larghissimi lasciando che lo seguissero in quartieri che non aveva mai frequentato, lungo strade che nemmeno i bellicosi compagni di scorta conoscevano. Si era fatto buio e i negozianti abbassavano le saracinesche. A uno a uno, per stanchezza e per paura, i compagni lo abbandonarono.

Finalmente, per la prima volta, Santino si trovò solo per strada, straniero in un paese straniero, senza compagni prepotenti, senza urla di uccelli, senza genitori. Senza Santo. Si sentì figlio unico e immaginò i nonni contenti di averlo come unico riferimento, immaginò gli occhi senza disperazione della mamma, immaginò di uscire da solo con suo padre e il vociare senza cattiveria dei compagni.

La sera era diventata notte. Riusciva a vedere l'intimità della cena negli appartamenti al pianterreno, le famiglie sedute a tavola, i bambini in pigiama, i televisori accesi. Avevano addobbato gli abeti, lo capiva dalle lucine colorate intermittenti come riflessi di fiamma nelle grotte. Era già Natale. Perse ancora del tempo per ritrovare la via di casa.

Suo padre, rientrato dal lavoro, stava per scendere in strada a cercarlo sollecitato dall'ansia della moglie. «Perché così tardi?» chiese la mamma appena Santino entrò in casa. «Ho incontrato dei compagni» rispose. «Eravamo preoccupati, anche Santo ti aspettava» disse la mamma. Santino sbuffò: «Mamma, Santo non sa parlare...». La mamma lo guardò in silenzio, lasciò che il tempo scorresse come un rimprovero: «Santo sa farsi capire» e tornò ad apparecchiare la tavola.

Santino si rifugiò nella stanza. Sul letto, Santo custodiva tra le braccia la scatola rossa di metallo del fratello. Santino si lanciò per strappargliela con violenza. Per la prima volta fu brusco e aggressivo. Santo sollevò le palpebre a mezz'asta e guardò Santino. Poi si rifugiò in giochi solo a lui accessibili.

Non sembrava arrivare un Natale sereno. Santo stava male. Diarrea e vomito lo tormentavano. Si trascinava in un viaggio dispcrato pcr la casa con lunghc stazioni di sconforto che mamma cercava di arginare abbracciandolo, accarezzandolo, recitandogli le litanie consuete di rassicurazione. Ma Santo all'improvviso scartava di lato e ripartiva con un gorgoglìo di uccello ferito e atterrato. Aveva fatto la cacca nei pantaloni e al malessere si aggiungeva il fastidio, l'orrore per la puzza, e lui stesso voleva fare presto e tentava di pulirsi con le mani. La mamma intervenne, mostrò a Santo un batuffolo di bambagia e Santo si lasciò accompagnare in bagno. Mamma lo infilò nella vasca da bagno e lo lavò.

Fu chiamato il medico. Mamma gli raccontò sintomi plausibili di una stomatite passeggera, chissà che si è messo in bocca, diceva al medico, chissà con che mani sporche. Quante volte era già successo. Il medico visitò Santo a lungo. Firmò una ricetta e mandò Santino in farmacia.

Le medicine avevano placato Santo nel suo letto, gli occhi a mezz'asta da uccello migratorio atterrato. Il medico di Santo convocò mamma e papà in cucina e chiuse la porta perché Santino non ascoltasse. Ma Santino, quando mamma e papà si chiudevano in cucina per fare il punto, aveva architettato strategie di spionaggio. Scavalcava la finestra del bagno che dava sul terrazzino e accostava l'orecchio sul legno magro della porta.

Santino capì e non capì. Il medico spiegava che non era solo infezione intestinale. L'equilibrio si è incrinato, l'adolescenza, il cuore. Non fatevi illusioni. Mamma e papà non parlavano e il medico andò via.

Quella notte Santino si alzò perché in casa non c'erano i bisbigli consueti tra mamma e papà che soppesavano a lungo, parola per parola, le diagnosi del medico dopo ogni visita, non c'erano i rumori degli abbracci e dei baci che si scambiavano per rassicurarsi, per farsi forza, per andare avanti. Santino si affacciò alla porta della cucina e vide papà con la testa tra le mani, mamma seduta sul lavandino basso che urlava a bocca aperta, in silenzio, la sua disperazione muta per non svegliarli. Con i capelli corti corti sembrava un bambino. E non riuscivano più a consolarsi.

Papà aveva deciso che Natale era arrivato anche per loro ed era tempo di allestire il presepe. Santo ama il presepe. Quando papà, dall'armadio chiuso a chiave, tira fuori le scatole con il sughero, i pastori, la sacra famiglia, i re magi, la stella cometa, l'erba finta, lo spray per la neve, Santo viene preso da una irrefrenabile vivacità, gira per la casa con un passo d'arrembaggio che non è il suo e lancia cinguettii di usignolo. Mamma lo calma con carezze supplementari e restano tutti davanti al tavolo che dalla cucina viene trasportato in salone per accogliere il presepe. Partecipano all'allestimento affidato a papà, perché lui ci sa fare con il presepe. Prima sistema il tappeto di erba e sabbia, colline e montagne in un degradare di ordine geologico, poi il fiume e il laghetto, la grotta, l'enorme luna di carta stagnola appiccicata al cielo nero di cartone che circonda la Creazione del presepe solcata dalla cometa a indicare la strada. E questo mondo svuotato a Santo potrebbe bastare perché incomincia a sorvolarlo con rapidi volteggi d'uccello sempre più stretti, plana sino all'imboccatura della grotta, atterra proprio dove papà ha preparato un ovile di canne, vicino al fiume d'argento dove Santo col becco raccoglie poche gocce d'acqua per lanciarsi di nuovo in un volo felice e libero da ogni impedimento, da ogni ritardo e limitazione. Bisogna fermarlo, quietarlo, sennò non la smette più di volteggiare.

La prima volta che papà allestì il presepe per i bambini se ne uscì fuori con una battuta memorabile che si ricorda e si celebra ogni Natale. Decise che la prima figura del presepe l'avrebbe sistemata Santo, per evitare che buttasse giù tutte le altre con i suoi movimenti all'ingrosso. «Ecco» disse papà «tu sistemi lo *scimunito* del presepe...». Tutti risero a lungo per quella battuta. Anche Santo che forse capì o forse no, ma anche lui si divertiva con quel pastorello addormentato tra le mani. Lo piazzò proprio sotto l'enorme luna, come se sognasse. Ogni Natale Santo si appropria subito dello *scimunito* dormiente, con gli occhi chiusi e un sorriso di sogni sereni, un braccio dietro la testa a fargli da cuscino e aspetta che papà gli dia il permesso di sistemarlo sotto la luna. Poi tocca a Santino, ordina le pecore a cuneo di gregge e poi i cammelli dei Magi, ancora lontani, dietro le colline. Papà riprende in mano l'allestimento del presepe e conclude lui con la mangiatoia al centro della grotta dove la notte di Natale, Santino, che è il più piccolo della famiglia, dovrà sistemare il Bambinello.

Quando erano piccoli papà aveva comprato delle figure di plastica per il presepe. Santo le masticò tutte. Per la befana non c'era più un pastore che avesse ancora la testa sulle spalle. Le pecore alla fine del trattamento imposto da Santo avevano zampe lunghissime e colli sottili di giraffa. Il pastorale di Giuseppe, a forza di masticarlo era diventato così lungo che non entrava più nella grotta. La mamma sospettò che Santo avesse ingoiato le mani aperte piene d'accoglienza della Madonna perché la ritrovarono amputata.

L'anno seguente papà decise di riacquistare le figure del presepe, ma stavolta in terracotta, così Santo non poteva masticarle. Ci provò, ma si scheggiò l'incisivo. Però Santo continuava a metterle in bocca, solo la testa, quando nessuno vedeva. Se ne accorsero perché a forza di succhiarle e leccarle Santo aveva sciolto il rosato dei volti, il colore dei capelli, la brillantezza dei copricapo. Acquistarono nuove figure, ma anche quelle furono lavate da ogni segno e colore. E decisero che avrebbero tenuto quel presepe di figure tutte di identico pallore. Anche i Magi, compreso Baldassarre che era nero, avevano i volti terrei. Solo il Bambinello manteneva il suo aspetto, perché lo sistemavano per ultimo. Per evitare che Santo lo infilasse in bocca col rischio di inghiottirlo, ogni sera e quando Santo rimaneva senza controllo, lo nascondevano sul ripiano più alto.

Santo e Santino stavano ore a guardare il presepe. Si mettevano con gli occhi vicini vicini sino a quando si sentivano anche loro una miniatura all'interno di quell'inverno senza freddo, in marcia verso la grotta, e c'era odore di terra bagnata e di concime, ascoltavano il pescivendolo con la cesta colma che annunciava il buon prezzo e la freschezza della merce, la bancarella di frutta e verdura con una vecchia silenziosa che offriva le mele, la ruota cigolante dell'arrotino, il martello del fabbro, lo zufolo di un pastorello che ingannava l'attesa, il vapore caldo delle bestie nella grotta, la pazienza di Maria, di Giuseppe e di tutti quei viandanti appesantiti dagli agnelli sulle spalle, dalle fascine, dalle brocche del latte appena munto. Mentre sistemava le figure papà diceva che anche nel presepe i poverelli fanno fatica. Santo e Santino si muovevano nella prospettiva orizzontale del presepe sino a quando incrociavano lo sguardo del fratello dalla parte opposta come il riflesso di uno specchio che li restituiva alla dimensione della realtà.

Per Santino era l'ultimo giorno di scuola, 21 dicembre. La lavagna era addobbata da una cornice di stelle filanti con appese le palline di Natale di carta colorata a pennarello, frutto dell'abilità della compagna Monica, e c'era un clima definitivo di fine scuola che aveva infuso nuovo coraggio tra i più baldanzosi. Si mettevano a tu per tu con i professori e si facevano raccontare le pietanze di magro della Vigilia e il pranzo grasso di Natale. E strizzavano un occhio indicando Santino mentre consigliavano al professore dell'ultima ora il tacchino ripieno di castagne e cominciarono a pigolare intorno al compagno. Il professore, che aveva preso parte ai consigli dei docenti infastiditi da quegli inediti schiamazzi da voliera della classe, interruppe ogni confidenza e mandò tutti a posto perché doveva dettare la lista d'afflizione dei compiti per le vacanze.

Suonò la campanella dell'ultimo giorno di scuola dell'anno e Monica si avvicinò a Santino con il suo diario. Voleva che Santino controllasse, perché aveva imparato a segnare i compiti. Santino sfogliò il diario e lo trovò finalmente ordinato, quando, tra le pagine in rosso delle vacanze di Natale, scoprì un cerchietto azzurro di carta colorata con un foro e un laccetto dorato per appenderlo e che doveva sembrare una pallina di Natale. «È per te» disse Monica. «Dietro c'è una poesia». La compagna sul retro aveva copiato dall'antologia la poesia di Ungaretti che avevano imparato a memoria in quei giorni: *Non ho voglia di tuffarmi in un gomitolo di strade...* Santino non ebbe il tempo di ringraziare perché Monica, rossa d'imbarazzo, era fuggita via. A Santino il cuore batteva forte.

Santo stava meglio. Aveva ripreso con i suoi trilli e i fischi di pappagallo loquace. Mamma sembrava più distesa e papà era in ferie. Avevano deciso di andare al supermercato a fare la spesa grande per Natale, tutti insieme. Santino conservò la pallina colorata di Monica nella sua scatola di metallo. Era pronto per affrontare l'uscita. Fu meno drammatica dei timori di Santino perché papà portò Santo sulla sedia a rotelle. La spesa se la sarebbero fatta consegnare più tardi.

Sino all'anno precedente quelle uscite per gli acquisti erano un divertimento per i due fratelli. Santino si faceva affidare la sedia a rotelle con Santo per scorribande di corsa tra i corridoi del supermercato. Quando avevano preso velocità Santino saltava sulle gambe del fratello e lasciavano che l'abbrivio li portasse a sbattere contro la fila dei carrelli. E poi ricominciavano in un divertimento di risate sonore che nessuno aveva cuore di interrompere. Questa volta no. Santino lasciò che fosse papà a spingere Santo e aiutò mamma a riempire il carrello, a spuntare gli acquisti dalla lista, a caricare confezioni d'acqua. Santo alzò le palpebre a mezz'asta per osservare Santino.

Il pomeriggio trascorse con Santino e papà che guardavano un film in tv. Santo in cucina con la mamma interrogava il silenzio con fischi timidi e lunghe pause in attesa di risposta. Quando andarono a letto Santino sentì il fratello disturbato da smanie di insonnia e nonostante le gocce restava nel letto a porre nuove domande con rumori di gola e fischi in sordina per non disturbare. Santino si addormentò.

Al mattino si alzò presto, prima che la mamma si mettesse in moto con il rito del caffè e della colazione apparecchiata dei giorni di festa. Santino voleva appendere la pallina di Monica all'albero di Natale senza che papà e mamma se ne accorgessero. Pensava che si sarebbe confusa con gli altri addobbi. Non voleva domande e curiosità. Prese i pantaloni dove al passante della cinghia conservava la chiave della scatola. Era rimasta solo la cordicella: la chiave non c'era più. Immaginò subito che a prenderla fosse stato Santo, ma alla mamma non disse niente per non accendere l'ansia che il fratello l'avesse ingoiata. Cercò per terra, attorno al letto, poi lungo il corridoio, sul divano dove aveva visto il film con papà, in bagno, nella stanza da letto dei genitori, piano piano perché papà dormiva ancora. Tornò nella stanza che divideva con Santo e lo guardò addormentato. Controllò il suo letto, tra le lenzuola, tra i vestiti del fratello. Indossò i pantaloni e il maglione. Salutò la mamma e le disse che andava a controllare la spiaggia. Promise che sarebbe tornato in tempo per la colazione. Affrontò il percorso sino al supermercato con gli occhi per terra, controllò ogni angolo e tra i carrelli, chiese alle cassiere se, per caso, avessero trovato una chiave. Ma mentre domandava si sentì trafitto dalla semplice verità che la chiave l'aveva presa Santo.

Tornò a casa con quella certezza. Santo era sveglio. Stava facendo colazione. Appena avvertì la presenza del fratello alzò le palpebre a mezz'asta e lanciò il trillo di benvenuto delle rondini. A Santino, ormai abituato ai suoni del fratello, sembrò che il verso avesse una sottile incrinatura di scherno. Per stizza e per vendetta rivelò alla mamma che non trovava più la chiave legata ai pantaloni. La mamma si paralizzò con il pentolino del latte in mano. Santino negli occhi della mamma vide il fondo della disperazione, poi la rabbia perché sua madre immaginava la trafila sanitaria, la scomodità, la fatica, il Natale appeso alla diagnosi del medico. Infine Santino negli occhi di sua madre vide solo l'urgenza di fare presto. Mamma e papà decisero di portare Santo al pronto soccorso così com'era, in pigiama, sulla sedia a rotelle. Santino fu lasciato a casa.

Trascorse la mattinata sul terrazzino, a guardare il mare grigio di Natale. Il vento indeciso si muoveva al largo, grosse onde gialle di sporco rotolavano avanzando verso la spiaggia. Non poteva vederla, nascosta dalla collina della discarica. Santino era certo che fosse il momento più propizio per raccogliere i tesori che il mare scaraventava con generosità di tempesta, perché era Natale e per la forza delle onde, sulla sua striscia di spiaggia. Pensò di tradire la fiducia di mamma e papà che si erano raccomandati di non uscire, di tentare una veloce passeggiata clandestina sulla spiaggia, solo un salto di curiosità, un fischio per i delfini, e tornare subito a casa. Nessuno se ne sarebbe accorto. Prese le chiavi dal mobiletto dell'ingresso e corse giù per le scale. Mentre attraversava lo stradone si sentì chiamare: era la compagna Monica. Teneva per mano la sorella piccola. Santino provò il malessere dell'amore mentre la compagna gli domandava se avesse appeso la sua pallina di carta all'albero di Natale. «Certo» mentì Santino facendo finta di non guardarle le labbra. «Allora verrò a trovarti durante le vacanze: voglio vedere come ci sta» disse Monica. Si guardarono negli occhi e si diedero un bacio sulle labbra. Per la vergogna non si salutarono nemmeno. Fu una fortuna per Santino incontrare la compagna perché, ancora confuso dal bacio di Monica, vide la macchina di papà in fondo allo stradone. Corse sino al portone e tornò a casa. Sentì il rumore dell'ascensore che con la sedia a rotelle di Santo poteva imbarcare un solo genitore. Mamma aprì la porta. Aveva lo sguardo arrabbiato mentre spingeva Santo e lo faceva alzare. «Non ha ingoiato la tua chiave» disse la mamma. «Nella radiografia non c'è. Devi stare più attento alle tue cose».

Arrivò anche papà. Nonostante Santino assicurasse che la chiave era scomparsa, papà lo aiutò a cercare ancora. Papà in queste cose ci sa fare. Si misero a quattro piedi a partire proprio dall'ingresso e setacciarono il pavimento della casa, mattone per mattone, stanza per stanza. Ogni volta che tornavano nel corridoio incrociavano Santo che immaginava volessero giocare e scappava a nascondersi lanciando versi di gazza ladra.

Della chiave nessuna traccia.

Quella sera, nella loro stanza, Santino torturò il fratello. Santo volava verso il sonno profondo imposto dalle gocce di mamma e Santino lo teneva sveglio con la domanda incessante di dove avesse messo la chiave della sua scatola. Non aveva alcuna risposta perché Santo gli crollava davanti nell'esaurimento di ogni energia e appena abbassava le palpebre Santino tornava alla carica con scossoni energici sulle spalle affinché non si addormentasse. Era ormai notte fonda quando anche Santino fu sopraffatto dal sonno.

Si svegliarono nel mattino inoltrato della vigilia di Natale. Dai loro letti Santo e Santino sentivano il fervore di mamma in cucina che preparava la cena. In salone papà spostava i mobili per fare spazio al tavolo grande e alle sedie, perché sarebbero arrivati i nonni, gli zii e i cugini.

Mamma chiese a Santino di occuparsi del fratello perché non avrebbe avuto tempo, la cena incombeva e ancora si dibatteva nel prologo di ogni pietanza.

Santino lavò il fratello rudemente. Mentre gli sciacquava la faccia a manate, gli puliva i denti con lo spazzolino sino a fargli sanguinare le gengive, lo pettinava strappando via i nodi con la spazzola, stava attento a ogni gesto, a ogni sguardo, a ogni nota falsa dei cinguettii del fratello che potessero rivelargli il nascondiglio della sua chiave. Santo manteneva il suo eterno sorriso indecifrabile spezzato dai trilli e dai cigolii d'abitudine.

Portò Santo fuori con la sedia a rotelle. Promise alla mamma massima attenzione e che sarebbero tornati per ora di pranzo. «Non lo portare in spiaggia» disse la mamma sulla porta, «sai che ha paura».

Per raggiungere la strada con la sedia a rotelle era necessario imboccare una discesa asfaltata che curvava a destra. Quando Santino andava in spiaggia da solo prendeva invece una ripida scalinata di pietra. Santino mise la sedia a rotelle in bilico sul primo gradino: «Se non mi dai la chiave ti butto giù dalle scale» disse al fratello. Santo rispose con un fischio lungo di uccello in equilibrio sul ramo. Santino spinse la sedia sul secondo gradino per fare sentire al fratello la minaccia del sobbalzo: «Dammi la mia chiave». Santo si aggrappò alla sedia e trattenne il fiato come gli uccelli pescatori di mare. Santino si guardò attorno. Non c'era nessuno, lasciò la presa. La sedia a rotelle saltava sui gradini sempre più velocemente e Santino vide la testa di Santo rimbalzare da un lato all'altro, le nocche bianche per lo sforzo delle mani artigliate ai braccioli, e mentre Santo precipitava Santino avvertiva il silenzio del fratello che non aveva altri commenti da uccello ma solo la concentrazione muta e ostinata del falco in picchiata, sino a quando la sedia a rotelle arrivò in fondo alle scale, s'impennò sul marciapiede e cadde in avanti. Santino raggiunse il fratello. Un filo di sangue gli colava dal naso. Santino lo aiutò a rimettersi seduto e spinse la sedia a rotelle oltre lo stradone, attraversò la discarica di detriti e arrivò sulla spiaggia. Il mare rassegnato di dicembre lasciava una schiuma gelida a ogni respiro.

Appena Santo intuì il mare chiuse gli occhi e li sigillò con le mani. Santino si mise a cavalcioni sul fratello tentando di levargli le mani dagli occhi: «Dammi la mia chiave» ripeteva. Riuscì a bloccare la mani di Santo con le gambe, «dammi la mia chiave» continuò. Santo serrava gli occhi con lo sforzo di una smorfia mentre

Santino tentava di sollevargli le palpebre. «Dammi la mia chiave», e ancora più forte spingeva in alto le palpebre di Santo che per il dolore fu costretto a sollevarle a mezz'asta lasciandosi attraversare dall'orrore del mare. «Dammi la mia chiave» riprese Santino. Santo non aveva altro da opporre se non la pipì improvvisa e disperata che bagnò i pantaloni, i suoi e quelli del fratello, e inondò la sedia a rotelle.

Santino prese dei fogli di giornale tra le immondizie della spiaggia e asciugò la sedia a rotelle. Fece sedere Santo con le spalle al bagnasciuga per evitare altre reazioni. Raccolse nelle mani acqua di mare e pulì le croste di sangue dal naso di Santo.

Santino si rimise in marcia spingendo il fratello sino allo stradone. Voleva prendere altro tempo nella speranza che i pantaloni si asciugassero presto. Camminavano in direzione della farmacia quando Santino li vide, i quattro compagni più cattivi. Bighellonavano di noia lanciandosi pietre piccole di provocazione per mettere in scena finte zuffe e ancora non avevano visto Santino che spingeva il fratello. Santino si fermò per l'ennesima minaccia: «Dammi la mia chiave o ti faccio picchiare da quelli». Santo rispose con il suo sorriso ritrovato dopo la smorfia davanti al mare. Santino riprese a spingere con più vigore proprio nella direzione dei compagni: «Dammi la mia chiave». Santo non rispose e allargò il sorriso perché anche lui li vide ed era contento. Solo quando furono a pochi passi i compagni si accorsero dei fratelli che avanzavano. Santino spinse Santo di fronte al più crudele dei quattro che con un ghigno preparava uno sfottò malandrino. Ma non ebbe il tempo di assaporarlo perché Santino gli si parò davanti con la sedia a rotelle: «Fategli quello che volete». Abbandonò Santo seduto sulla sedia a rotelle ai compagni sbigottiti, attraversò lo stradone e si infilò in un vicolo.

Santino rimase appoggiato al muro dietro l'angolo, con gli occhi chiusi e il cuore impazzito. Immaginò Santo davanti a quei quattro, indifeso come un uccello appiedato, così pronto di cuore, ne immaginò il viso e per la prima volta si accorse di quanto Santo assomigliasse alla mamma, soprattutto adesso che si era tagliata i capelli corti. Aprì gli occhi e tornò sullo stradone. Vide i compagni chini sul fratello e aumentò il passo.

In realtà i quattro erano più preoccupati di Santino. Non sapevano come affrontare il sorriso perenne di Santo che li metteva in imbarazzo e difficoltà perché non capivano se li prendesse in giro o fosse solo una smorfia naturale di ragazzo-uccello. Avvicinavano l'orecchio per tentare di smorfiarne i gorgheggi. Erano già pronti a scappare via terrorizzati dall'impermeabilità di Santo alle loro facce da bullo quando Santino si lanciò con tutto il suo peso contro il più crudele che cadde all'indietro. Santino ebbe solo il tempo di guardare suo fratello seduto, illeso e sorridente e anche a lui venne da ridere. Il compagno si era già rialzato. Approfittando della distrazione di Santino caricò il pugno e con tutta la forza lo colpì allo stomaco. Santino per il dolore si piegò in avanti e il compagno gli inflisse una violenta ginocchiata in piena faccia. Santino si afflosciò sul marciapiede. Sentiva il sapore del sangue in bocca e gli girava la testa. Il compagno si avvicinò ancora per colpirlo ma fu trattenuto dagli altri mentre Santo cominciò a bubolare come un uccello notturno. «Non ti ammazzo di botte davanti a tuo fratello *scimunito* perché è Natale» disse il più grosso «ma a scuola ti darò il resto». I quattro se ne andarono. Santino si rialzò. Aveva un taglio sul labbro.

Quando mamma aprì la porta si mise le mani ai capelli: «Che ti sei fatto?». «Sono scivolato spingendo la sedia a rotelle» rispose Santino. Papà prese del ghiaccio dal frigo perché il labbro era gonfio. A Santino faceva male, non sanguinava più e non servivano punti. Mamma per pranzo aveva preparato panini ma Santino non aveva fame. Santo ne mangiò uno volando a giri rasenti sulle figure pallide del presepe. Santino era stanco. Si mise a letto. Non voleva vivere il pomeriggio della Vigilia nella disperazione della sua chiave perduta, nella vergogna di avere torturato il fratello. Si addormentò.

Quando si svegliò c'era il buio dei pomeriggi d'inverno. Santino vide Santo accanto al letto che attendeva il suo risveglio con la pazienza degli avvoltoi. Appena intuì che Santino aveva aperto gli occhi fece il verso d'incoraggiamento della tortora. Uscirono fuori dalla stanza mentre papà sistemava il tavolo in salone. Chiese aiuto per portare piatti, bicchieri e posate. Santo s'industriò spingendo la sedia a rotelle in un trasporto sicuro per gli oggetti più fragili. Papà e mamma applaudirono per quella trovata d'ingegno mentre Santino tentava di divincolarsi dall'attenzione dei genitori, tormentato dall'assenza della sua chiave. Ma bisognava apparecchiare: papà indicava dove e come sistemare, Santo e Santino provvedevano. Misero anche delle candele davanti a ogni bicchiere. Quando finirono papà inventò la necessità dei segnaposto. Santino avrebbe scritto i nomi sui cartoncini e Santo, che non aveva l'uso né della parola né della scrittura, li avrebbe sistemati davanti a ogni piatto.

Santino passò in rassegna tutti i parenti del Natale. Molti, con gli anni, avevano allentato le visite, sempre più saltuarie, sino alla semplice telefonata di auguri. Santino aveva capito che Santo metteva in imbarazzo ogni ospite: si alzava all'improvviso da tavola per imbastire conversazioni di cinguettii, si metteva a correre per spiccare il volo, faceva il giro dal corridoio e tornava a sedersi. A tavola, per le feste, erano rimasti solo i più intimi.

Tutto era pronto. Gli ospiti erano già in viaggio. Dalla cucina arrivavano i profumi del Natale. La mamma disse a Santino di vestirsi con i pantaloni buoni, la camicia pulita e il maglione di lana fatto dalla nonna. E di aiutare Santo. Anche Santo aveva un maglione sferruzzato dalla nonna. Era colore del mare e in basso, a destra, la nonna aveva ricamato il suo nome. La nonna temeva che un giorno il nipote si sarebbe perso. Almeno avrebbero saputo come chiamarlo. Santo, quieto, si fece spogliare dal fratello. Quando Santino gli levò la canottiera scoprì sulla spalla di Santo un grosso livido procurato dalla caduta dalle scale. I pantaloni e le mutande di Santo puzzavano di pipì. Santino lavò il fratello e lo rivestì con cura. Gli mise un paio di calze nuove. Mentre gli allacciava le scarpe sollevò lo sguardo e vide le palpebre di Santo finalmente alzate. Santo allargò un'ala e abbracciò il fratello. Santino pensava alla sua chiave.

I nonni e gli altri erano arrivati. Dopo i saluti, gli abbracci, i baci, i regali sotto l'albero, la nonna andò in cucina per aiutare la mamma. La nonna non si trattenne: «Santo è troppo magro». «Santo è sempre stato magro. Mangia ma consuma tante energie» rispose la mamma con gli occhi dentro la pentola.

Furono finalmente a tavola. Prima del dolce papà si alzò. Quando tornò aveva il Bambinello e lo consegnò nelle mani di Santino. Era il momento di metterlo nella mangiatoia. Toccava a lui.

Tutti si avvicinarono al presepe. Santo con le palpebre a mezz'asta guardava il fratello. Santino allungò una mano verso la grotta, prese la mangiatoia per sistemare il Bambinello. Dentro la mangiatoia c'era la sua chiave. Santino si voltò verso il fratello, ma Santo era già volato via. Aveva aperto le sue grandi ali di cicogna del Natale per alzarsi oltre il lampadario del salone, sfiorò il puntale dell'albero addobbato, lasciò che le correnti del corridoio lo sostenessero in quota, affrontò le nuvole nella stanza dei genitori, il silenzio della camera che condivideva col fratello, planò in cucina sui resti della cena e le pentole sporche, diede uno sguardo dall'alto a tutto il suo cielo, vide in basso i nonni che si segnavano con la croce, l'imbarazzo degli zii, il sorriso di mamma e papà, lo sguardo ormai da grande di Santino e infine atterrò tra i pastori addormentati nell'attesa. Santo non era più un uccello. Era un ragazzo con le ali e un sorriso perenne. Mise due dita di entrambe le mani tra i denti e fischiò. Tutto il presepe si svegliò, persino lo *scimunito* aprì gli occhi e vide Santo, l'angelo sorridente che annunciava il mistero della Nascita.

Antonio Manzini

Babbo Natale

Ogni Natale che Dio mandava sulla terra Enzo era senza una lira. Durante l'anno sembrava che le cose si mettessero meglio, aveva speranze, progetti, che poi però come mosche all'arrivo dell'inverno cadevano uno dopo l'altro, e si ritrovava col conto in rosso e un mucchio di spese da affrontare.

Girava per la città fredda e piena di luci che penzolavano. C'erano alberi con i tronchi disegnati da serpenti luminosi che di notte parevano degli scheletri con le ossa di lampadine. *Buone feste* dipinto dovunque: sulle vetrine, sui giornali, sulle buste della spesa. Abeti carichi di palle, pupazzi di Babbo Natale ovunque, e pure i finti zampognari dei castelli che suonavano le ciaramelle agli incroci stordendo gli incauti passanti che si avvicinavano troppo agli strumenti. Tutti si aggiravano maledicendo il Natale, le feste, il freddo e i regali che dovevano fare comunque.

Enzo no. Enzo i regali non li avrebbe fatti. E a chi poi? Sua madre era l'unica persona di famiglia rimasta e da un anno e mezzo se ne stava su un letto d'ospedale in coma neurovegetativo. Monia l'aveva mollato da sei mesi due settimane e tre giorni. Rimpiazzarla non era stato possibile. Ma non per mancanza di volontà o per far passare quel periodo nero che serve per superare le ustioni di una delusione amorosa. Monia non era sostituibile. Era la donna più bella e vergognosamente eccitante che Enzo avesse mai visto in vita sua. In più, per un rimpiazzo, lo dice la parola stessa, ci vuole appunto un rimpiazzo e nessuna fra le poche donne che conosceva si interessava a lui. E perché poi avrebbe dovuto? Enzo non arrivava al metro e sessanta. I capelli se n'erano andati da tempo, i denti mischiati, gli occhi bovini e una bocca sottile a salvadanaio. Non aveva niente da offrire, a parte 38 metri quadrati a Cinecittà e una cronica mancanza di lavoro. A far cadere Monia fra le sue braccia era stata un'operazione che era costata molto ad Enzo in termini di tempo e denaro, ma era riuscito a farle credere di essere ben inserito nel mondo della cinematografia e farle capire che a stare con lui di strada ne avrebbe fatta.

Non era vero.

Enzo era una comparsa. Nella vita come nelle fiction televisive. Era un riempitivo. Passava davanti alla cinepresa ora vestito da prete, ora da poliziotto. Era una macchia, un colore. Non aveva anima, non aveva desideri. Era un figurante. E guadagnava cinquanta euro lordi al giorno, quando lavorava. Anche Monia all'inizio faceva la comparsa, si erano conosciuti proprio durante la lavorazione di una fiction televisiva, ma mentre Enzo era al suo posto lei era sprecata. Troppo bella, troppo appariscente, eclissava le attrici solo con uno sguardo. Quando poi capì la reale posizione di Enzo nello scintillante mondo della cinematografia romana, lo piantò dall'oggi al domani e divenne il braccio destro del capo comparse, uno di quelli che decide chi lavora e chi no. Monia aveva svoltato, comandava. Riconquistarla era impossibile quanto scalare il K2 con le infradito. In più la ragazza aveva venticinque anni, un corpo fatto proprio bene, e una disponibilità illimitata pur di avere una vita più comoda e felice. Chiaro che il capo comparse era solo uno dei pioli della scala verso il paradiso che Monia Breccoli stava scalando con le sue gambe lunghe e tornite.

Enzo carriera non ne aveva mai fatta. Torvo, scuro in viso, non gli stava mai bene niente. Cacciato da almeno due set perché aveva litigato con un attore, i capi raramente lo chiamavano. Oppure proprio quando le sue richieste erano talmente pressanti e pietose che non se la sentivano di dire di no.

Anni prima aveva avuto la sua occasione. Ma se l'era giocata malissimo.

Faceva parte del pubblico di «Tribunal». All'inizio doveva solo battere le mani e sorridere se c'era da sorridere. Poi con un colpo di fortuna fu scelto dagli autori per diventare una comparsa parlante, poteva addirittura prendere il microfono e dire la sua sui casi giudiziari dibattuti nel programma, con una paga aumentata di trenta euro al giorno.

Fu allora che commise l'errore.

Alla terza puntata Enzo, come da copione, prese la parola. Espresse la sua opinione sulla causa fra due condomini per un cane che pareva abbaiasse nel cuore della notte, e cominciò litigare con una vecchia *so tutto io.*

Gli partì un bestemmione in diretta.

Fu cacciato e multato.

La conduttrice del programma l'avrebbe voluto vedere morto, se possibile. La rete non gli fece causa ma lo interdisse ad perpetuum dagli studi del Palatino. Enzo rimase per un anno fuori dal mondo dell'etere arrangiandosi come braccio destro di Luigi, un elettrauto. Lui, che aveva 43 anni, doveva sentirsi chiamare ragazzo dai clienti. Ma non s'era arreso. Riusciva a farsi passare i treni addosso e rimanere vivo. Aveva fatto il pony express, il pizzicagnolo al banco alimentari, aveva consegnato elenchi del telefono, infilato volantini pubblicitari sui parabrezza di mezza Roma. S'era vestito da gladiatore per fare le foto coi turisti. Ovunque ci fosse da alzare un paio di euro ci s'era gettato con l'entusiasmo della fame.

E adesso era di nuovo Natale. Gli erano sfumate due fiction televisive che gli avrebbero dato un po' di tranquillità. A casa aveva settanta euro. Trecento ne doveva alla banca.

Il 21 dicembre aveva fatto il giro delle enoteche per consegnare i cesti natalizi. Ma studenti universitari carini e con la macchina di papà gli avevano soffiato anche quella possibilità.

Uscì dall'ultima enoteca a Circonvallazione Gianicolense con l'ennesima risposta negativa. Alzò gli occhi al cielo, che s'era fatto scuro e grasso di nuvole. «Perché?» disse fra i denti, «perché a me?».

Poi lo vide.

E gli venne l'idea.

Un Babbo Natale. Un pupazzo. Attaccato ad una scala luminosa, sembrava stesse scalando un balcone con un sacco in spalla per portare i regali in quell'appartamento.

Era una decorazione simpatica, allegra, per chi aveva in progetto di passare il Natale a casa, nel calore familiare, mangiando i fritti e il panettone. Sembrava un nano vestito di rosso attaccato alla corda. Un Babbo Natale di soli 20 centimetri più alto di lui.

Per Enzo era l'occasione.

Si guardò intorno. Babbi Natale appesi ce n'erano uno su ogni sette balconi, e questo solo a Via Gianicolense. Era una moda, un addobbo che da anni andava per la maggiore al quale lui non aveva mai fatto caso. Ma si sa, il bisogno aguzza i sensi e l'ingegno.

«Ciao France', sono Enzo».

«Enzo chi?».

«Enzo. La comparsa. Abbiamo fatto *L'amore di Ida* per Canale 5 insieme due anni fa, ricordi?».

«No».

«Sono quello pelato... mi vestivi da vescovo, ricordi?». Enzo si fermò a piazza Trilussa in mezzo al viavai di turisti.

«Ah sì, come no!» rispose Francesco Franti, ma la voce era vaga, puzzava di bugia. «Come stai? Buon Natale!».

«Anche a te, France'... anche a te. Senti...».

«Dimmi».

«Mi serve un favore».

«Se posso».

«Nel tuo studio, hai qualche costume che non ti serve?».

«Be', ne ho tanti. Ma niente centurioni, l'ho finiti».

Enzo sorrise. Qualche collega a pezzi come lui era già passato per le foto coi turisti al Colosseo. Ma la sua era un'idea molto migliore. «Ma chissenefrega dei gladiatori» rispose Enzo guardando una famiglia teutonica attraversare di corsa il lungotevere. «Io ho bisogno di un Babbo Natale».

«Mmm... senti, non lo so. Dovresti chiamare la mia assistente Sara, ricordi?».

«Certo».

«Ti mando il numero sul cellulare».

«Grazie. Senti, France'?».

«Dimmi, Enzo».

«Io però te lo devo chiedere come un favore. Non ho una lira».

Francesco Franti respirò pesante al telefono.

«Ma che ci devi fare?».

«Voglio mettermi all'uscita dei negozi. Magari alzo un po' di soldi».

«Va così male?».

«Va malissimo, France'» disse Enzo, e la sua voce si era incrinata di commozione.

«Va bene... va bene. Però, magari almeno le spese della tintoria...».

«Sicuro. Certo, France'. Certo. Sei un angelo. Ti ringrazio. Grazie, eh? E buon Natale».

«Buon Natale anche a te».

Meglio così, pensava Ninni mentre oltrepassava il Tevere all'altezza di Ponte Sisto e il traffico pareva impazzito. Aspettava che scattasse il semaforo pedonale per attraversare il lungotevere e tornare verso Campo de' Fiori.

Meglio così.

La stronza l'aveva lasciato come si butta un vecchio straccio pieno di buchi e nero di sporcizia. Al tavolo di un bar squallido frequentato da artistoidi da due lire che parlavano di cazzate senza senso e bevevano peggio. D'altra parte i suoi amici gliel'avevano detto: «Quella non fa per te». Ninni era un notaio. Uno dei più bravi. E guadagnava più di trecentomila all'anno. Con uno studio a viale Europa all'Eur e un attico a Mostacciano. Doveva dare retta ai suoi amici. Chiara era troppo diversa. Col suo piercing dorato sul naso, i suoi quadri nella stanza dell'appartamento di Trastevere che divideva con un nero americano e un mezzo recchione che diceva di fare il regista. Lui era un notaio. Anzi, lui era Renato Motta, notaro in Roma, così recitava la sua targa d'ottone, che da sola costava due quadri della stronza. Però Chiara lo faceva impazzire. Bionda, capelli sempre in disordine. Un corpo esile con due gambe lunghe da cavalla di razza e due seni duri che sfidavano la forza di gravità. Come i glutei. E per un quarantenne con un divorzio alle spalle, Chiara rappresentava un bel ricominciare. Era stato inutile cercare di farla trasferire nel suo attico, darle l'aiuto economico che ogni artista, da che mondo è mondo, non può e non deve rifiutare. «Mi sento in gabbia con te, Ninni» gli aveva detto. «Sei troppo attento alle cose materiali. Io e te apparteniamo a due tribù diverse. Tu sei la legge, lo stato, la regola. Io sono lo spirito, i colori, la libertà di un volo, la bellezza della pioggia».

Ninni scuoteva il capo incredulo, mentre Chiara lo imbottiva di cazzate lette probabilmente sui bigliettini dei Baci Perugina. Eppure lui le poteva garantire una vita agiata, che dipingesse pure, intanto avrebbe avuto di che fare la spesa e pagare le bollette. «Cioè, dovrei fare la mantenuta?» gli aveva urlato con gli occhi di fuori. «Che c'entra?» le aveva risposto lui. «Io ti amo!». «Come ami una di quelle tele da borghese che hai appeso in casa?». La discussione si era scaldata e nel bar quasi tutte le teste erano voltate verso il loro tavolino. «I miei quadri non sono tele da borghese, carina. Sono opere d'arte!».

«Bum!» e sputava il ghiaccio nel bicchiere ridendo sarcastica.

«Cos'è che ti piace di me?» gli aveva chiesto lei ad un certo punto. «Tutto» le aveva detto Ninni. «Il mio corpo?». «Pure».

«Invece io voglio che il mio uomo mi guardi dentro, per quello che sono. Dentro. La mia sensibilità, il bisogno che ho di raccontare, di dipingere». E vai coi Baci Perugina, aveva pensato Ninni con gli occhi al soffitto muffito di quel locale da quattro soldi. Alla fine lui aveva sbottato. «Cioè, quelle croste di merda senza senso tu me le chiami bisogno di dipingere? Lo sai perché hai esposto a via del Pellegrino? Perché il gallerista mi doveva la parcella e gliel'ho annullata in cambio del tuo vernissage del cazzo! E lo sai chi ha comprato gli unici due quadri che hai venduto? Io. E lo vuoi sapere? Stanno in garage!». «Vai affanculo Ninni». E aveva sbattuto il bicchiere sul tavolo di marmo bagnandogli il doppiopetto col quale doveva andare a stipulare di lì ad un'ora. Ninni aveva pagato il conto e se n'era andato lasciandosi alle spalle il bar di Trastevere e quei quattro artistoidi che lo guardavano sconvolti. Uomini senza coglioni, aveva pensato mentre sbatteva la porta del locale.

Un bel Natale. Lasciò via dei Giubbonari diretto a via del Corso, alla banca per l'atto di compravendita Franceschini-Diotaiuti.

Un bel Natale proprio. Suo figlio Luca quest'anno toccava alla stronza numero 1, la sua ex moglie, che se lo sarebbe portato a Pavia dai genitori. Non senza aver prima incassato il suo assegnuccio di alimenti che superava i quattromila euro.

Di raggiungere i suoi a Foggia non gli andava. Coi dodici cugini, sessanta nipoti, nonne e nonni. Una tribù ululante che mangiava come un esercito di lanzichenecchi. Poteva inventare che aveva la febbre. Se ne sarebbe stato da solo a guardare un film, poi chissà... poteva chiamare un paio di zoccole, la serata poteva anche diventare divertente. Mentre entrava nella banca, sperava che la sua segretaria avesse comprato i regali per suo figlio e la sua famiglia.

L'anello col rubino e i diamanti che aveva preso per Chiara l'avrebbe tenuto, per riciclarlo alla prima occasione. Lo toccò. Era ancora nella tasca destra del Burberry.

Gli stava un po' lungo di maniche, ma faceva la sua figura con la barba bianca e i capelli che uscivano dal berretto. Era anche di una bella stoffa rossa di velluto caldo. Non sperava di meglio. Sara, l'assistente costumista, gli aveva anche trovato un bel paio di stivali neri di cuoio che gli calzavano a pennello. Si guardava nello specchio del bagno del suo monolocale di Cinecittà, in piedi sulla tazza per osservarsi meglio le calzature, quando la tavoletta cedette di schianto e Enzo finì col culo per terra bestemmiando la trinità e tre quarti del calendario romano. Subito andò a controllare il danno massaggiandosi l'osso sacro. La tavoletta era spaccata in due. E così sarebbe rimasta. Il costume non aveva riportato danni. Nella sfortuna era andata bene.

Ora doveva rivestirsi e cominciare a darsi da fare. Non aveva tempo, l'indomani era la vigilia di Natale, c'era solo da sbrigarsi e non pensare a niente. Né ai rischi, né alle controindicazioni del caso. Si spogliò, si mise in borghese e uscì di casa.

Un vento pungente gli tagliava la faccia. Il motorino si accese al terzo tentativo e partì mentre nel cielo nuvole nere si addensavano gelide e minacciose.

Aveva scelto Mostacciano, il quartiere del capo comparse. Un po' perché era abitato da gente coi soldi, un po' per un senso di rivalsa nei confronti del maiale che si godeva Monia. Ne approfittò per passare addirittura sotto casa e fermarsi a guardare le finestre. Terzo piano. C'era la luce. Lì dietro, forse, c'era Monia davanti al televisore o in cucina a preparare un caffè al testadicazzo. Ripartì imprecando fra i denti e augurando alla coppia il peggior Natale della loro vita.

Percorreva le strade del quartiere lentamente, con la faccia all'insù. Osservava i balconi con le decorazioni natalizie. Luci ad intermittenza, scritte gioiose, piante addobbate con palline luminose. Sembrava che quegli appartamenti vomitassero l'opulenza sui balconi non riuscendo più a contenerla all'interno dove, nel tepore dei riscaldamenti autonomi, fra soffici tappeti persiani e splendidi mobili intarsiati, Enzo immaginava grossi abeti carichi di palle rosse di vetro con ai piedi decine di pacchetti luccicanti pronti per essere scartati. Odori di arrosti e di pesce, bottiglie stappate, fritti, torroni e panettoni come piovesse. L'aria diventò ancora più gelida, succede a chi non è invitato alla festa. Era sua ferma intenzione non guardare in faccia nessuno e prendersi un po' di Natale anche lui. Si fermò davanti ad un bel palazzo in cortina. Quattro piani. Su ogni piano c'era un Babbo Natale che scalava le finestre col suo sacco in spalla.

Il civico 52 di via Ildebrando Vivanti era quello che faceva per lui. Se lo segnò mentalmente e tornò a Cinecittà.

Rimase senza benzina sull'Appia. Bestemmiò il restante quarto del calendario romano mentre spingeva l'Honda SH 50 al benzinaio della Esso.

«No, mamma, proprio non ce la faccio. Sto ancora a studio e ne avrò pure per domani» mentì Ninni stravaccato sul suo divano in pelle mentre guardava il cielo nero e gravido di pioggia.

«Papà ci rimane male».

Sticazzi, avrebbe voluto dirle. Invece respirò e disse: «Digli che mi dispiace. Semmai se ce la faccio vengo dopo Santo Stefano che il lavoro è più tranquillo». Diede un finto colpo di tosse. «Tra l'altro non mi sento neanche tanto bene».

«Hai la febbre?».

«Boh. Speriamo di no, mamma».

«Che ti stai prendendo?».

«Niente».

«Fluimucil e una Tachipirina e stasera vai a letto presto».

«Va bene, mamma».

«Mannaggia quanto mi dispiace. Pensa che quest'anno viene pure Federica».

La cugina di Bari. «S'è lasciata con Domenico, lo sai?» disse sua madre con un tono di vero rammarico. «Sta malissimo!».

Certo, pensò Ninni, s'era presa l'uomo più ricco delle Puglie, grazie che stava malissimo. Non era riuscita a farsi sposare e ora era di nuovo in bolletta.

«Vabbè, ma Federica è giovane, vedrai che si riprende».

«Ti sento triste. Guarda che a una mamma non sfugge niente, eh?».

«No, mamma. È tutto a posto. Ora ti devo lasciare che la segretaria mi sta chiamando con l'interfono».

«Va bene. Allora ci telefoniamo domani per gli auguri».

«Va bene. Ciao mamma. Ciao».

Si alzò e andò alla finestra. Sui tetti delle case il cielo era grigio piombo. Le luci rossastre della periferia si riflettevano nella pancia sporca delle nuvole minacciose. Lontano, dietro i doppi vetri gelati, i clacson. Le punte degli abeti del giardino condominiale ondeggiavano al vento.

Non s'era mai sentito così solo in vita sua. Dovette resistere per non chiamare Chiara.

Un pensiero, veloce come un fulmine che sfregia il cielo, gli passò nella testa. Con uno scatto infilò il giaccone, prese le chiavi del box e scese in garage. Aprì la saracinesca. Il motore della Volvo era ancora caldo. Superò l'auto con una veronica. Afferrò due pacchi incellofanati che erano poggiati per terra, davanti al muso dell'auto. Li scartò. Prese un cacciavite da una mensola. Guardò le due croste di Chiara che, nonostante le spiegazioni, ancora cercava di capire che cosa rappresentassero e le colpì sfregiandole e riducendole in mille pezzi. Con calci tremendi sfondò i telai.

Guardò i brandelli delle due tele ai suoi piedi. Col fiatone, le orecchie rosse, sentiva il sudore sotto le ascelle. La cosa strana è che così, a pezzi, dilaniati e strappati, non erano peggio o più brutti di quando erano due creazioni pensate e volute dall'estro di Chiara. Anzi, ora se non altro erano più originali. Più *concettuali*, come amava dire la stronza. Gli venne da ridere. Afferrò i brandelli delle due tele insieme al legno dell'intelaiatura e li portò fuori dal suo box. Li gettò a terra nell'ingresso del garage condominiale. Impugnò l'accendino e gli diede fuoco. L'acrilico, la tela e il legno presero immediatamente. Guardava le fiamme divorare per sempre quelle due schifezze facendole sparire dalla sua vita e dal mondo che di orrori ne aveva già abbastanza, senza che la mano di Chiara ne aggiungesse degli altri. E mentre il fuoco saliva e divorava il mucchio di stracci e legno, Ninni si sentì finalmente meglio. Anche quando le fiamme lambirono l'antincendio e decine di spruzzi d'acqua si liberarono dal soffitto del garage per inondare il lungo corridoio, lui alzò il viso e si lasciò bagnare ridendo, felice come un bambino.

«Parlo con Enzo De Dominicis?».

«Chi è?» rispose Enzo stupito che non gli avessero ancora tagliato il telefono di casa.

«Lei mi dica se parlo con Enzo De Dominicis, e io le dico chi sono» la voce era fredda e pulita. Enzo non aveva amici che si esprimevano così. Meglio, Enzo non aveva proprio amici. Era una voce che parlava di burocrazia, debiti e rotture di palle.

«No, il signor De Dominicis non è in casa. Sono il cugino» mentì, «ora posso sapere con chi parlo?».

Ci fu una pausa all'altro capo, colmata da un respiro profondo. Chiunque fosse, non aveva creduto alla bugia, Enzo lo percepiva.

«È la Banca Popolare di Milano».

«Ah. Che succede?».

«Allora signor...?».

«De Dominicis» rispose Enzo. «Alfredo De Dominicis».

«Bene, allora signor... Alfredo De Dominicis» disse l'impiegato senza nascondere l'ironia pronunciando quel nome che evidentemente gli suonava falso come una banconota da tre euro «ho una comunicazione urgente per suo cugino».

«Mi dica... se posso riferirò. Ma sono in partenza e non so quando rientra. Lascerò una nota comunque».

«Ecco, bravo, lasci una nota».

«Che fa? Mi prende per il culo?».

«No, assolutamente» fece il cassiere.

«Allora se mi vuol dire di che si tratta così sia io che lei torniamo ai fatti nostri».

«Suo cugino ha un ammanco di 330 euro».

«Bene».

«Bene? Mah, se lo dice lei... allora gli dica di passare al più presto in banca, di pareggiare e di non emettere assegni. Il suo bancomat per ora è bloccato».

Enzo si morse il labbro. «Va bene. Glielo dirò. Ma non credo che prima del 27 possa farcela».

«Lei glielo dica, signor Alfredo De Dominicis. Gli dica che ha chiamato Giovanni dalla banca. Basterà. Sono stato chiaro?».

«Limpido, Giovanni dalla banca. Ora devo andare. Arrivederci».

Mise giù senza aspettare la risposta imprecando fra i denti.

E il 27 scadeva pure l'affitto. Guardò il costume di Babbo Natale sul divano. La giornata era cominciata molto male, ma era ferma intenzione di Enzo darle una svolta nella serata. Una svolta che gli avrebbe permesso almeno un po' di tranquillità fino alla fine di gennaio. Tutte le speranze erano racchiuse in quel cencio di velluto rosso, in quel cappelletto con la barba di ovatta attaccata e in quel paio di stivali neri numero 39.

«Allora... davanti a me... notaio Renato Motta in Roma sono presenti il signor...».

Stipulava l'acquisto di un negozio a viale Marconi. Leggeva l'atto senza neanche ascoltarsi. La litania degli articoli, dei comma. I compratori stavano attentissimi. Il venditore, un vecchio di 90 anni accompagnato da un nipote, masticava la dentiera e non capiva niente di quello che gli stava succedendo.

Ninni non aveva chiuso occhio. S'era rivoltato nel letto tutta la notte. Aveva guardato 18 volte il cellulare, sperando in un sms, una chiamata non risposta. Ma Chiara non s'era fatta viva. Alle tre era uscito con la macchina e s'era fatto un giro per l'Eur. Ma era tardi. Non c'era neanche una zoccola. Solo travestiti, che a Ninni facevano schifo più del Natale.

Finì di leggere l'atto. Guardò i clienti. Poi fece firmare. Prese i documenti e li diede alla segretaria per le fotocopie. Ci fu il passaggio degli assegni che Ninni controllò, la consegna delle chiavi, le strette di mano. Il vecchio e il nipote uscirono con 350.000 euro in tasca, i compratori firmarono l'ultimo assegno per lui. Poi fra sorrisi e buon Natale uscirono dallo studio.

Erano le tre. La giornata era finita. Poteva chiudere. Andarsene a casa. A fare che non lo sapeva ancora. Ma almeno poteva ubriacarsi fino a diventare scemo, a vomitare e a buttarsi sul letto a baldacchino indonesiano e rimanerci fino all'anno prossimo.

Si infilò nel bagno. Si sedette e aprì «Il Messaggero» per cercare l'ispirazione. L'occhio gli cadde sugli annunci.

AAA. Altrui studio. Pantera nera, a tutte le ore. Pure a Natale. Chiamami.

Pantera nera? Un'africana? No, non gli interessava.

AAA. Altrui studio. Espertissima trans...

Trans, per carità.

AAA. Altrui selvaggia dannunziana piedini adorabili. Ti ordino di chiamarmi!

Ma vaffanculo tu e i piedini adorabili.

AAA. Altrui vuoi botte? Vuoi essere umiliato? Vuoi bere il mio nettare? Chiamami.

No, non voleva botte. Né bere pipì.

AAA. Altrui studio. Doppia emozione, chiamami.

Doppia emozione stava per rapporti anali e vaginali. Ma contemporaneamente? si chiese atterrito. Era un rischio. Passò oltre.

AAA. Altrui stupenda statuaria felina romana 25 anni mora quinta di seno gambe autostradali anche tutta la notte, ti farò impazzire. Non guardare oltre, mi hai trovata. Fatti un bel regalo di Natale.

Un bel regalo... gambe autostradali... quinta di seno.

Prese il cellulare e fece il numero.

Al secondo squillo rispose una segreteria telefonica.

«Ciao, mi hai chiamata?».

Che scoperta, si disse Ninni ancora seduto sulla tazza del bagno.

«Mmff... mi chiamo Giada, come la pietra, perché io sono una pietra preziosa. Sono alta un metro e settanta, porto la quinta di seno, sono abbronzata capelli neri e occhi verdi...» la voce aveva un accento decisamente romano, non era quindi qualche colf asiatica che cercava di arrotondare lo stipendio. «Sono una studentessa, ho 25 anni e ti farò impazzire. Te lo prenderò in bocca, in mano, fra le mie cosce turgide e muscolose, non ti basterà una sola volta».

Ma studentessa di che? si chiese Ninni sorridendo come un idiota.

«Dovrai dare il massimo, con me. Sono spregiudicata, senza inibizioni. Posso essere dolce come un cucciolo e tremenda come una tigre. Sarò la tua padrona, la tua schiava, il tuo oggetto del desiderio. Ti farò godere in cento modi diversi e dopo non potrai più fare a meno di me. Sono una mirfomane».

«... mirfomane?» fece Ninni ad alta voce.

«E quando mi avrai assaggiata allora avrai sentito il vero sapore del sesssssssoooo».

Poi la voce da calda e sensuale divenne improvvisamente professionale e distaccata. «Se mi vuoi chiama al seguente numero dalle 17 alle 19 per prendere appuntamento, solo distinti e facoltosi 347...».

Eccitato aveva dimenticato di segnarsi il numero del cellulare, perché l'avrebbe chiamata. Di sicuro. Per passare un Natale così laico da far rabbrividire Giuseppe Stalin. Doveva richiamare e sorbirsi di nuovo tutta la tiritera pseudo erotica della *mirfomane* sulla segreteria. L'avrebbe fatto dalla scrivania, almeno lì una penna per prendere un appunto l'aveva.

Erano le sei e mezza, fuori era buio. Enzo ripassava mentalmente: il costume di Babbo Natale, gli stivali, la corda, aveva tutto. Sostituì l'introvabile sacco di iuta da portare in spalla con una busta dell'Oviesse. La benzina nel motorino c'era e lui era pronto. Tracannò una intera macchinetta di caffè, fumò una Diana, infine lasciò l'appartamento di Cinecittà.

Mancavano dieci minuti alle sette e il cielo era nero ma senza nuvole. Una tramontana feroce aveva spazzato via tutto lasciando sul pianeta lo stesso freddo che c'era fra le stelle.

Inforcò il vecchio motorino che partì al primo colpo,

un segnale positivo, e lasciò il quartiere di Cinecittà diretto a Mostacciano, via Ildebrando Vivanti 52.

Le strade erano trafficatissime dagli ultimi disperati del Natale. Era il momento magico in cui i negozi riuscivano a vendere tutti gli scarti che da anni ammuffivano nei depositi. Teiere a forma di topo, pantofole con la faccia dei puffi, penne stilografiche della Roma e della Lazio, crocifissi in bandone ondulato tempestati di conchiglie. Enzo attraversava la folla di macchine e umani carichi di panettoni e buste di regali. E pensò che il Natale l'aveva inventato un sadico per far sentire ancora più solo chi solo lo era per davvero. Fermo al semaforo sentì una coppia di giovani su uno scooter questionare.

«Ma te pare che a nonno gli hai regalato i pokemon?».

«Perché?».

«Ma che cazzo ce fa? Piuttosto a tu' cognata una cosa bisogna compralla...».

Scattò il verde e Enzo insieme a lui. La Tuscolana lo depositò a San Giovanni. Ancora una mezz'oretta e sarebbe arrivato a destinazione. Il freddo gli era penetrato ovunque. Batteva i denti, ed era sicuro che il 25 se lo sarebbe passato a letto, con un 39 e mezzo e un raffreddore terrificante. Sperava però almeno con i soldi per le medicine. Qualcuno sparò un petardo e un paio di macchine si misero a strillare.

Aveva prenotato la *mirfomane* per tutta la sera. Cena compresa. Gli sarebbe costata 600 euro. Ma se ne fregava. Era un sesto di quello che aveva speso per l'anello della stronza. E di una cosa era sicuro. Se Giada avesse mantenuto la metà delle cose che prometteva per telefono si sarebbe fatto una scopata memorabile.

Aveva chiamato il negozio di delicatessen per la cena. Salmone, insalata di mare, caviale grigio, due dozzine di ostriche, una spigola al forno e totani ripieni. La tavola era apparecchiata come meglio non si poteva, con le candele rosse, e uno chardonnay da 65 euro a bottiglia, il Veuve Clicquot invece era già in frigo. La casa era calda e accogliente. Aveva anche acceso il camino che illuminava soffusamente i due Mambor a olio che troneggiavano sulla parete opposta del salone. Aveva cambiato le lenzuola, gli asciugamani nei bagni padronali. I 200 metri quadrati dell'attico odoravano di essenze all'arancia e menta. La cucina era perfetta, pulita, scintillante. Con la penisola Arclinea in evidenza sotto una cascata di luci alogene e stoviglie di rame. Il corridoio era tutto illuminato, e alle pareti i suoi quadri preferiti. Una marina napoletana di Gigante, due Mimmo Rotella e un Cremonini. Mulas e Vespignani li aveva piazzati nel disimpegno del bagno, sopra il letto aveva lasciato una crocifissione di Manzini. Se in quella casa fosse entrata Naomi Campbell gliel'avrebbe data in meno di dodici minuti, soprattutto quando avrebbe notato che i suoi piedi poggiavano su tappeti iraniani del '700 gettati alla rinfusa su un parquet di risulta proveniente dal senese. Tutto questo per la *mirfomane* era troppo. A quella sarebbe andato bene anche un monolocale a Tor Tre Teste, bastava che sul comodino ci fossero i 600 euro. Ma Ninni ci teneva lo stesso. Voleva pensare a Giada come una da conquistare, non una prezzolata, e per un po' avrebbe tirato avanti il gioco delle parti come il suo mestiere di notaio spesso gli aveva insegnato.

Suonò il citofono.

«Sì?».

«Sono Giada».

Un brivido corse per la colonna vertebrale.

«Vieni. Ultimo piano».

Aprì il portone e si affacciò alla porta di casa. Fra poco sarebbe apparsa sul pianerottolo. Un fremito nervoso gli strizzò lo stomaco. E se fosse stata una cozza? Che avrebbe fatto? L'avrebbe rimandata a casa? Dopo tutto questo? Aveva rischiato, spendendo e organizzando l'incontro senza sapere effettivamente se Giada fosse all'altezza o meno. Si aprì la porta dell'ascensore e la donna uscì. La vide avvicinarsi su un paio di tacchi vertiginosi, chiusa in un cappotto di lana, i capelli lunghi e neri staccavano sugli occhi verdi e sorridenti. I denti bianchi, la carnagione di zucchero. Renato detto Ninni deglutì.

Era all'altezza.

«Ciao...».

«Ciao... vieni, entra».

La fece accomodare. Giada si tolse il cappotto. Aveva una gonna attillata che modellava un sedere perfetto, e la quinta di seno contenuto a malapena nel golfino puntava decisa verso il soffitto.

«Che casa...».

«Ti piace?» disse Ninni mentre appendeva il cappotto nell'armadio guardaroba dell'ingresso.

«Accidenti...».

Aveva esagerato col rossetto e il fondotinta. E anche il profumo, troppo e troppo dolce. Ma erano particolari che impallidivano di fronte a quel corpo dipinto da un pittore rinascimentale in stato di grazia.

«Vieni... bevi qualcosa?».

«Volentieri».

Le fece strada seguendola in salone. Aveva i polpacci disegnati, le caviglie sottili, e il culo sembrava una castagna.

«Sei romana?».

«Nata a Roma. I genitori pugliesi».

Si sedette sul divano e accavallò le gambe chilometriche scoprendo un pezzo di coscia lasciata nuda dalle autoreggenti.

«Anch'io sono pugliese. Di Foggia».

«I miei di Brindisi».

Sticazzi, pensò Ninni, ma non lo disse.

«È una casa fantastica. Il camino... che bella».

«Grazie. Vino bianco?».

«Perché no?».

Ninni andò al tavolo. Riempì due bicchieri e tornò al divano porgendogliene uno.

«Ecco a te!».

«Alla salute» disse la ragazza e rise.

«Sei bellissima, Giada».

«Grazie».

«Non...».

«Non te l'aspettavi volevi dire?».

«Sì...».

Giada bevve un sorso di vino e poggiò il bicchiere sul tavolino di mogano. Ninni notò che aveva lasciato il segno del rossetto sul bordo.

«Lo so. Me lo dicono in tanti... ma perché una ragazza come te...?».

«Non lo voglio sapere» la fermò Ninni. «Non m'importa, avrai le tue ragioni. Stasera diciamo che non è così. Stasera io e te ci siamo appena conosciuti, va bene?».

«Va bene. E dove?».

«In un bar al Pantheon...».

«Divertente. Va bene, al Pantheon...».

Ninni la osservava e si scoprì a deglutire come un assetato di fronte a una fonte d'acqua pura.

«Invece dimmi perché uno come te, bello, pieno di soldi, scusa se sono così diretta però... insomma uno così chiama una come me per passare la notte di Natale».

«Ci sono tanti motivi. Primo perché per me il Natale non è niente. Secondo perché non sono fidanzato da 48 ore, terzo perché avevo voglia di una donna che non mi conoscesse e che io non conoscevo, quarto perché... boh... così, mi andava, ecco tutto».

«Te che lavoro fai?».

«Il notaio».

«Ah!» fece con aria soddisfatta. Prese il bicchiere e sorseggiò ancora il vino.

«Non parliamo di cose tristi, va bene?» le disse.

«Certo. È Natale!» rispose lei. «Senti, così ci leviamo il pensiero...».

«Sicuro...». Ninni capì al volo e si alzò. Raggiunse il mobile libreria, da un cassetto prese seicento euro e li porse a Giada.

«Ecco, sono 600, se vuoi contarli...».

«Se non ci si può fidare neanche più di un notaio!» e sorridendo li fece sparire nella borsetta di pitone che teneva accanto a sé.

Ha anche un certo senso dell'umorismo, pensò Ninni.

«Fame?».

«Un po'».

«Allora a tavola!».

La fece accomodare, poi da sopra una mensola di cristallo prese il salmone, il caviale e l'insalata di mare.

«Buon Natale, Giada».

«Anche a te... oh, ma non mi hai ancora detto come ti chiami».

«Ninni».

«Che sta per?».

«Renato».

«Buon Natale, Renato».

E disse Renato così bello e rotondo che al notaio gli venne duro.

Sarebbe stato proprio un bel Natale.

La solita piccola sosta sotto casa di Monia. Era tutto spento. Enzo le aveva mandato un paio di maledizioni, a lei e a quel testadicazzo di capo comparse, augurandogli di strozzarsi coi fritti, poi ripreso il motorino era arrivato a pochi metri dal suo obiettivo, il palazzo a via Ildebrando Vivanti. Spense il ciclomotore e si incamminò verso il civico. Non incontrò nessuno. Solo macchine che sfrecciavano dirette a qualche cenone.

Meglio, si disse. Più uscivano dai loro appartamenti, più gli facilitavano il compito.

Al primo, al terzo e al quarto piano le luci erano accese. Al secondo no. L'unico obiettivo possibile rimaneva dunque quello. Prese fiato. Si accorse che non aveva paura, che stava bene, e che soprattutto era calmo e sereno, fiducioso che la cosa sarebbe stata facile e indolore. Non sapeva da dove venisse quella convinzione. Forse era la disperazione della fame, le carceri sono piene di gente che ha perso la prudenza perché in quel momento si sentiva invincibile e imprendibile. Sperava non fosse il suo caso. Anche se, almeno in galera, non avrebbe dovuto più pensare al vitto e all'affitto che scadeva ogni mese.

Entrò nel condominio. La guardiola del portiere era vuota. Sul vetro la scritta buone feste e un alberello nano striminzito pieno di pallette rosse lampeggiavano nella semioscurità del gabbiotto.

Attraversò il giardino che serviva da parcheggio. Ci viveva gente che aveva vinto nella vita, a giudicare dai modelli lustri, nuovi e costosi che riposavano ai piedi della palazzina. Un'edera rigogliosa partiva dal piano terra e arrivava fino a metà del primo piano. Un pino allungava i suoi rami sino al secondo. Enzo guardò in su. Un grappolo di Babbo Natale appesi luccicanti stava scalando il palazzo. Sorrise. Trovò un angolo oscuro del giardino e si appartò. Appena in tempo, perché una grossa Mercedes entrò e dipinse di luce il palazzo coi suoi fari alogeni. Acquattato dietro un cespuglio aspettò. Dall'auto scesero padre madre e due bambini sotto i dieci anni. Eccitati e imbacuccati. L'uomo aprì il bagagliaio e prese una busta enorme. I regali, pensò Enzo. Quindi sparirono nel portone. Attese un paio di minuti, poi finalmente si cambiò. Ci mise solo cinque minuti per trasformarsi in un bel Babbo Natale con tanto di barba e berretto. Lasciò i suoi vestiti nascosti nel cespuglio, li avrebbe recuperati in seguito. Si tirò su i pantaloni e li assicurò col grosso cinturone di pelle nera. Dalla busta dell'Oviesse che fungeva da sacco porta doni tirò fuori la corda. Si sfregò le mani. Individuò il punto più comodo e sicuro e cominciò la scalata.

Al primo piano ci arrivò in un istante. Doveva essere silenzioso e accorto. Attento ai vasi e alle piante, ma soprattutto attento a non cadere. Alla sommità della corda aveva legato una vecchia ancora di un gommone che aveva trovato a Ostia tanti anni prima. Era perfetta. Si agganciava alla balaustra come un vero rampino. Poi con la forza delle braccia bastava tirarsi su, appoggiarsi all'inferriata del balcone e passare al piano successivo.

Michelino era in bagno a lavarsi le mani. A casa dei nonni il Natale era proprio Natale. C'erano tutti i suoi cugini. Che erano sette. Più gli zii. Avrebbero giocato a carte fino a mezzanotte. Dopo sarebbero arrivati i regali. La storia di Babbo Natale l'aveva già capita dai tempi della seconda elementare, aveva fatto finta di crederci, per convenienza, per un altro anno. Poi glielo aveva detto alla mamma che Babbo Natale non esisteva, e che i regali li compravano loro o i nonni o gli zii. Non era stata una cosa traumatica, ma doveva tenersi il segreto per sé. Perché era il più grande dei cugini, e gli altri, tutti sotto i dieci anni, a Babbo Natale ci credevano ancora. Michelino li guardava dall'alto in basso, perché lui era a parte del segreto, come suo padre e sua madre, come gli zii, i grandi. Quando arrivava la mezzanotte Michelino fingeva, scambiava occhiolini col padre e la madre che ridevano insieme a lui della paura dei più piccoli quando si spegneva la luce perché il vecchio vestito di rosso stava arrivando, e se ne stavano in trepida attesa in cucina attenti a ogni rumore. Stasera doveva fare la stessa recita dell'anno scorso. Ma sperava che la mamma o il papà si fossero ricordati la PlayStation 4, che era la cosa che davvero desiderava più di ogni altra. Si stava asciugando le mani quando un'ombra passò davanti alla finestra del bagno. Michelino si affacciò. E attraverso il vetro vide una cosa che lo avrebbe traumatizzato per gli anni a venire. Fuori, appeso ad una corda, con un sacco in spalla, sospeso nel vuoto, c'era lui, Babbo Natale, con la barba bianca e il cappello rosso in testa. Si guardarono. Michelino a bocca aperta. Anche Babbo Natale a bocca aperta. Il ragazzino lo salutò con la manina, e Babbo Natale rispose al saluto. Penzolava a dieci metri d'altezza e non somigliava a nessuno della famiglia che si fosse prestato a interpretare il vecchio. Babbo Natale si attaccò alla ringhiera del balcone del piano superiore. Michele aprì la finestra. Lo guardò intensamente. Quello mise l'indice sulla bocca e gli fece «Sshhttt!».

Il bambino annuì. «Non ti preoccupare. Non lo dico a nessuno, signor Babbo».

«Bravo» gli disse quello sottovoce.

«Ma la PlayStation me l'hai portata?» gli chiese, tanto per stare tranquilli.

Babbo Natale annuì tre volte e sparì nel balcone del piano di sopra. Michele chiuse la finestra e tornò in salone dove i parenti avevano cominciato ad addentare gli antipasti.

«Che hai, Michelino?» gli chiese la mamma.

«Niente, mamma. Però domani dobbiamo parlare».

Sua madre lo accarezzò sulla testa e tornò a tavola. Michelino si sedette e guardò tutti i suoi cuginetti con un atteggiamento diverso. Cambiato. Forse ne sapevano più di lui. L'unica cosa che un po' stonava era che Babbo Natale se ne andava in giro con una vecchia busta dell'Oviesse invece del classico sacco di iuta. Ma era un particolare poco importante.

Enzo atterrò al secondo piano. Tutto buio e tranquillo. Solo che c'erano le inferriate e una specie di lampada a intermittenza gialla se ne stava in mezzo al balcone come una minaccia.

L'antifurto.

Se avesse provato ad aprire una finestra, si sarebbe scatenata l'ira di Dio. Si guardò intorno. Dall'altra parte del balcone, vide una finestrella senza grata, socchiusa. Enzo si allungò, facendo presa sulla ringhiera, e spingendola con il piede riuscì ad aprirla. Dentro era buio. Doveva spiccare un balzo e attaccarsi al davanzale, che però era piccolo. Se avesse lisciato la presa avrebbe fatto un volo di dodici metri. E l'avrebbero ritrovato morto spiaccicato solo la mattina seguente. Sorrise a pensare all'articolo che sarebbe uscito sul «Messaggero». Si fece forza, obbligandosi a non guardare di sotto. Di fronte a lui un pupazzo di Babbo Natale se ne stava a penzoloni col suo sacco finto di regali e le lucine a intermittenza che gli illuminavano la scaletta. Prese coraggio, contò fino a tre e saltò. Le mani fecero presa saldamente sul davanzale e riuscì a poggiare i piedi su un tubo del gas che passava lì sotto. Si tirò su e si affacciò. Nel buio della stanza vide due occhi luminosi e una forma nera spiccare un salto verso di lui. L'ombra si materializzò. Un dobermann sbavante gli ringhiò a dieci centimetri dalla faccia e cominciò ad abbaiare. Enzo aveva terrore dei cani. Si ritrovò appeso e impotente, pregando Dio che la bestia non facesse un balzo troppo lungo e lo mordesse sul naso sfigurandolo per sempre. Voleva gridare aiuto, ma non gli parve il caso. Il dobermann continuava ad abbaiare, e il latrato rimbombava nella tromba del condominio diventando una cosa insopportabile. Al terzo piano qualcuno accese la luce sopra di lui. Doveva tornare sul balcone. Rimanere lì era un suicidio. Saltare da una piattaforma ad un tubo si può fare. Il contrario è molto più difficile, i piedi per darsi lo slancio non hanno una presa sicura. Però dalla sua Enzo aveva il terrore e la disperazione. Neanche se ne accorse, le sue gambe partirono quasi da sole e si ritrovò abbracciato alla ringhiera del terrazzo. Con un colpo di reni si tirò su. Ora era al sicuro, lontano dalla finestra, ma il cane continuava a latrare e fra poco tutto il condominio si sarebbe affacciato per vedere quello che succedeva. Doveva tornare indietro, scendere di un piano, almeno fino a quando la bestia non la smetteva.

Aveva messo un disco di Diana Krall e Giada s'era seduta sul divano. Il vino stava aiutando, erano meno impacciati. Ninni le si sedette accanto. Aveva voglia di accarezzare quelle gambe vellutate, ma si bloccò a metà del gesto. Che scemo, pensò, l'hai pagata! È qui per questo, perché non ti dai da fare? Ma qualcosa glielo impediva.

«Ma fare il notaio è divertente?».

«Eh?» disse Ninni e tornò a guardarla negli occhi, verdi, da gatta. «Sì, all'inizio forse. Poi è una routine».

«Però... si guadagna bene, no?» fece Giada dando un colpo d'occhio alla casa.

«Sì. Si guadagna bene».

«Ti posso chiedere quanto?».

«No».

Risero.

«E tu? Dai, dimmi, quanto si guadagna?» chiese Ninni avvicinandosi una ventina di centimetri a Giada. Solo ora notò che aveva un paio di buchi sulla pelle, regalo di una potente acne giovanile.

«Che vuoi sapere? Certe volte va bene, altre un po' meno».

«Tipo?».

«Tipo... tipo cinquemila».

«Al mese?».

«Certo...».

«Be', esentasse, mica male».

«Sì, ma guarda che devo mandare giù delle cose che neanche te le immagini».

Ninni dondolò la testa come uno che la sapeva lunga.

«Vecchi?».

«Fosse quello. Certi...» scoppiò a ridere «no, non te lo posso dire».

«E dai!».

«No, dai Ninni, non posso».

«Ne avrai di cose da raccontare».

«A migliaia». Prese un altro sorso di vino che le sciolse la lingua. «Ci sono certi che...» e allungò il mignolo davanti alla faccia di Ninni.

«Si mettono lo smalto?» interpretò male Ninni.

Giada scoppiò a ridere. «No, ma che smalto! Guarda!» gli disse indicando il mignolo col naso.

«Ah! Ce l'hanno piccolo?».

«Sì. E sono quelli che dicono le cose più porche».

«Tipo?».

«Uffa, dai. Tipo, dimmi che ce l'ho grosso, che ti sto facendo impazzire brutta troia».

«Dicono così?».

«Sì». Giada continuava a ridere e Ninni si perdeva nel bianco dei suoi denti, nella perfezione della chiostra, in quegli occhi verdi cosparsi qua e là di pagliuzze dorate.

«Poi ci sono quelli che si travestono da donna, i masochisti, i...».

«Sei fidanzata?» le chiese Ninni all'improvviso.

Giada divenne seria e lo guardò.

«Che c'entra?».

«Niente. Così, per sapere. Ricordi? Ci siamo conosciuti in un bar al Pantheon!».

«Sì».

Ninni la guardò. Per alcuni secondi non dissero niente.

«E lui? Dico, lui lo sa?».

«Sì».

«E che dice?».

«Niente. Sa che lo faccio per lavoro, mica per divertimento».

«Menti».

«Non lo faccio per divertimento!».

«No, menti sul tuo uomo!».

Poi Ninni si alzò per cambiare il cd.

«Ti piacciono gli All India Radio?».

«Non lo so, non li ho mai sentiti».

Mise un cd e tornò al divano, ma stavolta si sedette sulla poltrona davanti a lei, come se volesse studiarla meglio.

«Secondo me il tuo uomo non è felice. Io se fossi la mia donna non lo sarei».

«Ma non sono la tua donna» disse seria Giada.

«E secondo me tu non lo fai abitualmente. Non sei

una professionista, dimmi se sbaglio. Ogni tanto, per arrotondare».

«Mi stai annoiando Ninni» disse Giada sorridendo. «Ti piacerebbe parlare di stipule e atti notarili?».

«Ammetterai che il sesso è un pochino più piccante come argomento di conversazione. Poi che coincida con il tuo lavoro è una coincidenza, appunto. O no?».

Gli occhi di Giada divennero seri all'improvviso, come attraversati da una scossa. «Non credo che rimarrò qui tutta la sera».

«Invece sì. Hai preso i soldi. E stai qui con me».

Si guardarono.

«Te li posso sempre restituire».

«E a casa al tuo uomo che racconti?».

«Quelli sono cazzi miei. Sai una cosa, Ninni? Credo che farò proprio così».

Afferrò la borsa, tirò fuori i 600 euro, li sbatté sul divano e si alzò per andare a prendere il suo cappotto. «Grazie per la cena» disse mentre stava aprendo l'armadio guardaroba dell'ingresso. Non accorgendosi che Ninni era già alle sue spalle. La girò, la guardò negli occhi, serio, e la baciò.

E Giada si lasciò andare. Fu un bacio lungo e profondo. Niente a che vedere con una prestazione sessuale a pagamento.

Perché le prostitute i baci non li danno mai.

«Porca troia» disse Enzo fra i denti che battevano per il freddo. Per accucciarsi e nascondersi dopo il salto sul balcone, s'era straziato un polpaccio su un vaso sbreccato e aveva strappato il costume. Almeno il cane aveva smesso di abbaiare. Si guardò la ferita. Poco più di un graffio, ma il costume era andato. L'avrebbe dovuto ripagare, i patti erano patti.

Porca troia, qualcosa mi inventerò, pensò. E proseguì la scalata.

Era appeso fra il secondo e il terzo piano quando vide due fari illuminare un pezzo del giardino condominiale. Si bloccò come uno scarafaggio, protetto dalla balaustra di vetro e ferro del balcone. Non aveva il coraggio di girare la testa. Ma nascosto nell'ombra, attraverso il piano del terrazzo e il parapetto di ferro vide ferma in mezzo al vialetto una macchina della vigilanza.

Quel cane del cazzo... pensò mentre appeso alla sua corda pregava che i metronotte non si accorgessero di lui.

«Centrale a macchina 6... sospetto di furto al 21 di via di Monteverde... bzzz».

«Che palle...» disse il vigilante Mastrangeli che stava al volante e guardava il palazzo di via Ildebrando Vivanti, mentre il suo collega Paolini scese dalla macchina e cominciò ad illuminarlo con una torcia.

«Che ti frega?» gli rispose quello. «Mica siamo la macchina 6? Comunque qui non c'è un cazzo».

«Pare di no».

«Bel Natale». Illuminò con la luce il secondo piano e la finestra ancora aperta da dove il dobermann aveva latrato per almeno dieci minuti.

«Bello veramente. Senti che freddo».

«È che in questo quartiere so' paranoici. Il cane avrà abbaiato perché sta da solo. Un po' di vento e si spaventa. Mio zio aveva un barboncino che bastava una busta di carta che scricchiolava e spaccava le palle per almeno mezz'ora. Pensa che mia zia ti faceva mettere le pattine sennò il parquet faceva rumore e la bestia si scatenava».

«M'è rimasto il panettone sullo stomaco» disse Mastrangeli. «Ma che marca era?».

«Boh. L'aveva preso Rinelli».

«Capirai, l'avrà comprato al discount, quell'ebreo».

«Mastra', a me 'ste battute sugli ebrei me stanno sul cazzo, lo sai» disse Paolini mentre passava il faro al terzo piano.

«Scusami».

La luce leccava i balconi e gli appartamenti con le finestre chiuse. «Senti, e se andassimo da un paio di zoccole?» propose Paolini. «Almeno se famo du' risate. Quelle a Natale lavorano. Al fungo ce ne stanno».

«Eh, come no. Al fungo solo trans».

«A proposito di zoccole, che gli hai regalato a tua moglie?».

«Un phon» disse Mastrangeli che controllava una spia misteriosa del cruscotto che s'era appena accesa.

«Ammazza che schifo!».

«Perché? Un phon professionale, sa? Mica da ridere».

«Io se a Katia je regalo un phon prima lo accende, poi me lo infila».

Risero.

«Può essere piacevole, perché non ci provi?» e Mastrangeli mollò un'ultima botta sulla plastica. «Niente, chissà che è 'sta spia, c'è il disegnino di una valvola, boh...».

Paolini guardava in alto. «... non c'è niente manco al quarto piano. Torniamo in ufficio?» propose.

«Ma tu a tua moglie invece?» gli chiese il collega, puntando lo sguardo distratto sul palazzo di via Ildebrando Vivanti.

«Non siamo ancora sposati».

«... alla tua fidanzata allora, meglio?».

«Una parure» e Paolini si chinò nell'abitacolo dell'auto e sorrise soddisfatto.

«Che è?».

«Collana e orecchini uguali. Se li mette a Capodanno».

«Non sei di servizio?».

«Col cazzo. Ho scelto apposta Natale. A Capodanno ho una festa a Casalpalocco...».

La spia s'era riaccesa. Mastrangeli la colpì di nuovo. Quella si spense. Tornò a guardare il palazzo. «... Guarda 'sti Babbi Natali quanto so' brutti. Quello manco il sacco ci ha, j'hanno messo una busta dell'Oviesse» fece Mastrangeli mentre Paolini aveva inquadrato con la torcia un pupazzo enorme appeso al terzo piano. «È enorme, cazzo!».

«Babbi Natale. Al singolare. Mica si dice Babbi Natali, Mastra'».

«Come no... un Babbo Natale, due Babbi Natali».

«Natali?».

«Eh».

«Ma che cazzo stai a di'?».

Mastrangeli si girò verso Paolini che aveva spento la torcia.

«È plurale, Paolini».

«Ma che stai dicendo? È come il latte macchiato».

«Be'?».

«Al bar dici un latte macchiato oppure due latte macchiato».

«Semmai due latti macchiati» lo corresse Mastrangeli.

«No. Plurale va col plurale, singolare col singolare» disse Paolini. «Due latte macchiato. Al massimo due bicchieri di latte macchiato».

Finalmente gli avevano tolto la luce della torcia dalla faccia. Lo stava abbagliando. Enzo sempre fermo, un finto pupazzo congelato nella posizione del Babbo Natale che si arrampica. Si sentiva in uno di quei film dove i prigionieri del campo di concentramento tedesco scappano e vengono beccati dai fari dei nazisti. Poi succedeva sempre che una voce teutonica urlasse «Achtung! Wer ist? Alt!» e qualcuno cominciava a sparare col mitra. Invece a lui non succedeva niente. Inquadrato dalla luce, nessuno gridava, nessuno sparava. Niente. Assolutamente niente. La macchina dei metronotte era sempre lì, ferma nel vialetto condominiale col motore acceso. Le mani gli sudavano. Non avrebbe resistito per molto.

«È così. L'italiano è una lingua tosta» sentenziò Paolini rientrando in macchina.

«Allora fammi capire. Un Babbo Natale due Babbi Natale?».

«Sì» e si sedette accanto al collega.

«Mah. Mi pare una stronzata. Natale pure ha il plurale. Per esempio» si mise a pensare con gli occhi al cielo. «Ecco! Si dice una città che ha dato i natali a... vedi? Natale può avere il plurale».

«Ma che c'entra? Natale è la festa, natali è dire che uno è nato, è diverso».

«Vabbè Paoli', io mi sono rotto i coglioni, natale o natali, babbo o babbi!».

Non si accorsero che il grosso Babbo Natale con la busta dell'Oviesse si era staccato di colpo dal balcone del terzo piano precipitando come un sasso.

«Pure io. Comunque l'italiano è una lingua tosta».

«Ma noi mica parlamo italiano, Paolini!».

«... centrale a macchina 3... bzzz... centrale a macchina 3...» gracchiò la radio.

«Eccoci!». Mastrangeli afferrò il microfono. «Dimmi Cinzia, che c'è? Passo».

«Ciao Mastrangeli, pare che c'è un allarme che suona alla gioielleria a via Sergio Forti 42. Immediatamente sul posto, passo».

«Andiamo». Ingranò la marcia. «Toglimi una curiosità, Cinzia!».

«Se posso» rispose la donna dall'ufficio centrale.

«Ma se sai che siamo io e Paolini dentro la macchina, perché invece di dire macchina 3 nun dici direttamente: Mastrangeli? passo...».

«Direttive direzionali, passo».

Il vigilante ingranò la marcia e partì. «Vabbè, andiamo... Buon Natale, Cinzia».

«Pure a voi macchina 3 e quando tornate ve faccio il caffè... questa l'ho detta per la rima!».

Avevano lasciato le luci accese e il camino con la brace ancora viva, si erano trascinati in camera da letto senza staccarsi mai. L'aveva spogliata, lentamente. Le scarpe, le calze, la gonna. Lei gli aveva tolto la camicia e lui, in preda a un'eccitazione irrefrenabile, s'era tolto i pantaloni guardandola stesa sul letto, in mutande e reggiseno, che l'aspettava. I capelli neri sparsi risaltavano sulla trapunta indiana rossa e viola. Lei aprì le braccia. Ninni si avvicinò lentamente, baciandole prima i piedi, poi le caviglie, poi salendo su, piano, con piccoli colpi di lingua. Nonostante l'eccitazione, pensò che leccarla non sarebbe stato prudente. Tutto sommato era sempre una prostituta, e poteva diventare pericoloso. Quindi saltò la vagina e leccò l'ombelico. Il seno. I capezzoli erano duri e piccoli, le areole erano scure e risaltavano sulla carnagione candida di Giada. Lei gli stringeva la testa. Lo voleva. E Ninni non se lo fece ripetere due volte. Le entrò dentro, facile, liscio. E quella non poteva essere professionalità. Giada era eccitata, per davvero.

«Sei... sei splendida» le sussurrò piano e dolce mentre lei gli mordeva l'orecchio.

«Non venire subito» gli disse carezzandogli i peli sul petto.

«Ci provo».

«Scopami, come se fosse l'ultima della tua vita».

«Giada... Giada...».

«Ninni... Ninni...».
«Eh?».
«Non ti stavo chiamando, cretino...».
«Scusa... Sei bellissima».
«Più forte... più forte...».
«Oddio...».
«Ninni...».
«Giada...».
«Ninni, io...».
«Anch'io Giada...».
«Cosa?».
«Anch'io...».
«Anch'io che? Oddio, Ninni, ti sento, ti sento!».
«Non fingere, Giada... non con me. Non con me!».
«E chi finge... Ninni... Ninni!».
«Giada... Giada... io... io ti...».
«Anche io, Ninni...».
«Cosa?».
«Forte... più forte...».
«Ah... Giada...».
«Ninni...».
«Giada, io ti...».
«Sì?».
«Ti amo, Giadaaaa...».
«Anch'io, Ninni, ti amooo...».
Vennero insieme.

Porca troia... borbottò Enzo fra i denti.
Il pino condominiale aveva rallentato la caduta. Sentiva dolore dappertutto. Le spalle urlavano, urlavano

le ginocchia e la schiena bruciava al contatto col sudore e la stoffa del costume. Che s'era strappato dappertutto, ridotto a brandelli. Provò a rialzarsi. La caviglia destra lo faceva urlare appena poggiava il piede per terra. La mano sinistra era sanguinante e sporca di resina e terra. I pantaloni strappati erano diventati marrone scuro.

Che cazzo gli dico a Francesco ora? Pensò al costumista.

Si controllò rapidamente. Niente di rotto però. Respirava benone, quindi le costole erano a posto. Muoveva tutte le dita delle mani e dei piedi. Piegava le ginocchia e roteava le braccia. La testa ronzava un po', ma s'era fatto dodici metri in caduta libera. Era fortunato che poteva ancora alzare gli occhi sulla luna puttana che lo guardava bella piena da lassù e sembrava prenderlo in giro con una smorfia di finto stupore. La corda penzolava. Era il momento di dimostrare di che stoffa fosse fatto Enzo De Dominicis. Tornare a casa voleva dire la fine. Continuare a salire significava che era ancora vivo. Piegato, sì, ma vivo e deciso ad andare fino in fondo.

Risalì sull'edera. Lentamente. Il dolore al piede lo torturava, ma arrivò al primo piano facendo leva sulla balaustra del balcone. Da lì partiva la corda penzoloni, ancora saldamente attaccata all'inferriata del terzo piano. Doveva tirarsi su. Le mani erano doloranti, ma ancora forti. Le braccia si erano rilassate e i muscoli, che s'erano addormentati quand'era appeso inquadrato dalla torcia dei vigilantes, ora s'erano sciolti di nuovo. Con fatica riguadagnò la posizione senza pensare al dolore e ai bruciori della schiena e delle gambe. Passando al primo piano aveva dato un'occhiata dentro il salone. Erano tutti lì, intorno all'albero di Natale, e scartavano i regali. Il momento era buono. Nessuno pensava ai ladri, non ora, non a mezzanotte con Gesù Bambino appena posizionato nella culla dei presepi di mezza città. La sua meta era il quarto piano. Perché anche il terzo aveva l'antifurto. Aveva deciso che, qualsiasi cosa ci avesse trovato, antifurti, cani, guardie del corpo, draghi, qualsiasi cosa, lui lì sarebbe entrato.

S'erano assopiti tenendosi per mano sotto le coperte. Lei gli poggiava la testa sulla spalla. Lui con le gambe si era aggrappato a quelle di Giada. Sognavano. Ninni il mare. Il silenzio. E una spiaggia rosa. Lei un bosco di abeti con gli scoiattoli e i funghi. Lui nel mare vedeva barche. Lei fra i rami vedeva aquiloni. Lui sentiva urlare le onde. Lei bambini che giocavano. Lui muoveva le dita dei piedi al contatto della sabbia rovente. Lei apriva le gambe per far passare la brezza leggera e primaverile sotto la gonna. Lui sentiva il calore del sole e della sabbia che lo irrorava. Lei il vento che la asciugava. Lui aprì gli occhi. Anche lei aprì gli occhi. Lui aveva il pene sull'attenti. Lei s'era bagnata un'altra volta. Si guardarono. Lui la baciò. Lei accettò. E accettò la mano di lui che ricominciò a toccarla. Lo fece fare. Era delicato, attento. Lui sentiva il respiro di lei farsi sempre più profondo.

«Baciami» gli disse.

Ninni avvicinò le labbra a quelle di Giada.

«Non qui...» disse lei «... lì».

«Ma... Giada...». Ninni era imbarazzato. Come faceva a dirle che aveva terrore a fare una cosa simile? Ma Giada sorrise. «Non ti preoccupare. La verità è che sei il mio primo cliente».

«Scherzi?».

«Mai stata così seria in vita mia».

«E...?».

«E sono sana, Ninni. Baciami».

Ninni la guardò. Aveva gli occhi sinceri, luminosi, umidi.

«Giada... io...».

«Che c'è, Ninni?».

«Io mi sto innamorando mi sa».

«Anche io».

«Oh, Giada... Giada...».

La baciò sulle cosce. Poi all'improvviso, colto da un pensiero, alzò la testa. «Giada, me la spieghi una cosa?».

«Se posso».

«Sulla segreteria dici mirfomane. Guarda che si dice ninfomane!».

«Chissenefrega. Tanto non la uso più».

«No?».

«No!».

Non poteva crederci, era stato proprio fortunato. Aveva fatto bene a tener duro, a salire fino al quarto piano. C'era un terrazzo enorme. Senza cani. Senza antifurti. La casa era illuminata, debolmente illuminata, ma dentro non si vedeva nessuno. Il salone era enorme. Una tavola dove sarebbe entrata un'intera confraternita di francescani, era apparecchiata per due. Nel camino braci ancora accese. Era un appartamento di quelli che si vedono sulle riviste. Quadri, tappeti. Uno splendore. Un grosso televisore al plasma se ne stava in un angolo, e Enzo calcolò che solo con quello poteva tirare avanti almeno tre mesi. Si pentì di non essere venuto con un amico ed un furgone.

Già, pensò, ma quale amico? E soprattutto, quale furgone?

Controllò tutti gli angoli dell'immenso salone, poi si avvicinò al vetro. Appoggiò le mani. E la porta-finestra docilmente si aprì. Fu investito da un odore di arancia e menta e dal tepore del camino. Una reggia. Una casa così... pensava, non chiederei altro dalla vita. Con una casa così, Monia non se ne sarebbe andata via... sarebbe rimasta accanto a me. Le avrei dato tutto, tutto quello che ho...

Ma non era il momento delle nostalgie. Doveva trovare le cose da portarsi via.

Guardò i quadri. Degli sgorbi colorati che magari valevano pure, ma portarli sul motorino era fuori discussione. Poi lo vide. Un mazzetto di banconote buttate sul divano, accanto a una borsetta di pitone. Li prese. Sei pezzi da cento. Li gettò nella busta. La cosa era cominciata bene. E non aveva paura. Non temeva che qualcuno da un momento all'altro potesse entrare nel salone e coglierlo sul fatto. Era sicuro, si sentiva protetto. Forse la fortuna stava girando. Poi una visione lo spaventò. Davanti a lui c'era un uomo sporco, con un vestito che una volta doveva essere quello di Babbo Natale, ora era un cencio marrone strappato alle ginocchia privo di una manica, le scarpe inzaccherate, il cappello e la barba assenti. Lo specchio che stava rimandando impietoso la sua figura cenciosa invece di scoraggiarlo gli dette una spinta a fare meglio e presto. Si lanciò sulla tavola apparecchiata. Si prese tutte le posate che sembravano d'argento, afferrò una tartina con dei pallini neri e se la buttò in bocca, non mangiava da almeno undici ore. La sputò per terra. Quella roba sapeva di pesce, e Enzo lo odiava, il pesce. Aprì un cassetto. Foto. Carte. Documenti. Spine. Lasciò il salone e lento entrò nel corridoio.

Era lungo. E sette porte si aprivano a destra e a sinistra. Si avvicinò origliando alla prima. Silenzio. Abbassò lentamente la maniglia. Aprì. La stanza era illuminata da tre abat-jour. Era vuota. Una grande libreria con vecchi tomi la percorreva su tre lati. Al centro una scrivania. Un quadro di una Madonna nella parete di fondo. Aprì i cassetti della scrivania. Carte, penne. Niente. Al muro una cassaforte. Aperta.

«Cazzo, oggi ho un culo che la metà basta!» disse fra sé, e si avvicinò allo sportello.

«Tieni» le disse Ninni prendendole la mano.

«Cosa...?».

Giada sentì un anello infilarsi nell'anulare.

«Ma cos'è?».

«È un anello» rispose Ninni. «Non ha il colore dei tuoi occhi, ma lo voglio pensare al tuo dito. Prendilo».

«Non... non posso...». Lo guardò. Al chiarore della lampada il rubino centrale rifletteva la luce e sembrava mandare raggi di felicità tutt'intorno. I petali erano piccoli diamanti. Oro bianco. Una meraviglia. «Ninni, non posso».

«Devi. Buon Natale».

«Ninni...».

La baciò. Le aveva appena regalato l'anello che aveva comprato per Chiara, l'imbrattatele. Seimila euro di gioiello. Una roba che avrebbe fatto girare la testa ad una principessa.

«Di chi è?» chiese Giada.

«Tuo».

«No, intendo, chi l'ha disegnato? È meraviglioso! Bulgari?».

«Macché Bulgari. È di Fabio Salini».

Giada deglutì. Sapeva perfettamente che quella era roba da principesse.

«È un pezzo unico. Salini fa solo pezzi unici ed esclusivi».

«È splendido. Lo merito?».

«Tutto».

Si baciarono.

«Ma ce l'avevi pronto?» gli chiese sorridendo sottovoce.

«Pronto per la donna che mi avrebbe fatto girare la

testa. E sei tu» si baciarono ancora. «Ma ci si può innamorare così?» le chiese.

«Non lo so... non lo domandare a me. Io neanche ti conosco».

«Sono pazzo di te. Da quando ti ho vista uscire dall'ascensore».

«E io da quando mi hai guardato... con quegli occhi che dicevano tutto. Mi sentivo nuda. Tremavo. Avevo paura. Sei così... bello, sicuro di te. Sei un uomo. Non quelle mezze calzette che ho conosciuto».

Si guardarono negli occhi con le guance appoggiate al cuscino.

«Domani che ne sarà di noi?» chiese Giada.

«Domani? Prendi la tua roba e vieni qui».

Giada sorrise.

«E che gli dico al mio uomo?».

«Uomo? Hai appena detto che sono il primo che hai conosciuto, di uomo...».

«Hai ragione. Che gli dico alla mezza calzetta?».

«Che è una mezza calzetta, appunto!» e la baciò sul collo. «Quanti anni hai, Giada?».

«Venticinque».

«Io quaranta. Sono un po' vecchio per te».

«Non direi... proprio non direi». Gli accarezzò il viso. «Sei un bambino che ha bisogno di affetto».

A Ninni ridivenne duro.

«Giada...».

«Amore. Devo andare al bagno. Mi aspetti qui?».

«T'aspetto tutta la vita. E la prossima, se ce n'è bisogno».

Lo baciò e si alzò dal letto. Ninni la guardò. Una statua levigata.

«Madonna, quanto sei bella».

Lei si girò appena. I capelli le nascondevano metà faccia. Aveva un sorriso birichino e gli mandò un bacio sulla punta del dito dalle sue labbra carnose. Ninni se la sarebbe scopata sulla porta della stanza. Ma lei uscì rapidamente sulla punta dei piedi. Ninni si ributtò sul letto. Giada si riaffacciò.

«Amore?».

«Dimmi».

«Dov'è il bagno?».

«Terza porta a sinistra. Anzi, seconda, usa il mio, Giada».

«Grazie. E comunque io non mi chiamo Giada».

«No?».

«No».

«E come ti chiami?».

Porca troia, disse Enzo fra i denti. La cassaforte era vuota. Solo cartacce.

Lasciò lo studio. Mise la testa fuori nel corridoio appena in tempo per vedere una donna nuda sfrecciare ed entrare in una stanza. Ma quella non era una donna. Era un monumento alla fica, una gnocca da spavento. Sembrava una statua. Si copriva il seno, e i capelli neri le nascondevano il viso. Enzo aspettò. Si avvicinò alla porta del bagno. Sentì scorrere l'acqua. Non ce la fece e si abbassò a guardare dal buco della serratura. La vide. Di spalle, seduta a cavalcioni sul bidè. Si era sfilata un anello e aveva cominciato a sciacquarsi.

Hai appena finito di scopare, troia, pensò Enzo. E si eccitò su quella schiena nuda, quei capelli neri e lunghi che cadevano come fronde di un albero, le cosce tornite e la carnagione così candida da morderla come un dolce di marzapane.

«Amore, sbrigati! Sennò vengo io!» sentì la voce di un uomo da una stanza lì vicino. Enzo scattò e si nascose in un angolo del corridoio. Aspettò. Silenzio. Aspettò ancora. L'acqua nel bagno continuava ad uscire. Guardò. Alle sue spalle c'era l'armadio guardaroba dell'ingresso. Lo aprì. C'erano giacche. Le tastò. In una trovò un portafogli. C'erano due banconote da cinquecento euro. Tre carte di credito e due bancomat. Lo buttò nel sacco. Le cose andavano sempre meglio.

«Basta, mi sono rotto!» sentì ancora l'uomo gridare.

Lo vide uscire nudo dalla stanza da letto, spalancare la porta del bagno e entrarci dentro. Enzo rapido come un topo si fiondò nell'armadio lasciando aperta una fessura per guardare. Sentì degli urletti. Poi vide il tipo uscire tenendo in braccio la donna e portandosela in camera da letto. Lei rideva, lui la baciava. Rientrarono in camera. Chiusero la porta.

Enzo uscì dal nascondiglio. La luce della cucina lo attirò come una falena. Era più bella del salone. Pulita, con elettrodomestici che costavano un capitale. Aprì il frigo. Era pieno come quello di un ristorante. Agguantò e mangiò tutto il mangiabile. Morse un pezzo di parmigiano, due fette di prosciutto, si attaccò allo chardonnay, divorò una mozzarella. Masticava e guardava tutto quel ben di Dio, e si sentiva stupido, con gente in casa a perdere tempo davanti a un frigo a mangiare a quattro palmenti rischiando la galera. Ma non poté trattenersi. Lui un frigorifero così l'aveva visto solo nei film americani. Poi prese una bottiglia di coca-cola e se ne scolò metà in una sola sorsata. Con gli occhi pieni di lacrime per la botta di anidride carbonica, si avvicinò al tavolo della cucina e prese delle caramelle che stavano in bella vista. Ne ingollò due di seguito.

Cazzo, Happy Mentos, le migliori.

Si riaffacciò sul corridoio. Stava lì a guardare se tutto fosse tranquillo, quando lo stomaco sussultò. Si sentì squassare le viscere, neanche avesse ingoiato un cinghiale ancora vivo. Stava tornando tutto su, e di corsa. Mozzarella, prosciutto, coca-cola, chardonnay e pure la caramella alla menta.

«Porca troia!» disse fra i denti, e corse in bagno.

Appena in tempo. Si affacciò alla tazza e vomitò tutto. Tre conati bestiali lo rincoglionirono. Se fosse entrato qualcuno in quel momento, per Enzo era la fine. Ma quei due erano troppo impegnati, e lui trovò il tempo di sedersi sulla tazza e far smettere la testa di girare come una giostra di cavalli. Si pulì la bocca e si alzò. L'occhio gli cadde sul bidè, dove poco prima stava appollaiata quella creatura divina a lavarsi. Sul bordo c'era un anello con una bella pietra rossa al centro. Lei se l'era tolto, lo ricordava perfettamente. Lo prese. Lo guardò. Era uno splendore. Lo gettò nella busta dell'Oviesse e uscì.

Si svegliò a mezzogiorno. Era Natale. Era un bellissimo Natale. Aveva fatto più di mille euro in banconote, poi c'era da portare argenteria, bancomat e carta di credito da Ling Huao a piazza Vittorio e un altro paio di centoni li avrebbe rimediati. Le caramelle le buttò tutte nella spazzatura. Infine l'anello. Quello era una cosa seria. Doveva sapere quanto valeva. E c'era un solo modo. Al primo piano, da Alfredo Gentilini. Ora era in pensione, ma aveva lavorato una vita al banco dei pegni. Chi meglio di lui per una valutazione? Si vestì e scese. Tanto Alfredo era vedovo e sicuramente non l'avrebbe disturbato. Bussò.

«Chi è?» sentì dall'altra parte della blindata.

«Alfredo? Sono Enzo... Enzo del terzo piano».

«Ah... aspetta che ti apro».

Aspettò che le mandate finissero, poi apparve la faccia di Gentilini con la barba lunga e addosso un cardigan tutto sforacchiato dalle tarme.

«Buon Natale».

«Anche a te, Enzo. Vieni, entra...».

Gentilini aveva due camere. E puzzavano di brodo di dado misto a pelo di cane. Su una sdraio da mare, accucciato c'era Bibi, il bastardino di Gentilini, che ringhiò immediatamente al nuovo arrivato.

«Buono Bibi, buono, è un amico. Vieni, accomodati. Un caffè?».

«No, grazie, Alfredo...».

Enzo si sedette e il bastardino cominciò a scodinzolare col muso appoggiato alla stoffa della sedia. Lo fissava coi suoi occhi tristi.

«Hai passato un bel Natale?» chiese Gentilini.

«Niente di che. E tu?».

Sentiva che Gentilini fremeva per raccontargli il suo.

«Bellissimo! È venuta mia figlia a prendermi alle sette e sono stato a casa loro. Devi vedere che casa che ha mia figlia. All'Infernetto!».

«Una villetta?».

«Dillo forte! Col giardino e il barbecue. Un labrador che però è subito diventato amico di Bibi. Un buon cane, perché Bibi non dà confidenza a nessuno, è vero tesoro?» il cane per risposta scodinzolò. «Sul prato mia figlia ha messo le luci per illuminare le piante. Uno spettacolo! La casa è a due piani. Poi c'è pure un piano interrato con la tavernetta. C'è il camino e la cantina con tutte le bottiglie. Che bel Natale. Coi nipoti... sapessi che bei nipoti che ho, te ne ho mai parlato?».

Trentasette minuti dopo con la pagella del primo quadrimestre di Filippo, l'ultimo dei nipoti, il racconto si chiuse. Enzo era stremato, ma aveva resistito grazie all'umore alle stelle per il bottino della sera prima.

«E tu che mi dici?».

«Senti, Alfredo, io ho bisogno di un parere. Un parere da esperto».

«Se posso».

«Ho un anello. Un vecchio anello di famiglia. Sai, le cose non vanno a gonfie vele...».

Gentilini annuì triste. Aveva capito. Poi tese la mano, quasi a togliere Enzo dall'imbarazzo nel continuare.

«Fammelo vedere».

Enzo tirò fuori un pacchetto di carta. Lo aprì e diede l'anello a Alfredo. Alfredo si mise gli occhiali e se lo rigirò per un po'. Poi si alzò. Il cane subito scodinzolò senza perdere di vista il padrone, pensando ad un'uscita fuori programma. Quando Alfredo si risedette con l'oculare in mano, Bibi smise di agitare la coda e si rassegnò alla sua sedia a sdraio.

Alfredo guardò il prezioso con attenzione per due minuti d'orologio. Poi mentre lo rimirava cominciò: «... fattura squisita. Direi opera di un gioielliere di livello altissimo... allora, abbiamo un rubino al centro... splendido... purissimo... poi dodici diamanti...» staccò l'occhio dall'oggetto e guardò Enzo. «Enzo, così a una prima botta, questo è un anello da almeno quattromila, quattromilacinquecento euro. Senza contare la fattura eccetera eccetera...».

Quattromila euro. Suonarono come una campana a festa nelle orecchie di Enzo. «Però ti dico che non lo vendi» proseguì Alfredo, che aveva perso il sorriso, anzi era diventato tremendamente professionale. «Al massimo puoi vendere le pietre e l'oro... e parliamo di un... sì, direi quasi duemila, duemilacinquecento euro. Ma l'anello no. L'idea che mi dà è di essere un pezzo unico». Poi alzò gli occhi sul vicino. «Non è un anello antico questo, Enzo, e non è un anello di famiglia» strizzò gli occhi. «Non lo voglio sapere, ma se provi a venderlo, ti metti nei guai. Ora perdonami, ma devo andare a messa. Buon Natale».

Alfredo si alzò e restituì il gioiello a Enzo. La comunicazione era finita. Il vecchio uomo del monte di pietà non lo voleva più in casa, chiaro come la luce del sole. Gli aveva chiesto un favore, e lui da buon vicino si era offerto. Ma finiva lì. Gentilini lo accompagnò alla porta mentre Bibi aveva ripreso a ringhiare sommessamente ma con un tono molto, molto minaccioso.

«Grazie, Alfredo...».

«Prego, Enzo...» poi lo guardò indurendo la mandibola. «Fa' un favore. Non mi bussare più» e chiuse con tutte le mandate.

L'idea gli era venuta spontanea, e più ci pensava, più la cosa gli sembrava una mossa molto astuta. Vero che tremila euro di pietre lo avrebbero tranquillizzato per un po', ma qualche soldo l'aveva fatto, e poi era sicuro che il lavoro sarebbe ripreso al più presto. Enzo voleva riprendersi la cosa più preziosa al mondo: Monia. Ed era certo che se si fosse presentato a casa sua con quel popò di regalo, lei non sarebbe rimasta indifferente.

Più si avvicinava a Mostacciano, più l'idea lo convinceva. Monia doveva tornare da lui. Non ci dormiva la notte. Era peggio di una droga. Era aria e sole, e cielo e mare. Era il mondo e il contrario del mondo. Senza Monia lui non valeva niente. Meno di zero. Perché non poteva avere la donna che amava? Perché il destino infame lo aveva relegato così in basso nella scala sociale dopo avergli fatto assaggiare che un'altra vita è possibile, se solo lo si vuole? E lui lo voleva, lo voleva con tutto se stesso. Sarebbe stata dura strapparla al testadicazzo, ma quella robetta da qualche migliaio di euro che si portava in tasca era una bella testa d'ariete.

Parcheggiò il motorino sotto casa di Monia. Poteva anche permettersi il lusso di chiamarla sul cellulare.

Il numero lo sapeva a memoria.

Il telefono squillava.

Aspettò.

Poi rispose una voce tenera e musicale. La voce di Monia.

La sua Monia.

«Siiiì?».

«Monia?».

«Sono io, chi è?».

«Ma come, non riconosci il mio numero?».

«È che ho cambiato il cellulare e ho perso tutti i vecchi numeri dentro».

Ecco perché non chiamava, pensò Enzo felice.

«Buon Natale, Monia».

«Anche a te. Ma chi è?».

«Sono Enzo».

Silenzio.

«Sono io, Monia».

«Che vuoi?» la voce era diventata dura e tagliente.

«Devo assolutamente vederti».

«Non se ne parla».

«Ti prego, Monia. Questione di due minuti. Te lo giuro».

«Ora ho da fare. Sono in giro per negozi».

«Oggi è tutto chiuso» non era mai stata brava a dire le bugie.

«Vabbè, Enzo, sono in un brutto momento. Possiamo rimandare?».

«No. Ti prego. Sono sotto casa tua. Guarda, se t'affacci mi vedi».

Sentì un tramestio.

«Va bene, Enzo. Aspettami. Due minuti, d'accordo?».

«D'accordo. Grazie, Monia».

Lei interruppe la comunicazione.

Enzo si sedette sul motorino ad aspettare. Poi considerò la cosa sconveniente. Lei avrebbe esordito dicendo: «Ancora con quel vecchio catorcio?». Preferì il muretto davanti al cancello. Neutro, anonimo.

Aspettò dieci minuti, poi sentì il portone aprirsi.

Si alzò di scatto e la vide. Era bellissima. I suoi capelli neri, lunghi e docili come seta. Aveva addosso una tuta e un brutto maglione da casa. Ma a Enzo non importava. Poteva anche essere vestita con un sacco della mondezza, sarebbe stata lo stesso la più bella del mondo. Si avvicinava con le braccia conserte e ben serrate sul petto generoso. Era seria, triste, ma bellissima. Un suono straziante gli rimbombava nella testa, e stava per risedersi che a quella vista non reggeva. Monia era a mezzo metro da lui. Si accorse che aveva pianto. I suoi occhi verdi da gatta erano rossi, e due occhiaie violacee le sporcavano il candore della pelle.

«Monia... Monia, che hai?».

«Lascia stare. Allora, cosa c'è di così importante?».

«Hai litigato con il testadicazzo?» disse duro Enzo, pronto a salire un grattacielo a piedi e tempestare di cazzotti quell'infame che si godeva la sua donna senza meritarsela. Monia fece di no con la testa. Enzo non sapeva cosa fosse a trattenerlo dal gettarsi in ginocchio, abbracciarle le gambe, implorarla di tornare da lui. Lei era tutta la sua vita.

«T'ha alzato le mani?».

«T'ho detto lascia stare, sono fatti miei. Che vuoi invece?».

«Monia...» mise una mano in tasca. Prese l'anello nel pugno. Poi gentilmente accarezzò la mano della ragazza e se la portò vicino. Solo a risentire il contatto con quella pelle per poco non svenne. E c'era un tempo che lui e quella creatura facevano l'amore felici, ridendo... poveri è vero, ma avevano l'amore. Non era abbastanza?

«Monia... Buon Natale».

Infilò dolcemente l'anello nell'anulare di Monia. Lei lo guardò. Poi guardò l'anello. Sgranò gli occhi e tornò a guardare Enzo, a bocca aperta, senza riuscire a parlare.

Colpita e affondata! pensò Enzo.

«Dove cazzo l'hai preso?».

Era seduto sulla branda nella cella due metri per tre che condivideva con due italiani grossi e pelosi e cinque magrebini magri e pericolosi. Dalla finestra il cielo grigio di nuvole si affacciava attraverso le sbarre. Era l'ora della passeggiata, ma Enzo non se la sentiva di uscire. Era la vigilia di Natale e non era mai stato così triste. Gli restavano ancora tre anni e due mesi da scontare, ma teneva duro. Lui era uno che si faceva passare addosso i treni, ma restava vivo. Una volta fuori avrebbe ricominciato. Da solo. E ce l'avrebbe fatta. Chiuso l'incidente. Si voltava pagina.

E se non altro ora non aveva il problema dell'affitto, le bollette e le richieste della banca.

Il capo comparse testadicazzo era pure venuto a trovarlo due giorni prima. Ancora in lacrime, era venuto a piangere sulla sua spalla, come se lui di guai non ne avesse abbastanza per tutti e due. Frignava che Monia se n'era andata da un anno e non era più tornata. Con un notaio, uno pieno di soldi. Enzo l'aveva visto nudo nel suo appartamento il notaio, e poteva dire di conoscerlo, se non altro di vista. Per il testadicazzo sentiva solo una pena infinita. Lo guardava, e si vedeva com'era ridotto lui l'anno prima. Senza Monia. Disperato. Ma Monia era lontana dai suoi pensieri. Faceva parte della sua vecchia vita. E lui lo sapeva. L'aveva sperimentato di persona. Monia aveva venticinque anni, un corpo fatto proprio bene, e una disponibilità illimitata pur di avere una vita più comoda e felice.

Se l'era ripetuto centinaia di volte, lui e il testadicazzo erano solo stati due pioli di una scala che lei stava superando agilmente con le sue gambe lunghe e tornite.

Chissà il notaio? Sarebbe stato l'ultimo o Monia aveva ancora un po' di strada da fare, pioli da salire? Chissà. Certo Enzo sperava che almeno quello avrebbe avuto il buongusto di non venire a piangere sulla sua spalla.

Ma era di nuovo Natale. E ogni volta la stessa storia. Arrivava e lui era senza una lira. Stavolta manco due spicci da dare al secondino per le Diana blu.

Cazzo se era un Natale di merda.

Si gettò sulla branda e decise di dormire il più possibile. Come sua madre. Che vegetava ancora al Sandro Pertini con l'unica compagnia di un paio di tubi e un sacchetto per le feci.

C'è chi sta peggio, Enzo. C'è chi sta peggio, si disse. E si addormentò.

Fabio Stassi

A poco a poco
tutto torna al Monte dei Pegni

Il pezzo più difficile del viaggio è stata la traversata
da Palermo a Ustica:
abbiamo tentato quattro volte il passaggio
e tre volte siamo dovuti rientrare
nel porto di Palermo, perché il vaporetto
non resisteva alla tempesta.

ANTONIO GRAMSCI, *Lettere dal carcere* (dicembre 1926)

La cucina, le sue mattonelle gialle, la geometria del pavimento, la parete dov'era appesa la cappa, di tutto questo e di tanti altri particolari di quella casa ho sempre pensato che non me ne sarei ricordato più, appena uscito di lì, non avrei mantenuto memoria di niente perché di niente volevo mantenere memoria. E invece spesso, in seguito, mi accadde di chiudere gli occhi e di tornare a vederla. Così è stato per molti anni: accendevo la radio, fumavo una sigaretta, ascoltavo un pezzo di Jelly Roll Morton, come *Dead Man Blues* o qualcosa del genere, il poco che riuscivo a trovare, e sempre quella cucina mi si presentava davanti, col suo balcone in fondo, e il sole che vi entrava di lato, le trecce d'aglio vicino alla bilancia, gli odori di soffritto all'ora di pranzo, la pentola del sugo che bolliva, e mio zio che la attraversava come uno straniero, avvolto in una coperta, mentre una donna di schiena che soltanto ora riconosco come mia madre metteva sottosopra un mobile pieno di piatti bicchieri insalatiere incastrate l'una dentro l'altra, e io approfittavo di quel momento per chiederle se potevo restare lì con loro, e lei mi diceva di sedermi, basta che non dessi fastidio e la lasciassi in pace.

Ecco, madre, le direi adesso, se fosse qui e mi potesse ascoltare, ora sono seduto, è la vigilia di Natale e non do fastidio a nessuno, con questi ferri ai polsi, intorno a me c'è soltanto acqua, da ogni parte, il mare detenuto nel porto e quello aperto, libero di infuriarsi come oggi, un mare che è anche bello, strano a dirsi, perché è un mare dal quale si torna indietro dopo vent'anni o non si torna affatto. Saremmo dovuti partire questa mattina, e ormai essere sbarcati da ore nell'isola che ci ospiterà per i prossimi mesi o anni, e invece un'avaria del motore e non so quali altri impedimenti burocratici – un prigioniero che non aveva tutti i documenti a posto, un lasciapassare che non arrivava – ci hanno bloccati al porto per più di mezza giornata e ritardato tutte le operazioni di carico. Li ho visti correre, i membri dell'equipaggio e le guardie carcerarie, andare su e giù per il molo seccati da tutti quegli intoppi, stropicciando tra le mani fogli pieni di timbri e di firme nella speranza che una carta potesse risolvere ogni contrattempo e farli tornare a casa, almeno per la cena. Ma c'era un'elica che non girava, e si è dovuto aspettare un meccanico, e poi un altro, fare delle prove, spegnere e riaccendere più volte, prima di ricevere finalmente il via libera dalla Regia Capitaneria e levare l'ancora.

Di Natali ne ricordo tanti, ma mai uno su un battello. Ricordo le ghirlande che appendevamo sopra le porte, e l'anno che zio mise una mollica di pane dentro al presepe. La prese dalla tavola che non era ancora stata sparecchiata, se la portò agli occhi come se non avesse mai visto una briciola di pane su una tovaglia, poi con due dita cominciò ad arrotolarla, e credemmo che volesse mettersela in tasca, per la notte, se gli fosse tornata fame, invece andò in salotto, dove avevamo montato il presepe, in un angolo, sotto una finestra, e con la stessa misteriosa delicatezza di un Re Magio la poggiò davanti la capanna. Dopo, ci ridemmo per giorni, io e te, madre, senza farci sentire, ma nessuno di noi ebbe il coraggio di togliere quella minuscola mollica di pane dal posto in cui l'aveva lasciata lui, e lì ci rimase fino alla befana, come una pecorella che si era persa, o un pugno di neve a lato di un sentiero.

Quanto ti piaceva aprire le scatole con gli addobbi. Le tiravi giù dall'armadio con la stessa solennità di un prete che estrae il calice delle ostie dal tabernacolo. Poi però ti mettevi a ridere. Tiravi via il nastro da pacchi che le chiudeva con l'euforia di chi sta per scartare un regalo. Ma dentro c'erano sempre le stesse cose. I pastori, il foglio di cartone azzurro arrotolato che per noi era sempre stato il cielo notturno di Betlemme, le casupole di cartapesta, e perfino un cammello e una fontana, senza acqua, ma pur sempre una fontana. E le candele, i fiori di carta e di gesso, i fiocchi di neve ricamati. Un inventario di cianfrusaglie per le feste, come ce ne sono in ogni casa. Eppure ogni volta sembrava diverso, perché sempre saltava fuori qualche decorazione che l'anno prima avevamo dimenticato di usare. Era il tuo piccolo gioco di illusionismo. Tutto tornava a essere sconosciuto e insieme familiare, e noi ci passavamo un pomeriggio intero, e poi un altro, e se avessi di nuovo qui tutte quelle cose sono sicuro che ci perderei lo stesso tempo che ci perdevo da bambino.

Ma mi basta sollevare gli occhi per vedere che dei pastori della mia infanzia è rimasta soltanto la barba che ci copre il viso. Siamo noi, ora, i personaggi di questo strano presepe raccolto su una barca. Siamo i muratori con le mani ancora sporche di calce, i falegnami che non parlano più, gli zampognari privi di zampogne. Siamo gli asini, le pecore, i cammelli. I cani che seguono il gregge. Le anatre nel lago. Siamo le catene che altri fabbri hanno piombato. La grotta senza luce. I fili di paglia nella mangiatoia. E tutti gli sbandati venuti a vedere quale strano re sia nato al mondo, se sia davvero il re dei derelitti, come si dice, degli ultimi, degli abbandonati, e anche dei ciechi, degli storpi, dei monchi, oppure solo il figlio di un vecchio e della sua giovane compagna, mentre i militari che ci hanno preso in custodia ci guardano muti, in piedi. Non sono poi così diversi da quelli di coccio e con le vesti romane che giocavano a dadi sotto una palma, quando avevo ancora un presepe da montare e una casa per ospitarlo. Hanno sguardi incolleriti, e del resto è comprensibile, perché è colpa nostra se non potranno trascorrere questa serata con le loro famiglie. Non avessimo avuto tanti grilli per la testa da andarci a cercare i guai con le nostre mani, come se non ce ne fossero già abbastanza che arrivano da soli, ora ce ne staremmo tutti a cena, ognuno nella propria casa, con i gomiti su una tovaglia, e il servizio buono, quello che si tira fuori una volta l'anno, i bicchieri pieni di vino. E invece anche loro non sono meno condannati di noi a questa situazione. Nessun re ci verrà mai a salvare. Ed è con un certo cattivo piacere che ora ci portano su uno scoglio fuori da ogni rotta dove avremo tutto il tempo di riflettere sui nostri errori, e i fastidi che procuriamo agli altri, non so più se per redimerci o per dimenticarci. In ogni caso non c'è granché, di me, che valga la pena redimere, mentre ho molto invece che vorrei dimenticare.

Potrei cominciare dalle sedie di paglia rotonde che mettevamo intorno al tavolo, la sera della Vigilia. Ce n'era una che aveva la seduta rotta e che tenevamo sempre da una parte, come un soprammobile o la testimonianza di un lontano trasloco. Chissà chi l'aveva ridotta così, con quel taglio che sembrava la cicatrice di una rasoiata e che la rendeva un pericolo se uno ci si fosse per sbaglio accomodato. Ma la notte di Natale mia madre la copriva con un cuscino perché quella era una notte speciale, una notte in cui si potevano adoperare anche le cose inutili. Perfino i fili di paglia che da sotto la sedia si sfrangiavano verso il pavimento per quella sera non erano che un'altra decorazione che addobbava la casa, e quasi mettevano allegria. Non come questo mare, oggi. È così grosso che potrebbe sommergerci tutti da un momento all'altro. Con gli altri ci guardiamo negli occhi, per farci coraggio. Pure le guardie sono preoccupate.

Solo da qualche secondo ci è concessa una tregua. I motori sono calati. Non posso esserne certo, ma è cominciata una manovra che si direbbe di virata, anche se la concitazione che anima il personale di bordo rende evidente che non è stato ancora deciso cosa fare, se andare avanti o invertire la rotta. Alcuni corrono da un punto all'altro dello scafo come degli arcangeli che ruotano su se stessi appesi a un chiodo. Questo viaggio non è fortunato. Sarebbe stato meglio restare un altro giorno nella caserma dove ci avevano condotto, e affrontare la traversata domani, o domani l'altro ancora. Sarà l'elica di stamattina che non ha smesso di dare noia. O le condizioni del tempo, che consigliavano maggiore prudenza. Ma stasera tutti avrebbero voluto rientrare a casa prima possibile, e invece è in mezzo a questo braccio di mare che rischiamo di incagliarci. È inutile che vi affanniate tanto, vorrei dirgli, se mi stessero a sentire. In una direzione o nell'altra, per noi fa lo stesso. Fuori si rompono le onde, nessuna cometa ci guida.

Tornare indietro dove, del resto, o a cosa, me lo sono chiesto spesso in questi giorni. Dove dovrebbe tornare uno come me. La verità è che dopo quella cucina non ho più avuto una casa che abbia sentito mia. Primi piani umidi e senza luce, camere in affitto, pensioni, alberghi, non ne rammento una di queste stanze, neanche quelle dove ci ho fatto l'amore, ne ho soltanto un'impressione generica che vale per tutte. È come se me ne fossi andato sempre in giro su un'asina invisibile, a chiedere di dormire dove capitava, a fermarmi nelle locande che avevano un letto, a sdraiarmi per terra nei corridoi di quelle che non ce l'avevano. Soltanto che con me non c'è mai stata nessuna ragazza incinta da far sdraiare su una coperta di lana e a cui trovare una sistemazione. Nessun bastone di viaggio, nessun mantello grigio.

Di quegli inverni ricordo solo la pioggia, fitta e in diagonale come quella che ora cade contro questo oblò sporco di grasso e di ruggine. Ricordo lo stesso freddo che ora mi gela le ossa. E quello che si vedeva dalla finestra: le file di alberi secchi e storti e le strisce di luce, che con la pioggia si gonfiavano, sul vetro. Mia madre glielo diceva allo zio ch'ero distratto, forse anche un po' tonto per stare tutto quel tempo davanti a una finestra. Che cosa ci trovassi poi, perché per quanto si affacciasse lei non ci vedeva nulla: una strada piena di fango come le altre, e qualcuno che ci camminava. Ma a me gli alberi servivano per legarci la mia asina invisibile, e sedermi ai loro piedi, e riprendere le forze per il giorno seguente, un giorno uguale sia a quello appena passato che al prossimo, in cui nulla di nuovo mi poteva accadere. Giorni riempiti soltanto dai passi senza destinazione di mio zio che misuravano il tempo come un metronomo, e lo torturavano, per la sua inutilità.

Avevi ragione, madre, forse non c'era davvero niente da osservare fuori da quella cucina, ma lo capisco solo ora, perché da questa terza classe di un postale Palermo-Ustica che non mi è più estraneo degli uomini che trasporta, distinguo appena il mare che mi circonda, e aspetto che il vaporetto riparta, definitivamente, che parta e mi conduca dove mi deve condurre. Sì, se avessi un figlio anch'io ora gli direi di uscire, se non volesse fare la mia fine o quella dello zio, che aveva gli occhi vuoti, e nessuno sapeva dove guardasse. Se avessi un figlio gli direi di salire sopra anche lui, ma non su un vaporetto come questo, che viene dolore anche soltanto a vederlo. Gli direi di montare su una di quelle barche piene di luci, di quelle che hanno il servizio rapido di lusso, e la sala da musica, e il fumoir, e i giardini d'inverno, e dove, se non hai i soldi per salirci da passeggero, puoi sempre trovare lavoro come cameriere, o persino come pianista, e così attraversare il Mediterraneo, dalla Turchia a Gibilterra, e poi l'Atlantico, fino a Buenos Aires, ecco, questo sì che sarebbe un bel modo di passare il Natale.

Per fortuna di figli non ne ho, ed è meglio così, perché adesso ci sarebbe qualcuno a soffrire per me, che so, una donna, dei bambini, e forse anche chi mi scrive delle lettere, tutte le settimane, ma io non voglio che nessuno mi scriva delle lettere. È per questo che ho scelto di andarmene via un giorno, tra tante debolezze questa è stata l'unica che non ho avuto. Ho preso il mio quaderno di spartiti, e poco altro: una camicia, una vecchia cinta di cuoio, un filo di paglia, e sono uscito. Ma dovevo metterlo in conto: quando si esce alla mia maniera, con un quaderno di spartiti sotto il braccio e solo un paio di scarpe, tutto torna a essere possibile, e in fondo questo che mi succede oggi non è il male peggiore.

Ne ho viste tante di scene così, mentre fumavo e continuavo a suonare, la pellicola girava, e le mie mani anche al buio riconoscevano i tasti del pianoforte, la musica non ha bisogno della luce, la possono praticare anche i ciechi, è come l'amore, e basterebbe rifletterci un poco per capire una volta per tutte che non è la vista il senso più importante ma il tatto, e che il suo ricordo dura più di qualsiasi altro. Se fossi appena un po' più alto di quello che sono potrei credere di starci dentro anch'io, adesso, in un grande schermo bianco: un vaporetto che parte, un porto battuto dal vento, un timbro sul libretto e un'isola cancellata da tutte le carte come punto d'arrivo. Dalle loro sedie annegate nel fumo gli spettatori vedrebbero soltanto una donna sulla banchina, una donna con un cappello in testa e gli occhi che si sgranano. Una donna sola su un molo da cui sono andati via tutti, lentamente, con le mani alzate e i fazzoletti bianchi. La pellicola gira, con quel rumore di uovo che frigge, e lei è ancora lì, ultima tra gli ultimi, e non se ne va finché il vaporetto non scompare pure dai suoi occhi. Soltanto allora rincasa, appende una ghirlanda su una porta, prepara la cena, una sontuosa cena per la Vigilia di Natale, e finalmente apparecchia la tavola, ma con una sola sedia, una sedia con un taglio al centro nella battuta di paglia e un cuscino sopra per nasconderlo.

Sono scene che bisogna saper commentare, al cinematografo, dare a ogni fotogramma la risonanza giusta, il timbro che serve: qualcuno si commuoveva pure, nelle prime file, e non ho mai capito se per il film, per le attrici con il cappello in testa, per gli uomini con i ferri ai polsi, o magari soltanto per la musica che suonavo, per quella musica che da un pianoforte a muro diffondevo in tutta la sala. Lo facevo da anni, e ormai ci avevo preso la mano. Sapevo in che punto rallentare, e quando introdurre un salto di ritmo. Certe sere avevo come l'impressione che la gente venisse più a sentire me che a vedere il film. Che pagasse il prezzo del biglietto solo per ascoltare la mia musica, una musica che adesso ha il suono di questo vaporetto e già copre le nostre voci e inonda d'acqua tutti i pensieri. Ma chi potrebbe sentirci della musica in questo avviarsi di motori e di eliche, e cosa dovrebbe pensare o immaginare nel guardare le nostre facce, l'una accanto all'altra, così poco rassicuranti di loro, se nessuno si fosse ancora accorto delle catene, e degli agenti di custodia, e delle altre cicatrici che ci segnano il volto? Che musica si può suonare, qui dentro?

Eppure non c'è da lamentarsi, io poi devo lamentarmi meno di tutti, perché ciò che avevo da perdere l'ho già perso: a chi servirà un pianista da cinematografo con i pollici rotti ora che hanno inventato il sonoro? Ho le dita guaste anche per strappare i biglietti del cinema, neppure all'*Astor* mi vogliono più. Peccato, perché di esperienza ne avevo, eccome. Non è il caso di tirarla troppo per le lunghe, ma per una circostanza come questa ci vorrebbe pure un pizzico di umorismo, perché oggi non ci sono donne, né fazzoletti al vento, né ghirlande sulle porte, c'è soltanto un vaporetto partito in esagerato ritardo, nient'altro.

Chissà se pure alle spalle di Giuseppe, quando se ne andò a cercare un posto al riparo da ogni maldicenza dove far nascere il figlio di Maria, sarà apparsa una città estranea come quella che è apparsa a me. Una città dove ho dormito l'ultima notte, male e in un camerone di transito, ma pur sempre una notte intera su un pagliericcio, dopo una settimana di caserme e vagoni cellulari per centinaia di chilometri. Palermo. Ora che ce ne siamo allontanati mi pare più gialla dello zafferano, più gialla di una capitale orientale. Sarà la luce di questi posti a renderla così, questo vento di fine dicembre, o forse sono soltanto i miei occhi, ma senza motivo, perché questa città non è affatto gialla, né si tratta di una giornata particolarmente luminosa, anzi, dal fondo continua a venire brutto, e adesso che abbiamo ripreso a guadagnare il largo, tra l'urto delle onde, una macchia nera risale veloce l'orizzonte. No, non sarà una traversata facile, e spero di non sentirmi male. Forse farei meglio a smettere di guardare fuori, verso questa città che ormai è una striscia di terra, e oscilla e si inabissa, tra gli schizzi, e subito dopo riemerge, più gialla di prima, per dissolversi di nuovo l'attimo seguente.

Anche il loro viaggio fu lungo e faticoso. Per non sfiancare l'asina, Maria ogni tanto le scivolava dalla groppa e s'incamminava a piedi per lunghi tratti. Mangiavano quello che si erano portati, e soltanto una volta una coppia di vecchi gli offrì un pasto perché la ragazza era pallida e fece loro pena, si capiva che aveva bisogno di ristoro, così giovane e già con quella pancia di otto mesi almeno, forse anche nove. Giuseppe voleva ricompensarli con una moneta, ma loro rifiutarono, e quasi si offesero. È solo un pasto, dissero: se fosse capitato a loro figlia di affrontare un viaggio in quello stato, sarebbero stati contenti se qualcuno avesse fatto altrettanto per lei. Giuseppe li ringraziò per quella premura e Maria, che non aveva quasi mai parlato fino a quel momento, si mise a piangere e pregò tutti di scusarla, con una voce strana, come se stesse chiedendo scusa pure a suo marito per averlo trascinato senza volere in quella situazione. La donna, allora, che aveva i capelli bianchi e le mani sciupate, le sorrise e le disse che gentilezza genera gentilezza, e di sicuro suo figlio sarebbe stato il bambino più gentile che fosse mai apparso sulla terra. Le monete a Giuseppe servirono per pagare la notte, qualche chilometro più avanti, ma già dal terzo giorno il tempo si rovinò, e si alzò un vento gelido come quello di oggi, e la pioggia bagnò le larghe pietre di Betlemme, quando vi arrivarono, e le rese insidiose. Maria temeva di cadere a ogni passo e di compromettere la gravidanza, ma nessuno concesse loro un letto dove poggiare la sacca, e stendere i piedi ormai gonfi, neppure vicino alla strada dove Giuseppe era cresciuto. Non c'è un posto libero, ripetevano tutti, porta dopo porta, non potremmo ospitarvi neanche se aveste molti più denari di quelli di cui disponete. Ma Giuseppe e Maria sapevano che era per via dell'aspetto che avevano assunto dopo solo tre giorni di viaggio, e perché venivano da fuori, e avevano un'asina, e la ragazza pareva sul punto di partorire, una complicazione che sarebbe stato meglio evitare. Così ogni tentativo fu inutile, e Giuseppe si immusonì, quella era la città dov'era nato, in fondo. Più che essere censito ora avrebbe volentieri cancellato il suo nome da tutti gli elenchi. Fu Maria a insistere. Non sono stanca, mentì, e si mise in fila agli uffici dell'anagrafe. Ma dovettero aspettare il loro turno, ed essere registrati, e quando uscirono di lì era già buio. Un uomo gli consigliò di salire in collina, dove avrebbero potuto almeno trovare una stalla. Si incamminarono quindi a malincuore fuori dalle mura di Betlemme, abbandonando la città come si abbandona un porto riparato.

Il movimento è lo stesso, ma la direzione opposta, penso adesso che si allontana anche per me la terraferma, e sta per sparire. Non ha lasciato che il rumore dell'acqua contro lo scafo, un tonfo secco, spaventoso, ma più spaventoso di tutto è il silenzio che lo precede, e i rimpianti che ritornano a ondate, come quelli che di certo avranno tormentato sia Maria che Giuseppe, a ogni passo, tanto che varrebbe la pena fare la conta di tutti gli errori, finché c'è tempo, e forse questa è la serata giusta, anche se siamo ancora all'inizio, solo all'inizio di questo viaggio. È una storia di porti anche questa, di stalle in cui per caso si va a nascere o a morire, di donne che potrebbero essere lapidate. Il porto dell'isola a cui attraccheremo l'ho sognato la scorsa notte. Un presepe di casupole arroccate sulla roccia, e una sola strada che saliva, dove ci dormivano i cani. Ho sognato una scala nera, di basalto e di tufo, e un uccello con un'ala larga e inservibile che saltava sui gradini. Le guardie ci conducevano per un sentiero di edicole votive finché il sentiero non diventava un cortile murato, e il cortile una chiesa, e la chiesa un teatro che ci lasciava soli e tristi e muti in mezzo alla scena, ed escludeva da ogni lato l'orizzonte.

Il fragore costante di questa imbarcazione ci toglie almeno dall'imbarazzo di dover dire qualcosa. Nessuno parla, del resto, o ne ha voglia. Neppure i più ciarlieri. Sono tutti assorti nei loro rancori. Il fumo che esce dal ponte di coperta sporca l'aria, ma una massa di nuvole ha già annerito minacciosamente il cielo dietro di noi. Eppure, per quanto mi sforzi di immaginare il futuro, non mi viene in mente che un tempo di sabbia, e sempre quella maledettissima cucina, e mio zio che vi transita, con una coperta sulle spalle, perché d'inverno era freddo come adesso, e anche quando il freddo non c'era mio zio lo sentiva lo stesso, per questo si lasciava la sua coperta sulle spalle, come se fosse un *poncho*, e se gliela toglievi cominciava a tremare, e a fare strani versi, che nemmeno gli animali. Lascialo perdere, mi gridava allora mia madre, e me la strappava dalle mani, quella sua coperta tanto preziosa, e io lo guardavo riprendersela, e riavvolgervi la schiena già curva, e allontanarsi piano nel corridoio, come ho visto prima allontanarsi la città che ha lo stesso colore dello zafferano, senza capire che non era di freddo che soffriva mio zio.

Sono queste le sole cose che mi tornano in testa, in questo momento, tanto che se dovessi raccontarne qualcuna a uno qualsiasi dei compagni di pena che mi stanno intorno potrei solo inventare delle spacconate, come in qualche occasione ho fatto, gli direi che so suonare anche la fisarmonica, oltre al pianoforte, e che a lungo me ne sono andato in giro per l'Europa con un violinista più secco e storto degli alberi che vedevo dalla mia cucina, ma non avrebbe molto senso, e in ogni caso qui non c'è nessuno che abbia voglia di fare delle domande, nemmeno l'avvocato con le orecchie a punta e il cappello calato sugli occhi che mi siede davanti. O il piccolo prigioniero sardo in fondo che voleva ammaestrare passerotti sul davanzale dell'ultima caserma dove abbiamo dormito e che qui tutti chiamano Garamascón. Quelle che dovevano farci, le hanno già fatte altri, e non c'è nulla da aggiungere.

Sapessi il motivo, glielo avrei detto pure a loro, sicuro, ma non c'è un motivo perché io sia qui, un motivo valido, intendo, una di quelle ragioni che non si possono discutere, come un fatto di coscienza, una scelta politica, una rabbia che non si è saputo controllare. Il guaio è che non mi ha creduto nessuno. Fai il furbo, hanno risposto, ma sbagli a fare il furbo, con questo tribunale. L'avevo già letta questa frase, nelle didascalie di qualche film, e non sono riuscito a restare serio, ciò che non conoscevo era la vergogna, e il sangue sotto le unghie, non sino a questo punto, che ho paura anche a guardarle, le mie dita, per come sono ridotte.

Forse a loro non piaceva la musica che suono, sarà stato per questo che mi hanno portato via a quel modo, senza aspettare che la proiezione finisse: il pubblico fischiava, qualcuno si alzò nel buio perché voleva indietro il prezzo del biglietto, ma gli uomini della milizia nemmeno si voltarono, mi trascinarono per un braccio, tra tutte quelle sedie, urtando chi capitava, senza preoccuparsi delle donne che urlavano o delle proteste degli uomini o del mio silenzio, mentre le immagini si susseguivano sullo schermo, sepolte nel loro movimento inutile, e direi anche un poco lugubre, un circo funebre lontano anni luce da ciò che accadeva in quella sala, in una sera qualunque, di una città qualunque.

Come potevo dirgli che era stato soltanto per la desistenza di tutto che mi ero legato a Lisa. Non per amore, no, all'amore non ci ho mai creduto, come non credo che si possa salvare il mondo, né con le armi, né con le parole, il mondo va dove vuole, o meglio, una direzione vera e propria non ce l'ha, va dove lo si conduce, come un'asina tirata da una corda. È che a condurlo sono sempre gli stessi, non c'è verso. Scalziamoli via, diceva Lisa, strappiamoli come si strappa la mala erba. Il fatto è che ci vuole poco perché ricresca, gliel'ho ripetuto tante volte. Il male è alle radici, nella terra, non ci si può fare niente.

Allora lei si alzava di notte, nuda, e andava alla finestra, e nell'oscurità il suo corpo sembrava un'anfora. Perché piangi, Lisa, le chiedevo, ma lei se ne restava lì, ferma, a guardare le strisce di luce che si gonfiavano nella pioggia, sul vetro, e una fila di alberi magri, poi si rivestiva, in silenzio, prima le calze, e dopo il resto, la porta le si richiudeva dietro con un tonfo, come quello di queste onde, sullo scafo, e io me ne restavo nel letto vuoto, senza lenzuola, col sesso inerte tra le gambe.

C'è sempre qualcuno che viene ad annunciare il tuo destino. Un angelo senza ali che ti bussa nel sonno e ti strattona, finché non ti metti seduto, un amico che al termine di una bevuta trova il coraggio per dirti quello che mai avresti voluto sentire, così che ti appaia chiaro cosa succede nel tempo, cosa ci succede in tutto il tempo che viviamo. Gli errori accumulati uno dopo l'altro, come grani di un rosario. La loro coerenza. I segreti chiusi dentro alle reticenze, i motivi che li hanno sigillati. Ogni cosa si dispone come una fila di oggetti sopra un tavolo. Le chiamiamo allucinazioni, ma sono solo il riflesso di quello che di giorno non si fa mai in tempo ad allineare. A Giuseppe venne qualcuno che doveva conoscerlo bene, a chiedergli conto della sua solitudine e a indurlo ad abbandonarla. A dirgli che la solitudine è un peccato più grande dell'adulterio o dell'impurità, perché l'adulterio e l'impurità almeno hanno a che fare con l'amore o con l'odio, ma sempre con i sentimenti di qualcun altro, mentre la solitudine ha a che fare solo con se stessi, con la nostra miseria. E Giuseppe dovette convincersene, anche se con qualche titubanza: aveva già perso troppi anni a occuparsi soltanto del suo banco di falegname. Delle punte stellate, delle sgorbie, dei suoi inutili scalpelli. Martelli che battevano per niente. Tenaglie che non stringevano più. Del misantropo non aveva mai avuto veramente la stoffa. Maria era la sua ultima occasione. Per questo la accolse o addirittura se la andò a prendere. Per punirsi davanti a tutti dell'unico delitto che aveva così a lungo perpetrato: l'essersi ritirato dal mondo, e dalla sua imperfezione. Il mondo lo avrebbe giudicato uno sciocco, reso ancora più sprovveduto dall'età, a cui avevano affibbiato il pasticcio di una sciagurata senza cervello appena più grande di una bambina o comunque troppo giovane e inquieta, anche per chi non fosse stato a conoscenza della sua maternità, per restargli fedele. La vergogna di questo malinteso sarebbe stata la sua pena. Ma a lui non importava più, non aveva nessuna reputazione da difendere, se non quella di questa ragazza, che si mostrava tuttavia più forte di quanto avesse mai creduto. Sarebbe stata capace di salire per una montagna senza luci, se fosse stato necessario, alla ricerca di una cascina o porcilaia qualsiasi dove rifugiarsi. Forse più che un'espiazione, pensò Giuseppe, chissà, poteva essere anche una fortuna.

Ma nella stanza dove dormivo io, venne solo Lisa a chiedere conto della mia solitudine. La sua ombra di fronte la finestra. I suoi scontrosi silenzi. Nella stanza dove dormivo io, nessun angelo senza ali mi ammonì di essere paziente, e saggio. Nessuno mi invitò a ospitare sulle mie spalle il dolore e la vergogna degli altri. Gli angeli li sognava soltanto mio zio, e certe notti mia madre doveva alzarsi, e andarlo a calmare, per quanto aveva visto nel sonno: le porte segnate col sangue, e i bambini sgozzati, e le donne in fuga sulla schiena di un'asina. Il mio sonno, invece, era come lo schermo dell'*Astor* quando finivano le proiezioni, e si spegneva la luce, e la gente usciva spostando le tende. Non avevo amici che sapessero dirmi come condurmi, e dove, e in che punto, avessi sbagliato.

Eppure non è stato per Lisa che ho accettato di correre quel rischio, tante donne erano già entrate e uscite dalla mia vita prima di lei, senza lasciare traccia, con le loro mani trasparenti, i passi che non facevano rumore e il viso indefinito anche nei sogni. Della loro stima non ho mai saputo che farmene, pensassero anche che fossi egoista, o vigliacco, in fondo si è tutti un poco di qualcosa. Perché allora l'ho richiamata, Lisa, non lo so nemmeno io. Per disperazione, forse, una debolezza, come capita a volte: mi sono detto che se si perde il senso delle cose che è utile o inutile fare tanto vale farle lo stesso. O forse avevo soltanto voglia di sentire ancora una volta la sua voce.

Così le ho dato un appuntamento, e lei è venuta, con i suoi amici, all'uscita del cinematografo. Aveva una sciarpa intorno al viso, e il viso bianco e selvatico, che sembrava una madonna. Si trattava soltanto di manifesti, per fortuna, perché se c'era da uccidere quella notte avrei pure ucciso, bastava che me lo chiedessero. C'erano solo manifesti, invece, da diffondere clandestinamente nelle scuole: propaganda per la rivoluzione, appelli per l'Europa, fogli satirici, incitazioni alla sommossa. È stato con questo materiale che mi hanno portato via, quella sera all'*Astor*. Li tenevo dentro alla cartella, insieme agli spartiti, la stessa che stringevo sotto al braccio quando me ne ero andato via da casa. L'hanno aperta in una stanza vuota, con una lampadina che pendeva dal soffitto, la sera dell'arresto. I manifesti sono caduti per terra, disegnando nell'aria strane parabole.

Se ti beccano ti danno il confino, mi aveva detto Lisa la notte precedente, e si era quasi commossa, e aveva fatto l'amore con più partecipazione e struggimento del solito, così bene che io avevo pensato che ne era valsa la pena, comunque andasse a finire tutta quella storia. Era valsa la pena sentire il respiro che le si rompeva a ogni movimento, e assistere allo spettacolo dei suoi baci che sembravano risalire da una crepa, come se volessero avvolgere la terra, e posarmela sulle labbra, e lasciarla lì, scheggiata e irreparabile. Nessuno mi aveva mai abbracciato a quel modo, con tanto abbandono e sconforto nelle mani, ma io sapevo che quello era il corpo di Lisa che si arrendeva, il suo corpo spezzato e furioso, e che quel corpo era un'assoluzione, un urto, e infine un risarcimento, per una volta incondizionato e senza riserve. Notti così non sono mai senza conseguenze. Il ridicolo è che ora Lisa mi crederà una specie di eroe, quando invece altro non sono che un musicista sbadato, un pianista che suonava nel buio di un cinema e che è rimasto senza lavoro e senza spartiti.

Ho pensato spesso alla prima notte d'amore tra Giuseppe e Maria. Lui più grande, attento, che la accarezza senza precipitazione, con le sue mani di falegname che conoscono il nodo di ogni legno, e sanno come spianarlo, e lei giovanissima, curiosa come solo i giovani possono essere, ma ancora incerta se fidarsi o no di questo estraneo che non fa che studiarla, ma che presto deciderà di toglierle la gonna, il velo, e tutto il resto, perché così fanno gli uomini, gliel'avevano annunciato le cugine, e sua zia, e la madre, ma del resto Maria l'aveva già imparato per suo conto. Guardami allora, dovette dirgli lei, e tolse da sé la gonna, e il velo, e tutto il resto, mostrandogli i seni che si erano già cominciati a ingrossare, la pancia protesa in avanti e arrotondata. Guardami, gli disse, e arrossì di colpo, per tutto il pudore che aveva infranto, e Giuseppe pensò che è sempre una vergogna il centro di tutto, ed è questo che alla fine si racconta, lo smacco e l'offesa, l'ingiuria e lo scherno, e il proprio disonore, ma che è in questo pozzo che l'umanità fiorisce. Li immagino anche adesso, seduti sul bordo del letto, nudi, sgraziati e forse inaspettatamente complici. Un uomo solo e già avanti negli anni e una ragazza come tante, inesperta e sconsiderata, a cui è capitato un incidente banale, con un compagno della sua età, o forse con qualche parente, uno che frequentava la casa, un amico di famiglia il cui nome non si può rivelare, e chissà se poi quella prima notte Giuseppe e Maria si saranno amati con lo stesso affanno con cui c'eravamo amati io e Lisa, l'ultima volta, con il destino che li osservava, a braccia conserte, da un angolo della stanza. Di certo quelle di Giuseppe erano mani di liutaio più che di falegname, mani al corrente di tutto, mani che avrebbero cresciuto il figlio di un altro senza chiedere niente. Le famiglie hanno un capo e una fine, quello che conta è dove si arrotola il filo. L'unica cosa da fare, in questi casi, è andarsene. Per un periodo, per qualche anno, per una vita intera, se serve. Verso l'Egitto o un'altra terra lontana, con la scusa di un censimento o di una premonizione. Era stato per questo che aveva caricato l'asina e vi aveva issato sopra Maria. Perché nessuno potesse chiedergli perché un uomo decide di accogliere al posto di ripudiare, di accettare al posto di respingere. Il suo è il segreto degli uomini giusti, che danno ricovero senza trovarlo.

Gliel'ho detto a chi mi interrogava che io non ero né un uomo giusto né un eroe, ma non mi hanno voluto ascoltare. Un eroe è stato Umberto, il giovane chimico che frequentava il gruppo di Lisa e che aveva costruito delle bombe incendiarie dimostrative, ma poi le aveva buttate in un fiume, eppure qualcuno ne aveva fatte scoppiare altre, poco prima di un corteo reale, a Milano, ed erano morte delle persone, e Umberto c'era andato di mezzo per avere stretto delle mani che non doveva stringere. Non ti devi fidare di nessuno, mi ammoniva Lisa tutte le volte che la vedevo, la città è piena di infiltrati e di agenti provocatori, c'è troppa gente che fa il doppio gioco e che tradisce anche gli amici per un piatto di acciughe. A me viene naturale non fidarmi di nessuno, le rispondevo. Ed era vero, perché non ho mai parlato molto. Pure la polizia lo ha capito che non potevo fare nomi semplicemente perché non avevo niente da dire, con me perdevano il loro tempo. Da Umberto, invece, avevano voluto sapere tutto, ogni cosa che aveva visto, non aveva importanza se ne fosse certo o no, ogni persona che aveva incontrato. E allora lui, esattamente un anno fa come oggi, aveva pestato le lenti dei suoi occhiali in un bicchiere e si era preparato un aperitivo a base di combustibile solido. Menta e succo di limone. In fondo era il suo ultimo Natale. Poi aveva mandato tutto giù in un sorso e lasciato che lo stomaco gli si sbriciolasse come una vetrata.

Ecco perché se mi guardo intorno e osservo le facce che occupano questo vaporetto mi sento la vittima di un errore giudiziario. Non ho in comune con gli uomini a cui sono legato dalle stesse catene niente. Nessuna fede, nessun coraggio, nessuna bandiera. Loro sono tutti dirigenti di partito, insegnanti, intellettuali, scrittori. Io soltanto uno che si guadagnava la vita suonando. Così ho preso posto accanto a un piccolo gruppo di disertori e di forestieri, è accaduto quasi naturalmente, come quando si formano le file e ci si mette vicino a chi ti somiglia di più. Il mio polso ora è annodato a un albanese che si chiama Lazar e che proviene dalla scuola di guerra italiana. Ha la fronte alta, e occhi che pare un attore. Qualche posto più indietro una voce canta in spagnolo sommessamente un tango di cui avevo lo spartito. *Poco a poco todo ha ido de cabeza p'al empeño.* A poco a poco tutto torna al Monte dei Pegni.

Solo una volta mi capitò di suonare qualcosa che non c'entrasse per niente con le storie che si raccontavano sul muro. In certi momenti succedeva che mi lasciassi guidare dalla musica, dalle sue combinazioni, e la smettessi di alzare gli occhi verso il grande schermo bianco, l'unica partitura che avevo l'obbligo di rispettare. Ma sempre ritornavo sulla scena un attimo prima che qualcuno si accorgesse della mia distrazione. Erano piccole fughe, piccole licenze che mi concedevo quando quella *routine* finiva per stancarmi e mi seccava la necessità di usare un accordo in minore per una scena triste o un tempo dispari per un finale concitato. Quando non ne potevo più variavo per mio conto, purché fossi abbastanza abile da rientrare nel tema qualche battuta più avanti. Era come scendere dal seggiolino del pianoforte e andarsi a fumare una sigaretta fuori, per strada. Ma la cosa più incredibile che mi accadeva quando poi risollevavo la testa era che anche i personaggi sullo schermo sembrava si fossero messi a parlare d'altro: i fotogrammi erano gli stessi, su questo nessuno avrebbe potuto nutrire alcun dubbio, eppure sembrava che qualcosa in loro si fosse spostato, che l'intera sequenza fosse andata fuori giri, di un millimetrico ritardo, alla stessa maniera in cui è andato fuori giri il motore di questo vaporetto, e che tutto avesse assunto un altro senso, che prima non avevo saputo comprendere.

Così una sera me ne dimenticai, di quello che si stava proiettando, e chiusi gli occhi, e mi concentrai soltanto sulla tastiera del pianoforte, e gli spettatori, quella volta, videro un film che non avevano mai visto, e che nessuno più vide dopo. Quando finalmente alzai lo sguardo, la pellicola si era raccolta nella bobina di avvolgimento, le ruote dentate avevano cessato di fare rumore, ma nessuno si era messo in piedi. Erano rimasti tutti lì, a osservare in silenzio quello schermo vuoto. Mi venne da credere che era stata la mia musica a strappare il film dalla sua direzione, a prolungarlo, a stravolgerne la trama: chi era stato ucciso era ritornato in vita, chi aveva subito una condanna era stato liberato, e chi aveva fatto tardi era arrivato in anticipo, perché un tempo supplementare aveva procrastinato la fine, ed erano servite più scene di quelle che un regista aveva ordinato di girare, così ciascuno le aveva aggiunte a suo piacimento. Un po' come stasera che, a ripensarci, anche la storia di Giuseppe e di Maria e del figlio che gli nacque in viaggio, dalla pancia di questa imbarcazione suona nuova e imprevedibile, come se non l'avessi mai ascoltata.

Eppure fino a queste ultime settimane non avevo avuto paura. La paura credevo proprio di non conoscerla: una volta l'avevo vista negli occhi di un cane, e mi aveva turbato perché mi era parso un sentimento umano negli occhi di un animale. Non sapevo ancora che è la paura a renderci simili agli animali, e feroci come solo un cane spaventato può essere. Così ho iniziato ad avere paura l'ultima sera che ho visto Lisa, in una camera disadorna, e al principio è stata solo una paura dei sensi, la paura di non poterla toccare per molto tempo, di non sentire più la sua voce, di non vederla alzarsi da un letto. Poi ho avuto paura della stessa stanza in cui abitavo, della prima sera in cui avevo suonato in una sala di proiezione, della mattina in cui ero andato via da casa, della strada sulla quale la cucina di mio zio si affacciava. E osso dopo osso, grano dopo grano, questa paura è andata avanti il giorno che mi hanno preso, e quello del processo, e gli altri dei verbali.

Sino a questa mattina, piena di vento e di sabbia che ti entrava dappertutto, anche nelle orecchie, con il suo carico di salsedine e di rimpianti, e anche adesso ho paura, una paura esagerata e bastarda che questo vaporetto affondi nell'abisso del mare per quanto è colmo di relitti.

Dal disappunto che leggo sul volto del carabiniere di guardia è chiaro che non ce la fa. Deve essere per questo che ci siamo fermati al centro di un mare in tempesta. Di certo ora ogni prigioniero starà valutando la fatica, se sia meglio ripercorrere tutta la strada, e subire ancora il maroso, e rientrare nel porto di quella città estranea e più gialla dello zafferano da cui eravamo partiti, e risalire e riscendere ammanettati tutte le scalette, dal reparto al ponte, e dal ponte alla vettura cellulare, e tutto questo senza avere mangiato e arrivando sicuramente in ritardo per il pasto che pure ci spetta, oppure se convenga proseguire, a rischio di lasciarci la pelle, verso il profilo sbilenco di quest'isola che da qualche minuto appare e scompare dagli oblò, e si capisce perché la chiamano l'isola nera. Non fatevi prendere dal panico, ci urla un marinaio mentre da sotto coperta salgono le invocazioni a Gesù bambino, ai santi e alla Madonna. I ponti di questo vaporetto li hanno intagliati dei maestri d'ascia scozzesi, ci rassicura un altro, questa barca ha conosciuto acque peggiori di queste. Ma ormai è difficile andare avanti quanto indietro. Siamo nel mezzo esatto della bufera. Nell'occhio cieco del tifone. Lazar stringe il bracciolo e ripete a voce bassa una litania piena di consonanti.

Non so se a Giuseppe venne mai in mente l'idea di tornare indietro. Se dopo l'ultima porta che gli avevano chiuso in faccia, dopo che anche l'ultima locanda, a Betlemme, gli aveva negato persino un sacco di giunchi dove Maria potesse distendersi, avrà avuto voglia di ripercorre a ritroso il loro percorso, ripassandoci sopra con tutto il suo peso, metro dopo metro, senza tralasciare nessuna delle orme che il suo piede aveva inciso nella terra, prima verso la costa, e poi all'interno, tirandosi dietro l'asina e la giovane moglie e fermandosi di nuovo a mangiare dalla coppia di vecchi che li avevano rifocillati già una volta. Solo per risalire in questo modo fino al punto di partenza, e subito dopo anche a quello che lo aveva sempre preceduto, a tutte le impronte che le sue disgrazie avevano lasciato nel tempo, come se fosse ancora possibile per lui non soltanto riconsegnare Maria alla sua famiglia, insieme alla sua ingombrante gravidanza, ma ripudiare la sua intera vita, e poi smettere definitivamente di lavorare il legno, chiudere la piccola casa in cui abitava, vendere i pochi utensili che aveva raccolto e imbarcarsi su una nave per qualche lontana isola del Mediterraneo, un'isola fantasma come quella che mi aspetta, dove consumare nel silenzio gli ultimi anni a sua disposizione. Ma Giuseppe sapeva che difficilmente un falegname può diventare marinaio, e forse è per questo che quella notte non smise di inerpicarsi lungo la dorsale dei monti della Giudea, in cerca di un posto qualunque dove far riposare la sua sposa. Anche se non era suo il figlio che portava con sé, gli dispiaceva di non poterla proteggere, e che faticasse tanto, nel freddo dell'inverno. Ciò che non aveva previsto, ma che invece era del tutto prevedibile, era che le doglie già imminenti si sarebbero anticipate, e quando fu il momento tutto ciò che riuscì a trovare fu una greppia piena di paglia. Maria cominciò a urlare, per lo spavento di quel dolore sconosciuto che l'aveva sorpresa per strada e ora si ripeteva a intervalli regolari, ondata dopo ondata.

La montagna allora si mise in ascolto. Gli uccelli smisero di volare, i topi di squittire. I cavalli alzarono il naso per aria, le mucche ruotarono gli occhi verso la cima delle colline. Si svegliarono i pastori che dormivano nelle capanne. E si svegliarono le loro mogli. Per prima arrivò una donna che prese un bacile e si tirò su le maniche. Poi ne arrivò un'altra, a darle aiuto. E presto furono tre, che asciugavano la fronte di quella ragazza e vi passavano sopra un panno bagnato d'aceto. Erano tutti curiosi di sapere chi fosse venuto a nascere lassù, dove si dava da mangiare alle bestie e ci vivevano solo le ombre del bosco. Non poteva che essere uno più povero di loro, e più sventurato ancora. Per questo decisero di organizzargli una festa. Perché si sentisse meno solo, e meno infelice, quando sarebbe venuto al mondo, e non si dicesse che da quelle parti una madre partorisse senza nessuno intorno. Chiamarono i suonatori di zampogne, radunarono gli animali, misero i cani a guardia delle greggi, e bevvero quello che c'era da bere. Alla fine guardarono il cielo, e si accorsero che sopra di loro passava una stella più luminosa delle altre e con la coda. Sarà il nostro re, dissero, il principe dei diseredati e dei miserabili, il signore di tutti gli spiantati della terra. E allora scelsero una pecora e un agnello da regalargli. E quando finalmente nacque, lo avvolsero in una coperta di lana, lo misero in braccio a Giuseppe e se ne andarono a dormire.

È così, la nascita è un soffio di fiato, come la morte. C'è chi lo butta fuori, a pieni polmoni, chi lo trattiene in gola. Per alcuni non serve nessuno sforzo, in entrambi i casi; per altri, invece, ci vuole molto impegno, perché nessuno dimentichi quanto possa essere laborioso spegnersi come venire alla luce. O forse si muore allo stesso modo di come si è nati. Urlando contro l'ingiustizia che ingravida ogni cosa, come accadrà a Lisa e al figlio che porta in sé se nessuno più si curerà di loro, o strozzati dalle parole che non si è stati capaci di pronunciare. Ma se tutto questo silenzio mi ha avvelenato il sangue è stato anche per colpa del mio lavoro. Ho passato così tanto tempo a guardare film muti che mi sono dimenticato il suono delle parole. Giuseppe, forse, avrebbe potuto capirmi. Neppure lui doveva essere un tipo loquace. Cosa c'è da dire, in fondo, quando si accetta di sposare una donna già incinta oppure quella che ti sei scelta ti rivela di aspettare un bambino, ma di averlo concepito mentre tu non c'eri. È stato così, anche per me. Ma come siano andate le cose, per davvero, nessuno lo sa. Di certo, quella notte, fuori Betlemme, Giuseppe tenne il bambino tra le braccia, per scaldarlo, e il bambino si addormentò, in quel calore.

Dicono che non fa poi così male, non più di quello che si è già provato. È questione di un istante, dicono, ma sufficiente per un bilancio fulmineo e definitivo. Basterà un'ondata più alta delle altre, il vaporetto che si inclina, e noi che andiamo a fondo, con le nostre catene. Vorrei esserne capace, tracciare una linea su un foglio dei miei, che sono già pentagrammati, e segnarci sopra quanto si è dato e quanto si è avuto, nel computo sempre difettoso degli anni, stimare gli ammanchi, e i crediti, i conti in attivo e quelli in rosso, e sapere così una volta per tutte in quale cinematografo o città o Natale ho perso la mia voce. Ma non so fare altro che fissare quest'isola del non ritorno che a me ricorda solo i fianchi di Lisa quando guardava fuori dalla finestra, un'altra anfora gettata nel mare. La dilazione che il maltempo e gli imprevisti ci concedono è un bene superiore alla fatica che ci procura. Sarà questo, per stasera, il mio regalo. Un regalo più prezioso di qualsiasi metallo, o pianta medicinale, o essenza.

Il vaporetto ora è completamente fermo. Ancorato da forze opposte sulla cresta dell'acqua in un angolo remoto di questo canale che non conduce da nessuna parte, esiliato in una zona dove non c'è più un inizio né una fine, né la possibilità di una ripartenza o di un rimpatrio, né una ragione, una colpa o un merito per cui io e gli altri miei compagni siamo finiti qui. Non c'è neppure un lato destro o sinistro della nave, niente poppa né prua: i detenuti ormai scortano le guardie, e le guardie non sono meno recluse di noi, e tutto l'universo è racchiuso in questo cerchio da cui non si può raggiungere né abbandonare più niente. Forse è da una cruna come questa che deve essere passato anche Giuseppe quando capì, con quel bambino in braccio, che non avrebbe mai dovuto ascoltare le voci degli angeli o degli amici, mai avrebbe dovuto prendere con sé quella ragazzina ora già madre, ma che adesso non poteva più rinnegarla senza esporla a una morte sicura, e infamante. E in questo stesso identico punto, dove fino a poco fa si erano dati convegno tutti i venti della terra per placarsi all'improvviso, pure Maria, con i suoi occhi così giovani e ancora incerti, si sarà chiesta un'ultima volta se sia stato giusto partorire quel figlio prematuro e consegnarlo a una croce certa di strazio o se invece non sarebbe stato meglio ucciderlo di fatica e abortirlo in una grotta senza dare a quest'uomo che l'accompagna il peso di una paternità imposta.

Ma la libertà è un'allucinazione, quando non è un privilegio, e io improvvisamente sento di avere paura di tutto ma non più delle allucinazioni, di quelle che abitavano mio zio, mentre attraversava con occhi vuoti la cucina, e nessuno sapeva dove guardasse. E come in un'allucinazione, su questa barca inchiodata ormai per sempre alla sua immobilità, sento i passi di Lisa risuonare sopra un marciapiede, e la vedo ferma davanti a un portone, indecisa se entrare o no. E allora mi alzo, in questa cabina sottoponte, come se non avessi più nessun ferro che mi blocca i polsi e potessi mettermi a camminare anche sulle acque, prendere una sedia di paglia rotta da un angolo, portarla davanti a un tavolo e sedermi ad allineare molliche di pane sulla tovaglia. Come se li avessi chiamati per nome, dietro di me si alzano anche gli altri. Qualcuno ordina di metterci giù, e di stare tranquilli. Ma a noi non resta altro che assaporare questo insperato sospendersi della sorte in mezzo a un mare sconvolto, tra uomini sconvolti, e riconoscere appena il presagio di un lampo o di una stella cometa, sul filo dell'orizzonte, il tempo di essere trasferiti da una prigione a un'altra.

Francesco M. Cataluccio

La metamorfosi del Natale

È difficile trovare l'inizio. O meglio: è difficile cominciare dall'inizio. E non tentare di andare ancora più indietro. Dal primo dicembre i tubi dentro i muri dell'ufficio di Felice Settembrini avevano preso a rumoreggiare, come un sinistro presagio. Uno scricchiolio intermittente, quasi un ringhio rugginoso, increspava l'aria della stanza al settimo piano del nuovo grattacielo nei pressi della Stazione Garibaldi, dove aveva sede la casa editrice Pompazzi Barbieri. L'edificio era interamente coperto da spelacchiati alberelli, cespugli sempreverdi e sbuffi di bacche amaranto che ingraziosivano la facciata rendendo felici e rassicurati gli amanti del verde in città.

Stava appropinquandosi il Natale e Felice, uscendo dalla metropolitana e percorrendo i pochi metri che lo separavano dall'ingresso del palazzo, si disse che sarebbe stato simpatico addobbare, con lucine e palline colorate, tutte quelle piante abbarbicate al cemento fino al ventesimo piano. L'idea di andare a lavorare dentro una specie di enorme albero natalizio gli dava una malinconica euforia, come quando da ragazzino aspettava l'arrivo dei regali, sapendo con certezza, ormai da diversi anni, che non sarebbe stato Babbo Natale a portarli. Ma era bene far pensare agli indaffarati genitori che lui ci credeva ancora.

Felice era un tipo che sapeva mentire. Anche per questo portava sempre occhiali da sole, persino quando diluviava. Era uno stimato redattore editoriale, pur odiando i libri e coloro che li scrivevano. Fuori dal lavoro leggeva solo quelli che gli consigliava, insistentemente, la fidanzata Viviana, laureanda in Storia del teatro con una tesi sulla crudeltà in Euripide.

Dopo studi universitari irregolari, Felice era entrato alla Pompazzi Barbieri grazie a una spintarella della madre Carlotta, fotografa, collaboratrice e molto amica di Gaspare Manolo Rossi, amministratore delegato e anche, come spesso ormai accade, direttore editoriale della casa editrice: un uomo che riuniva in sé la pericolosa commistione di una scarsa cultura e di un ego smisurato. Con lui Felice condivideva la passione per il cibo raffinato: si occupava infatti di una delle collane di punta della Pompazzi Barbieri dedicata alle ricette commentate di cuochi famosi in televisione, facendoli apparire, grazie a un camuffaggio editoriale, pensosi intellettuali, sensibili interpreti del gusto raffinato e persino della vita.

Per arrotondare il magro stipendio, Felice teneva un suo bizzarro sito, «Luppolo felice», dove redigeva e aggiornava commenti e classifiche di birre e birrerie, parlando bene soltanto di coloro che lo pagavano. Inoltre collaborava al mensile «Inventario culinario»: per ogni numero scriveva un racconto di cinque cartelle.

In quello di dicembre, monografico sul pesce, avrebbe dovuto inventarsi una gustosa storia ittica. Purtroppo la sua vena creativa sembrava essersi prosciugata. L'unico racconto che era riuscito a buttar giù era quello di una pornostar sul viale del tramonto, Vanessa, che faceva il numero di mezzanotte in un malmesso ristorante di pesce del quartiere, immersa in un acquario con uno sveglio esemplare di *Carassius auratus*. Di lei si era innamorato un attempato armatore russo-londinese di passaggio ed ella aveva accettato, insperatamente, di sposarlo a patto che nel salotto della loro casa venisse costruito un grande acquario a parete dove il suo fedele partner rosso e giallo potesse sguazzare comodamente. Il racconto terminava con la signora, abbondantemente ingioiellata, intenta a disporre i pacchetti regalo sotto l'albero di Natale, che strizzava l'occhio sorridente al pesciolino. Lui, felice del suo piccolo abete di plastica sistemato per l'occasione nell'acquario, ricambiava con un boccheggiante bacio stampato sulla parete di cristallo...

Il racconto – intitolato arditamente: «*Amo*», *la parola più pericolosa per il pesce e per l'uomo* – non era piaciuto affatto a quelli della rivista, che lo avevano rifiutato sostituendo la sua pagina con la pubblicità di un viaggio di Natale alla scoperta delle meraviglie culinarie del Peloponneso. Felice c'era rimasto molto male, ma non lo dava a vedere, nemmeno a Viviana che, proprio in quei giorni, era riuscita, per la prima volta dopo parecchi anni, a strappargli la promessa di andare assieme a cena dai di lei genitori per la Vigilia di Natale.

In ufficio, quella mattina, lo attendeva una sorpresa: l'assemblea d'azienda, convocata senza preavviso. Ai dodici annoiati dipendenti (la Pompazzi Barbieri era inusualmente composta solamente da uomini), l'imperioso Gaspare Manolo Rossi, dopo un generico bilancio degli ultimi mesi, annunziò che, quell'anno, il 24 sera avrebbero cenato assieme. E aggiunse, ammiccante:

«Tanto qui siamo tutti o divorziati, o vedovi, o scapoli impenitenti. Alle mamme e ai figli potrete eventualmente dedicare il Pranzo di Natale».

Nessuno sapeva che Felice avesse da anni una fidanzata. Come se non bastasse, gli venne pure affibbiato il compito di scegliere e fissare il ristorante. Fu stabilito un tetto di spesa (non tanto alto, per la verità) e, in un empito di lungimirante generosità, fu anche stanziata una piccola somma perché egli potesse provare (ma il termine usato fu il più moderno «testare») alcuni menù.

Con la morte nel cuore, Felice si disse entusiasta della brillante idea del direttore e onorato dell'incarico, promettendo che, nelle due settimane che mancavano alla Vigilia, avrebbe battuto la città per scovare il miglior ristorante adatto all'occasione. Ma, per l'agitazione, durante il resto della giornata lavorativa non fu in grado di fare nulla. Parlò però al telefono con Viviana, rassicurandola sulla cena del 24 con i suoi genitori. Verso le diciotto fece ritorno a casa, dietro la Stazione Centrale, proprio sopra un buffo negozietto che riparava biciclette e vendeva contemporaneamente piante e fiori.

Dopo un bagno caldo, stappò una birra analcolica e inserì nel lettore uno dei cd preferiti da Viviana: *Rebetiko gymnastas* di Vinicio Capossela. Cullato da quella musica dolcemente straziante, Felice si sedette al tavolo di cucina e accese il computer portatile, iniziando a compilare una lista dei ristoranti di Milano da prendere in considerazione. Ebbe così immediatamente chiaro che non ci sarebbe stato un minuto da perdere e già da quella sera avrebbe dovuto mettersi in caccia.

Con una pietosa bugia disdisse l'appuntamento al cinema Beltrade (retrospettiva di Theo Angelopoulos) con Viviana e, inforcata la sua bicicletta con pedalata assistita, si diresse a visitare i primi ristoranti papabili. Si rivelarono tutti strapieni e, comunque, già impegnati per la cena della Vigilia. Dopo un paio di giorni, Felice dovette amaramente constatare che, a Milano, è invalsa da anni l'abitudine, dopo la festa di Sant'Ambrogio e fino a Natale, di cenare fuori con gli amici e i colleghi per salutarsi e scambiarsi regali. Per una quindicina di giorni non si trova alla sera un posto libero: tutto prenotato, da settimane. E nonostante che in città i ristoranti siano tantissimi: cresciuti negli ultimi anni come funghi dopo l'acquazzone, soprattutto in occasione dell'Esposizione universale sulla nutrizione del pianeta. Un forestiero, si disse Felice, potrebbe essere portato a pensare che a Milano non si faccia altro che mangiare.

Più i giorni passavano e più Felice sbatteva la faccia contro ristoranti esauriti. Finiva sempre col tornare a casa a mani vuote, dopo la mezzanotte: stanco, sfiduciato e affamato. Per la fidanzata, si dette malato. Finalmente Carlo, un amico molto addentro al rutilante mondo della ristorazione milanese, dopo alcune telefonate, gli garantì che, per la sera del 24, il «Chiodo di garofano» avrebbe avuto un tavolo libero per i tredici della Pompazzi Barbieri. Felice pensò che andava comunque sperimentato adeguatamente, anche per il prezzo: era infatti uno dei locali preferiti dai maneggioni della finanza. Si recò là in taxi indossando il completo di velluto blu sopra la camicia bianca di spesso cotone e la cravatta blu con greche celesti. Prima di entrare si soffermò a guardare dall'altra parte della piazza, come un turista sorpreso, l'enorme dito in marmo bianco che l'ironico Maurizio Cattelan ha posto davanti al vecchio Palazzo della Borsa, in piazza Affari, e pensò che non fosse di buon auspicio.

Nel ristorante lo fecero accomodare a un piccolo tavolino bianco, vicino a grandi poltrone in pelle elegantemente abrasa dall'uso. Lo raggiunse subito uno dei cuochi stellati (coautore di un recente libro da lui redatto): Alberico sembrava un barbiere con il camice immacolato. Gli spiegò, con una cantilena nasale e molta enfasi, il menù consigliato:

Centrifugato di melanzane con burrata francese appena affumicata, cetriolo di Siria, crostini leggermente ripassati in burro sudafricano e bagnati con rhum vietnamita, capperi siberiani e sfumature di ravanelli, raccolti negli orti sul ciglio dei Navigli;

Asimmetrie di ravioli profumati al coniglio, con crêpes di bottarga e ghirigori di caviale;

Risottino con camembert boemo al profumo di rosmarino ripassato in padella di antico rame con scaglie d'oro nuziale;

Budino di branzino giapponese, insaporito simpaticamente con un battuto agrodolce di cerfoglio, aglio armeno, erba cipollina dei Carpazi e fatto rinvenire nel celebre brodetto di Trebisonda;

Involtino di pecorino transalpino lardellato, ricoperto di mandorle lavorate a tempo perso;

Meringata di mascarpone con ciliegie di Gibilterra ingentilita con panna discretamente montata e zabaglione estemporaneo, accompagnata da piccoli fichi blu di stagione e canditi sinceri di Mazara del Vallo...

Il suo sconcertato silenzio fu interpretato per un convinto assenso. Allora il cuoco fece una piroetta e schioccò le dita all'indirizzo di una signorina pimpante che gli portò immediatamente una bella e costosa bottiglia di Château Babar del '92. Non passò molto che iniziarono ad arrivare grandi piatti di porcellana bianca al cui centro stavano appisolate, in piccolissime quantità, delle gocce di cibo. Dopo un'ora, Felice si alzò con la fame, pagò un conto salatissimo esaurendo abbondantemente il suo budget, e se ne andò senza nemmeno salutare Alberico.

Anche nei giorni successivi tutte le ricerche si risolsero in un fallimento. Felice iniziava, sempre senza darlo a vedere, a essere inquieto. In casa editrice, pressato dalle domande incuriosite dei colleghi, si teneva sul generico, rispondendo che aveva sotto mano una decina di opzioni e stava ancora valutando la migliore.

Mercoledì 21, Gaspare Manolo Rossi lo convocò al mattino presto nel suo ufficio e gli intimò di «sciogliere subito la prognosi» perché non amava le sorprese. Felice riuscì a strappare ancora un giorno di tempo per dare l'annuncio ufficiale. E aggiunse alla promessa una frase sottolineata da un largo e insincero sorriso:

«Vi assicuro che sarà la migliore cena della Vigilia della vostra vita: una vera rinascita!».

Con la scusa di dover perfezionare ancora gli ultimi accordi, ottenne di non lavorare tutta la giornata e uscire dall'ufficio prima di mezzogiorno. Si ritrovò così a vagare disperato dalle parti di piazza del Duomo senza un obiettivo preciso. C'era una gran folla che impazzava in cerca degli ultimi regali. Lui aveva la nausea e stava addirittura meditando di fuggire all'estero, facendo perdere le proprie tracce. Ad un tratto, in una traversa di via Torino, scorse un piccolo ristorante con gli infissi azzurri. L'insegna era in greco: «*METAMÓRFOSE*». Sotto stava appesa una sorta di banderuola con su scritto: «*METAMORFOSI. Ristorante greco*».

Non ne aveva mai sentito parlare. Cercò di farsi un'idea sbirciando dalla vetrina, ma non si vedeva niente a causa delle spesse tendine bianche. Davanti alla porta non c'era il menù. Non gli restava che entrare.

Girò la maniglia di ottone graffiato, spinse la porta e mise dentro il piede sinistro e la testa. All'interno intravide per un attimo: tavolini di legno verniciato di bianco; sedie blu impagliate; una grande rete da pescatore appesa alla parete con stelle marine e conchiglie incagliate tra le maglie; molti vasi di coccio variopinti; un bouzouki senza corde... Poi, d'improvviso, si fece buio e Felice venne aspirato in un vortice freddo e privo di odori.

Si ritrovò seduto in una modesta e fumosa osteria affollata di vecchi avventori che parevano non accorgersi della sua presenza. Alcuni stavano discutendo animatamente di pecore. Felice, con grande sorpresa, capiva quello che dicevano, anche se parlavano in greco. Si alzò un po' intecccherito, come dopo un lungo e scomodo viaggio, e si diresse verso il bancone. Una ragazza, con luccicanti pupille azzurre e una svolazzante veste color indaco che nascondeva a fatica l'avanzato stato di gravidanza, lo guardava con curiosità asciugando bicchieri con un canovaccio verde.

Felice, stropicciandosi gli occhi, le chiese:

«In che posto mi trovo?» (le sue parole, pensate in italiano, uscirono in greco).

«A Metamorfosi» fu la risposta di Maria, con tono sorpreso.

«Il ristorante?».

«No, questo locale si chiama "O thiasos" (La recita). Metamorfosi è il paese».

«E dove sta?».

«Nel Peloponneso, in Laconia, sotto Sparta, alla sinistra del lungo viale di eucalipti tra Molai e Sikea».

Felice si precipitò subito fuori e vagò in trance (aveva pure perso gli occhiali da sole) per le strade: un abitato di case basse, in mezzo agli ulivi, circondato da colline brulloverdi, sul crinale delle quali si agitavano, quasi fossero fantasmi, bianche e lunghe pale eoliche, simili ai rotori di vecchi aerei. Non si muovevano sincronicamente e pareva che si passassero il vento una con l'altra, come in un gioco. Le molte costruzioni moderne in cemento erano brutte e pretenziose, in contrasto con la dignitosa semplicità funzionale delle abitazioni del nucleo storico, piuttosto malconce, che sembravano le casette di sughero che fanno da sfondo al presepe. Possenti alberi di fico stritolavano i vecchi muri cadenti e i rami senza foglie facevano capolino dalle finestre sfondate. Nella piazzetta principale, sovrastata da una sproporzionata cattedrale ortodossa con le cupolette incoronate da tegole rovesciate come il tutù di una ballerina, troneggiava il cippo dei caduti delle guerre tra il 1912 e il 1950. Un elenco impressionante di nomi: tutti soldati semplici. Proprio lì Felice si imbatté nel robusto pope Dimitrios: untuosamente nero, arruffato e cinericamente barbuto. Era il solo ad avere la casa vivacemente colorata e un giardinetto più simile a un rigoglioso orto, incorniciato da bassi alberi di fico. Dimitrios lo accolse con calda cordialità, citando il Vangelo di Marco:

«Quando già il ramo del fico si fa tenero e mette le foglie, voi sapete che l'estate è vicina; così anche voi, quando vedrete accadere queste cose, sappiate che egli è vicino, alle porte».

Ma il pope non seppe spiegargli il perché del nome del paese, né tantomeno come mai lui si fosse ritrovato lì. Lo stesso accadde con le rare persone che incontrò per strada. Loro sostennero, sorridendo in modo disarmante, che il paese si era da sempre chiamato così:

Metamorfosi. Non era mai cambiato. Una donna altera, completamente vestita di nero e con una borsa porta computer a tracolla, gli spiegò che il paese, con quel nome, era un vecchio mistero: non ne accenna Tucidide ne *La guerra del Peloponneso*, né tantomeno Pausania, nei dieci libri della sua *Periegesi della Grecia*.

Alla periferia orientale dell'abitato, Adonis, un contadino incartapecorito che stava sistemando in piccoli sacchi di plastica celeste una montagna di fichi secchi, lo salutò e lo invitò a entrare in casa sua. In cucina gli offrì un bicchiere di Bussino, il liquore di amarene. Gli raccontò che Metamorfosi era nota perché d'inverno, nella piazza del paese, alla fioca luce dei lampioni, si tenevano strane rappresentazioni, nelle quali gli abitanti interpretavano vecchi film americani. Per quanto riguardava lui, che di sera se ne stava sempre tappato in casa, non le aveva mai viste, ma aveva sentito dire che erano state molto frequenti, soprattutto quando non c'era ancora la televisione. Un suo cugino alla lontana, si mormorava in famiglia, interpretò varie volte Stanlio e anche Rodolfo Valentino. La zia Irene, che qualche anno fa si impiccò al grande ulivo là fuori, fece in tempo a interpretare Greta Garbo.

L'osteria «O thiasos», dove Felice era precipitato, era gestita da Maria e Iosephos e stava di fronte al «Bar dell'Avvenire» (*Bar tou méllontos*), che sembrava abbandonato. Sotto l'insegna arrugginita c'era un pergolato sfinito, stretto tra un minimarket e la farmacia. Alcuni robusti giovanotti, stravaccati su vecchie poltroncine di plastica bianca sorseggiando birre Mythos, sembrarono addirittura non capire il significato della domanda sul nome del loro paese.

Un certo Nikos, che da solo giocherellava col rosario in un angolo meno illuminato dell'osteria bevendo ouzo accompagnato da rondelle di cetriolo come rocchi di antiche colonne, gli fece un cenno e lo invitò a sedersi al suo tavolo. Era un bell'uomo dall'aspetto giovanile: i lunghi capelli ancora neri davano risalto a un classico e sottile naso schiacciato sul volto appena increspato dalle rughe. Faceva il falegname e aveva l'aria di saperla lunga. Felice decise quindi di passare all'attacco proprio con lui, mentre gli altri avventori del locale l'osservavano con una certa diffidenza.

«Lo festeggiate il Natale?».

«Certo! Per noi greci è una delle feste principali dell'anno. Anche se nessuno, nemmeno i bambini, crede più a Babbo Natale. Da quando il suo carro alato, trainato da una renna bianca (docile) e una nera (irrequieta e irrazionale), spiccò il volo verso le nuvole ma perse l'equilibrio, a causa degli strappi della renna nera, e Babbo Natale si spiaccicò al suolo come un uovo affrittellato, dimenticandosi di tutto...».

«Quanto durano le feste?».

«Iniziano con San Nicola, il 6 dicembre, e si protraggono fino a qualche giorno dopo l'Epifania. Non abbiamo l'usanza dell'albero di Natale: al suo posto si usano modelli di barche a vela di legno decorati in modo speciale con tondini scintillanti che evocano il mare: un elemento onnipresente da noi».

«Ma che succede alla Vigilia di Natale?».

«Il 24 dicembre ai più piccoli viene regalata una sacca e un bastone con cui andranno in giro di casa in casa cantando le *calanda*, accompagnati dal suono del *trigono*, un piccolo triangolo d'acciaio percosso da una bacchetta metallica, e ricevendo in dono frutta secca e biscottini, come i buonissimi *kourabiedes* (a base di burro, mandorle e ricoperti di zucchero a velo)».

«Va bene, ma la sera lo fate il cenone?».

Si intromise Iosephos, il maturo marito di Maria, che aveva ascoltato la loro conversazione mentre serviva ai tavoli, annuendo solennemente con il capo rabbonito da una fitta barba bianca:

«Certo! La sera c'è la tradizionale cena e le donne di casa presentano il *christopsomo*, il "pane di Cristo": una pagnotta dolce di varie forme con decorazioni sulla crosta rappresentanti per lo più aspetti della vita famigliare che verrà poi mangiato il giorno di Natale e spezzato dal capofamiglia».

Felice, assumendo un'espressione scettica e pensierosa, disse:

«Un contadino, poco fa, mi ha però raccontato che qui, d'inverno, si fanno strane messe in scena».

«Ah, di sicuro alludeva alla credenza popolare, legata al Natale, dei *kallikantzaroi*. Sono una specie di spiriti che vivono nelle viscere della terra e cercano di estirpare l'albero che sorregge il mondo. Sono nani, una specie di satiri, senza peli, zoppi e strabici. Nelle osterie turano la bocca agli osti con i loro escrementi, prendono a calci, sfondano e fracassano anfore e botti, e dopo aver tracannato da riempirsi il ventre lasciano che tutto il resto vada in malora. Durante i dodici giorni che vanno dalla Vigilia di Natale all'Epifania, in Grecia si è convinti che le acque siano sconsacrate. La leggenda narra che con la nascita di Gesù l'albero muoia e i *kallikantzaroi* escano dalle viscere della terra. Dopo l'Epifania l'albero che sorregge la terra nascerà di nuovo, ma intanto i *kallikantzaroi* dilagano».

«E allora che fate?».

«Qui, nel Peloponneso, addobbiamo le tavole natalizie con dolci di ogni tipo (a cominciare dai *kourabiedes*) con la speranza di dissuadere questi spiriti dall'entrare nelle nostre case!».

Nel giro di poche ore tutti gli abitanti del paese fecero capolino nell'osteria, incuriositi dallo straniero materializzatosi tra i tavolini. Per la notte, Felice fu ospitato a casa di Spiros, che si disse onorato di offrirgli la stanza del figlio, da anni emigrato a Londra.

Il 22 dicembre, mentre Metamorfosi era coperta da un cielo carico di nuvole infastidite da un bizzarro vento tiepido, Felice trascorse tutto il giorno al tavolo dell'«O thiasos» nella segreta speranza che un «miracolo» lo riportasse indietro a Milano (e gli facesse anche trovare, in zona cesarini, un buon ristorante per la cena aziendale). Ma il tempo pareva essersi fermato. Il suo cellulare continuava a non dare segni di vita. Era completamente fuori dal mondo ma, almeno, iniziava a crearsi una certa familiarità con gli avventori dell'osteria. Spiros passò varie volte presentandogli qualche nuovo abitante del paese. Verso sera Felice ebbe la sensazione che loro morissero dalla voglia di dirgli qualcosa ma si trattenessero. Lo guardavano, ammiccavano sorridenti, facevano a gara a offrirgli bicchieri di ouzo ghiacciato, accompagnati da pezzetti di acciughe marinate, olive, pomodori infilzati con stuzzicadenti.

Felice osò chiedere loro di cosa campassero, visto che non sembravano far niente tutto il giorno, a parte stare seduti a chiacchierare, bere o giocare a carte all'osteria (dove soltanto Maria e Iosephos non si fermavano un momento). Uno dei suoi vicini, allacciandosi l'ultimo bottone della camicia senza collo, gli rispose:

«Questo è un paese di contadini stagionali, pastori e pensionati, con una misera rendita. Ma sopravviviamo grazie al Laboratorio con il quale tutti, a vario titolo, collaboriamo. Metamorfosi oggi *è* il Laboratorio».

Nel locale si fece improvvisamente silenzio. Come se quella parola avesse spento la luce. Un po' alla volta tutti si alzarono, salutarono e se ne andarono. Felice rimase da solo. La sera portò a casa di Spiros alcune bottiglie di dolce e costosa Malvasia di Monemvasía, rimediate al minimarket. Col progredire del tasso alcolico, il padrone di casa si fece più loquace, soprattutto quando Felice gli disse che suo bisnonno paterno, il capitano di vascello Osvaldo, era sparito tra le onde durante una cruenta battaglia navale proprio sotto il Peloponneso. Spiros si emozionò e gli raccontò quella drammatica vicenda che conosceva bene perché suo padre Mikis, allora partigiano, gliel'aveva narrata molte volte per addormentarlo.

Durante la Seconda guerra mondiale, tra il 28 e il 29 marzo del 1941, nelle acque a sud del Peloponneso, fra l'isolotto di Gaudo e Capo Matapan, ci fu uno scontro tra la Marina italiana e la Flotta britannica. Gli italiani furono sconfitti ed ebbero più di tremila morti, subendo la perdita dei tre incrociatori *Fiume*, *Pola* e *Zara* e il danneggiamento della corazzata *Vittorio Veneto*. Il regime fascista si chiese come avessero fatto gli inglesi a sapere che la flotta italiana sarebbe passata proprio di là, ipotizzando un caso di spionaggio o, peggio ancora, di alto tradimento. In realtà, una geniale ragazza inglese, la diciannovenne Mavis Lever, aveva decrittato i messaggi segreti della Marina italiana lavorando, dopo aver interrotto gli studi universitari, al *Laboratorio decifrazione dei codici nemici* situato in un cottage di Bletchley Park a nord-ovest di Londra...

Che fosse questo il Laboratorio al quale si accennava in osteria e del quale nessuno voleva parlare? Spiros stava tentando di dirgli qualcosa?

Al mattino del giorno seguente, venerdì, divorando una saporita *pita* al formaggio accompagnata da una tazza di polveroso e stracotto caffè, Felice batté sul tasto Laboratorio con tutti coloro che si sedevano all'osteria. Intuiva che stava aprendosi qualche crepa nel muro di gentile ma ostinata omertà. Maria a un certo punto, come parlando d'altro, gli disse che il Laboratorio era un dono degli inglesi. E di nuovo nel locale piombò il silenzio.

«Gli ha rivelato degli inglesi, ma è impazzita?» sentì mormorare.

Nel tardo pomeriggio, quando nel locale sembrava esserci tutto il paese, Felice, prostrato dalla sensazione di esser ormai precipitato in un vicolo cieco, si alzò in piedi su una sedia e prese la parola con la scusa di un brindisi con l'ambrato brandy Metaxa:

«Amici miei, vi ringrazio molto per come mi avete accolto. Non so come io sia capitato quaggiù. Un minuto prima di arrivare mi trovavo davanti a un ristorante greco di Milano che si chiama come il vostro paese. Per la prima volta in vita mia sto iniziando a credere che il mondo sia governato davvero dal mistero e dal caos. Domani avrei dovuto cenare, per festeggiare la Vigilia del Natale, con i miei colleghi di lavoro. Francamente sono più contento di essere qui con voi, ma vorrei capire qualche cosa di più della mia attuale situazione. Vi farò quindi una domanda diretta, pur intuendo il vostro imbarazzo in materia: che rapporto c'è tra Metamorfosi e il Laboratorio?».

La risposta fu una fragorosa risata. Iosephos posò il vassoio e giunse le mani rivolgendo gli occhi al cielo. Allora Spiros si alzò, prese sottobraccio Felice e lo condusse in silenzio fuori dall'osteria fin nei pressi del piccolo cimitero, sul limitare del paese. Lo fece entrare in una stalla dai muri sbrecciati con il tetto mimetizzato dai cespugli. All'interno però il locale era tutto piastrellato di bianco, lindo e pulito, con attrezzature elettroniche lampeggianti, tubi e cavi multicolori. Sembrava di stare in un moderno laboratorio scientifico. Al centro, distesa mollemente su un paglericcio, c'era una bella pecora di razza Finn Dorset. Stava immobile e ruminava tranquilla. All'orecchio sinistro aveva agganciato un piccolo chip viola. Anche un gruppetto di avventori, che li avevano seguiti, si era affacciato sulla soglia. In religioso silenzio, ignoravano le richieste di spiegazioni di Felice:

«Che ci fa questa bestia villosa in una specie di capanna ipertecnologica e perché me la mostrate soltanto ora?».

Quello che sembrava essere il padrone di casa, un certo Dionisos, si mise un dito sotto il naso davanti alla bocca chiusa e sorrise con gli occhi. La pecora continuava a fissare l'estraneo.

Spiros gli disse che la pecora era nata a Edimburgo, il 5 luglio del 1996. Quella data a Felice non diceva niente. Allora intervenne Dionisos spiegando che la bestia era sorella della pecora clonata Dolly. All'istituto Roslin di Edimburgo, preoccupati dal clamore suscitato da quell'evento che sembrava sostituirsi a Dio, nonostante fosse riuscito dopo 277 tentativi andati a vuoto, avevano pensato di clonarne immediatamente, ma di nascosto, un'altra. Era stato poi lo stesso scienziato-padre, sir Ian Wilmut, a scegliere di trasferirla in segreto proprio nello sperduto paesino di Metamorfosi. Là, durante le vacanze dell'anno precedente, si era casualmente fermato parecchie ore a causa della contemporanea foratura di due ruote della sua auto, divenendo amico di Spiros. Così, all'improvviso, a Metamorfosi era arrivato un tir giallo con un gruppo di inglesi che acquistò, strapagandolo, il rudere e in pochi giorni lo trasformò in una stalla-laboratorio. Poi giunse Wilmut in persona con Dolly 2, sistemata in un bauletto imbottito, e la affidò a Dionisos, il miglior pastore del paese, che aveva lavorato per parecchi anni in Australia. Da allora, una volta al mese, i greci dovevano trasmettere a Edimburgo e a Londra le analisi e i diagrammi prodotti dai rilevatori applicati a Dolly 2. Per questo, e per altro, ricevevano un cospicuo assegno. Lontana dai clamori, Dolly 2, a differenza della più famosa sorella deceduta per complicazioni polmonari nel 2003, godeva di ottima salute: le sue «cellule staminali pluripotenti indotte» non erano degenerate, trovandosi evidentemente bene nel clima di Metamorfosi.

«Ma» aggiunse Dionisos facendosi scuro in volto, «da un po' di tempo gli inglesi mandano i soldi con il contagocce e hanno iniziato a dire che questo genere di esperimenti europei non li interessano più...».

Il giorno della Vigilia cadeva di sabato e iniziò con una delle pale eoliche in collina che prese fuoco. Dopo l'incendio, la turbina continuò a girare ansimando per parecchi minuti formando nel cielo cerchi nerastri a spirale, finché non andò in mille pezzi. Questo imprevisto spettacolo pirotecnico non distrasse però Maria e Iosephos che, d'accordo con gli altri abitanti di Metamorfosi, avevano deciso, in onore del disperso e solitario Felice, e del loro bambino che sarebbe nato tra poco, di organizzare il cenone con tutto il paese all'«O thiasos».

Quando si fece buio, al centro del locale fu messo in scena uno spettacolo che sembrava avere poco di natalizio ma raccontava, in modo suggestivo, il mito del Peloponneso, l'isola di Pelope. Egli era il figlio di Tantalo e vinse con l'inganno una corsa di carri contro Enomao, re di Pisa nell'Elide, per conquistare la mano della figlia Ippodamia e con essa il suo regno. Dopo aver vinto la corsa, nella quale il re Enomao morì, Pelope gettò in mare Mirtilo, figlio del dio Ermes, che l'aveva aiutato nell'impresa (come si vede nel frontone del Tempio di Zeus, conservato a Olimpia). Sul punto di morire, Mirtilo maledisse Pelope, ed Ermes udì le parole del figlio morente. Pelope diventò re, ma i suoi discendenti, vittime della maledizione degli dei, furono destinati a non conoscere mai la pace.

Finita la recita, furono sistemati i tavoli, stese le tovaglie bianche e azzurre, e dalla cucina iniziarono a uscire i piatti. Il pranzo prevedeva:

– *galopoula* (tacchino farcito con castagne, uvetta di Corinto e noci e mandorle, accompagnato da patate al forno);

– *gourounopoulo psito* (porcellino arrosto in olio d'oliva, fatto cuocere a fuoco lento per circa 3 ore, e bagnato regolarmente con acqua calda e succo di limone);

– *melomakarona* (torta a base di noci e sciroppo di miele);

– i famosi *kourabiedes* e i *diples* (dolcetti fatti di miele, originari dell'isola di Creta).

La musica e il chiasso delle conversazioni e delle risate erano assordanti. Felice, che durante lo spettacolo si era identificato con il tradito Mirtilo, commuovendosi pure, si chiese se i suoi colleghi fossero riusciti a trovare un ristorante adatto e cosa stessero, a quell'ora, mangiando. Il forte vino prodotto con uve di San Giorgio (*Agiorgitiko*) aveva iniziato ad annebbiare le menti e sciogliere i freni inibitori, scatenando un'esagerata allegria: la festa sembrava essersi trasformata in una sfrenata parodia di un baccanale alla Donna Tartt. Il locale era attraversato di corsa da scombinate figure pelose con orecchie di capra o d'asino e organi genitali spropositati. Uomini e donne si rotolavano per terra assumendo espressioni bestiali. Alcuni, più anziani, tra i quali il rubizzo pope Dimitrios, ballavano uno sguaiato *sirtaki* in precario equilibrio su alcuni tavoli addossati alla parete di fondo.

Dopo il porcellino arrosto, arrivò a sorpresa un piatto fumante di carne con pomodoro e un forte sentore di cannella.

«*Arní stifado*, stufato d'agnello, marinato al limone» disse Spiros strizzando l'occhio e versandogli una generosa ramaiolata nel piatto.

Felice addentò un bel pezzo di carne grondante salsa rossa. Sentì una cosa dura sotto i denti. Se la tolse rapidamente di bocca. Era un chip viola.

Uscì di corsa dal locale sputacchiando. Nonostante fosse dicembre, dal nord soffiava un vento secco e fresco come il Meltemi. Il vento nato in seguito all'assassinio di Icario che, avendo ospitato Dioniso nella propria casa, era stato ricompensato con un ceppo di vite e l'insegnamento sul modo di piantarlo e di fare il vino. Icario dette da bere quel vino ad alcuni pastori dell'Attica e li fece ubriacare. Quelli, credendo di essere stati avvelenati, lo uccisero gettandolo in un pozzo. La figlia Erigone non trovandolo iniziò le ricerche e, seguendo l'abbaiare del di lui cane Mera, ne ritrovò il corpo. Disperata si uccise anch'essa. I suoi assassini si rifugiarono nell'isola di Ceo, dove scoppiò una terribile canicola durante i giorni di Sirio, la stella della costellazione del Cane Maggiore che raffigura proprio Mera. Interpellato, l'oracolo di Apollo disse che per allontanare l'eccessiva e devastante siccità dovevano essere puniti gli assassini di Icario. Una volta uccisi iniziò a soffiare il Meltemi.

Felice dette scompostamente di stomaco ai piedi del cippo ai caduti, accanto alla cattedrale. Si accorse che una delle sue porte era aperta ed entrò, scostando una pesante tenda rossa. Gli ori illuminati dalle candele lo abbagliarono e toccarono nell'animo, anche se non era mai stato convinto che la bellezza avrebbe salvato il mondo. I grandi lampadari di argento e specchi oscillavano leggermente come se il soffitto avesse delle piccole scosse. Sulla volta, al centro di una lunetta celeste, Dio con barba e folti baffoni bianchi guardava severo verso un punto imprecisato dove Cristo, avvolto in una spiegazzata veste bianca, usciva dalla caverna dell'Oltretomba pestando le porte infrante in un nugolo di chiavi e lucchetti rotti. La navata destra era affrescata con immagini di santi guerrieri con corazze e spade. Sul lato opposto invece erano gli angeli a imbracciare severi gli strumenti di morte. Davanti alla maestà dell'iconostasi, dove una piccola immagine, alla destra delle porte regali, metteva a fuoco un candido agnello, parve a Felice di udire dei belati. E allora iniziò a gridare:

«Cristo, ti maltrattano proprio come un agnello! Si sono divorati Dolly 2! Del resto perché stupirsi: nel culto di Dioniso i fedeli sacrificavano un agnello per indurre il dio a tornare dall'Oltretomba. Ma qui dagli inferi tornano soltanto i *kallikantzaroi* e non ci sono biscottini che tengano!».

Poi si accovacciò a terra appallottolandosi con le ginocchia al petto e perse i sensi.

Si risvegliò per uno strano pizzicorino sul fianco destro. Un barbone gli stava sfilando dalla tasca il portafoglio. Lo spinse indietro. L'altro perse l'equilibrio, barcollò e si raddrizzò guardandolo in silenzio e facendo fremere nervosamente il naso come un coniglio.

«Dove siamo?» chiese per la seconda volta in pochi giorni.

Con la mano che sbucava da una parvenza di guanto senza dita, il barbone gli indicò in alto il monumento di marmo di Carrara che incombeva su di loro. E gli disse in un italiano come quello dei doppiatori di film di spionaggio:

«Vedi questo dito, vorrebbe indicare qualcosa, ma è piuttosto il superstite di una mano con le dita troncate, che non può nemmeno significare quel gestaccio che spesso, nei film, ma anche ai semafori delle nostre città, la gente maleducata si scambia. La statua di Cattelan ricorda il colosso di Costantino, conservato in frammenti nel cortile del Palazzo dei Conservatori nel Campidoglio, a Roma. Il dito (in questo caso il medio) è l'ultima scheggia della statua dell'Imperatore che misurava dodici metri in altezza. Il dito ritto, più che un monito a non perdere di vista ciò che è superiore o un insulto, è soltanto una patetica manifestazione di trionfo, come quando lo usano certi calciatori dopo aver segnato un goal».

Felice guardò subito verso il «Chiodo di garofano», dall'altra parte della piazza. Il ristorante stellato era stranamente chiuso, sprangato. Il barbone gli fece un gesto di intesa e si accese un mozzicone di sigaro.

«Ho lavorato là per un periodo. Mi occupavo della spazzatura. Per questo continuo a bazzicare da queste parti: ho ancora le chiavi del cancello e posso andare a rovistare tra i bidoni nel cortiletto posteriore. Purtroppo il ristorante l'hanno chiuso proprio ieri dopo un controllo del Nucleo antisofisticazione dei carabinieri...».

Gli porse sorridendo la mano:

«Mi chiamo István, sono ungherese. Da tanti anni vivo in Italia. Tutto mi è andato male. Insegnavo storia nel liceo di Szombathely, al confine tra l'Ungheria e l'Austria. Pensa che abitavo nei pressi del tempio romano di Iside. Szombathely, la più antica città dell'Ungheria. Significa "il posto del sabato". Ed è anche il luogo di nascita del padre di Leopold Bloom, il protagonista dell'*Ulisse* di Joyce: Rudolf Virág (Rodolfo Fiore) era un ebreo ungherese emigrato in Irlanda, convertitosi al protestantesimo e morto suicida».

István si mise sommessamente a piagnucolare, e riprese il suo monologo:

«Ho tanta nostalgia del mio paese! Sai che, alla metà dell'Ottocento, le reclute ungheresi dell'esercito imperiale austriaco che combattevano contro gli indipendentisti milanesi non vedevano l'ora, comprensibilmente, di tornarsene in Ungheria. E cantavano una canzone popolare, ripresa anche dal compositore Zoltán Kodály, nell'opera *Háry János*:

A Nagyabony si vedono solo due torri
ma a Milano se ne vedon trentadue.
Preferirei guardare quelle due di Abony,
che queste trentadue a Milano».

Felice fece finta di non capire. L'*Ulisse* di Joyce gli aveva acceso nel cervello, offuscato da anni di ricette e cuochi, un ricordo bellissimo:

«Ma pensa! Divorai l'*Ulisse* a diciott'anni, invece di prepararmi per la maturità. Dovevo attendere la fine di luglio per porre fine a quell'assurdo rito che con il passaggio all'età adulta non aveva nulla a che fare. Più trascorrevano i giorni e più mi pareva che tutto fosse una farsa surreale: voci incontrollate e drammatiche si susseguivano sulla severità della nostra commissione esaminatrice, che veniva dipinta come una banda di sadici assetati di sangue; molti dei miei compagni, complice anche il caldo infernale, subivano trasformazioni psicofisiche che li facevano assomigliare sempre più a isterici bambocci; madri e padri, non sapendo più a che santi votarsi, davano fondo a tutti i riti propiziatori possibili (da frequenti preghiere alla preparazione di cibi e bevande dai pretesi effetti miracolosi). Trascorrevo le giornate in uno stato di totale apatia e indifferenza verso le sorti del mondo, e anche delle mie. Per darmi una scrollata decisi, contrariamente ai miei propositi e ai consigli dei genitori, di andare a vedere alcuni esami. La cosa che mi spaventò di più fu la graziosa professoressa d'italiano che ignorava bellamente il nostro programma svolto durante l'anno, e faceva, sfoderando un ammaliante sorriso con canini degni di una sirena, domande che sembravano fuori dal mondo: "ragioniamo assieme sul senso di colpa in Kafka", "cosa rappresenta il Maestro di Bulgakov?", "mi racconti la giornata del protagonista dell'*Ulisse* di Joyce"... Quest'ultima domanda (che mandò nel pallone la mia esterrefatta, anche se secchiona, compagna) mi mise i brividi addosso. Tornato a casa mi sfogai con la mamma, preannunciandole una sicura bocciatura: "e poi Joyce non l'ho mai letto e non sarà facile far finta di averlo fatto!". Lei invece non si perse d'animo e la sera rincasò con il voluminoso volume. Mi parve una sfida che non potevo non raccogliere: sarebbe stato il primo libro che leggevo davvero e interamente per la maturità. Così mi ficcai a letto e iniziai il mio viaggio in compagnia di Bloom. Grazie a quel libro conservo il ricordo di giorni irripetibili: tutto quello che avevo attorno non aveva più consistenza e Dublino era diventata la mia realtà. Fu quel libro che mi fece davvero maturare, prima che l'esame lo sancisse ufficialmente. Era come se si chiudesse un cerchio: il primo libro che avevo letto da solo, e immensamente amato, a otto anni, una riduzione per ragazzi dell'*Odissea*, si incontrava, dieci anni dopo, con quella miniera di avventure straordinariamente quotidiane, pervase di sesso e birra...».

István, grattandosi la barba bionda e appoggiandosi al basamento della statua, commentò:

«Ho capito, grazie anche a James Joyce, che la più grande avventura della nostra vita è l'assenza di avventure. L'*Odissea* di Omero si è trasferita dentro di noi. Si è interiorizzata. Le isole, il mare, le sirene che ci seducono, Itaca che ci chiama a sé, oggi non sono altro che le nostre voci interiori...».

Felice sentì irrefrenabile l'impulso a tornare subito a casa sua. Si mise a correre per via Gaetano Negri, verso piazza Cordusio. In giro c'era poca gente e le luci di Milano parevano sincopate. All'improvviso, quando era in piazza Mercanti, udì una fragorosa esplosione che mandò in frantumi i vetri di molte finestre. Giunse in piazza del Duomo e vide una grande nuvola biancastra che usciva dall'imbocco della Galleria. Da tutte le parti sbucavano persone che correvano in quella direzione. Dall'interno della Galleria schizzavano fuori urla strazianti. La gente che era uscita dal Duomo formava un capannello soffocato dalla nuvola di polvere che si alzava in volute sempre più dense. Nugoli di pezzi di carta e stoffa volavano in alto come coriandoli. Una vecchia signora col cappotto rosso si mise a gridare:

«Due gemelli si son fatti saltare in aria al centro della Galleria. E uno ha inneggiato a un... bar!».

Quando arrivarono i soccorsi, la folla premeva contro i cordoni dei vigili e della polizia. Dalla coltre di fumo sbucarono barcollando delle persone eleganti impolverate, insanguinate e tossenti. Un bassotto col cappottino scozzese imboccò i portici trascinando una zampetta spezzata. Volò via un pappagallo.

Felice girò da via Ugo Foscolo, passando accanto alle scale liberty che scendono al sotterraneo ex Albergo Diurno Cobianchi, e riuscì a intrufolarsi nel lato destro della Galleria dove regnava una confusione infernale. Il ristorante «Boccioni» era quasi del tutto distrutto: le vetrate polverizzate e il soffitto accasciato sui tavoli in una cascata di tubi, fili e pannelli fonoassorbenti strappati. In quel momento stavano portando via, chiusi in grigi involucri di plastica con le cerniere come sacchi a pelo, alcuni cadaveri. Pare, sentì dire da alcuni pompieri, che al momento dell'esplosione ci fosse nel ristorante una tavolata di soli uomini che cantavano alticci: «perché è un bravo ragazzo, perché era un bravo ragazzo...». Terrorizzato riprese a correre incespicando nei calcinacci. Costeggiò il retro del Duomo e, per via Carlo Maria Martini, andò ad accasciarsi su una panchina sotto i ciliegi in mezzo a piazza Fontana. Non c'era anima viva. Ascoltando il sibilo assordante delle sirene che si avvicinavano e allontanavano, si mise a fissare il cielo, ansimando: intravide l'Orsa Minore e seguì con lo sguardo l'arco immaginario che unisce Beta alla Stella Polare. Gli si avvicinò una ragazza con i capelli rossi raccolti in una coda di cavallo e una galassia di lentiggini sulla faccia pallida. Sopra il maglione nero aveva la casacca arancione dei volontari. Gli porse un bicchierino di plastica con spumante dolciastro e una fetta di panettone gommoso:

«Buon Natale, signore!».

Francesco Recami

Natale con i tuoi

Fatti, compagnie aeree, aree di servizio e persone presenti in questo racconto non hanno alcun riferimento a fatti, compagnie aeree, aree di servizio e persone della realtà. In particolare l'area di servizio appenninica è immaginaria. L'incipit, cioè la scenetta del cane che ha sete, si deve interamente ad Amanda Colombo, che ringrazio dell'autorizzazione a utilizzarla. A quanto pare è un fatto realmente accaduto.

F. R.

1

La ragazza prese la sua piccola in braccio e iniziò a chiederle se voleva un po' d'acqua. Glielo chiese ancora.

E ancora.

La piccola la guardava tutta occhioni.

Alla fine, dopo dieci minuti buoni, le avvicinò il biberon alla bocca e la piccola bevve avidamente.

«E allora vedi che sei una sciocchina? Vedi che avevi tanta sete, Margherita? E perché non l'hai detto alla mamma, eh? Perché amore? Perché?».

Il chihuahua, cioè Margherita, si scosse in un breve fremito e rientrò nella sua cuccia zainetto, che la sua proprietaria, una giovane donna di origini palermitane ma residente a Cusano Milanino, teneva sul petto.

Il marito, o compagno, non si sa, della donna le gironzolava intorno, nervosissimo, si agitava e manipolava freneticamente il suo cellulare, ogni tanto si avvicinava al desk del check-in, dove una ventina di persone più risolute avevano ormai preso possesso dei posti chiave, pronte per essere le prime a conoscere le soluzioni proposte e a beneficiarne.

Volavano parole grosse.

«Maiali!».
«Stronzi!».
«Bastardi!».
«Focchin assols!».

«Calma, calma, per favore» strepitava l'impiegato della compagnia aerea low-cost.

Un centinaio di persone si affollavano davanti al banco, alla ricerca di informazioni. La partenza del volo GX5566 per Palermo, prima annunciata con un ritardo di due ore, adesso non veniva nemmeno segnalata sui tabelloni elettronici.

Ecco che comparve l'informazione temuta: volo GX5566 cancelled.

«Signori, calma, la compagnia sta facendo tutto il possibile, ma a quanto pare non ci sono le condizioni per decollare, e poi l'aeromobile in arrivo da Madeira non ha potuto atterrare».

«Ma come, bastardi, se il Lufthansa delle 20.22 è appena partito, non ci raccontate balle!».

«Stronzi di merda, tanto lo sapevo, io con questa compagnia non ci volerò mai più!».

Il clima era veramente esasperato. Dopo due ore di incertezza, il volo era previsto per le 18.35, adesso veniva fuori che era cancellato.

«Io sono qui con tre bambini!».

«Io devo essere a Palermo entro mezzanotte!».

«Io se non imbarcate per Palermo la mia famiglia sfascio tutto» diceva un signore che fra l'altro non doveva neanche partire. Di bassa statura e tutto sudato, portava un grosso orecchino a destra, ed era lì solo per accompagnare: una ragazza sui trenta dotata di tatuaggio sul collo, che poteva essere sua moglie come sua sorella; la figlia di questa, una bambina introversa sui dieci anni; una signora anziana, probabilmente la madre della ragazza e nonna della bambina, che non parlava, se ne stava in assoluto silenzio, con un'espressione schifata. Il tipo con l'orecchino urlava e sgomitava, indifferente al fatto che in coda c'erano decine di persone, alcune davanti a lui.

«Qui c'è una bambina, e una signora anziana, devono partire immediatamente». L'uomo era in assoluto il più arrabbiato, aggressivo, pronto a tutto, anche a rompere la testa all'impiegato della compagnia aerea. Il tipo cominciò a urlare e a picchiare i pugni sul desk, smanacciava da tutte le parti, colpì anche qualche altro passeggero che cercava di farsi valere nelle prime file del banco.

«Signore, si calmi» disse come sempre capita un signore sui cinquanta, flemmatico «guardi che così fa solo confusione, e impedisce a queste persone di lavorare».

L'esagitato non aveva simili margini di tolleranza, continuava ad imprecare e disse al tipo di non rompere il cazzo.

Altri viaggiatori tentarono di riportarlo alla ragione: «Andiamo, la prego, calma, cerchiamo di capire che succede, menare le mani non serve a niente».

«Fatevi i cazzi vostri!».

«Non si alteri!».

«Vuole che rompa il culo anche a lei?».

«Basta con queste storie! Mandatelo via» urlavano da dietro.

L'impiegato al desk cercava di prendere tempo. Ancora non si sapeva niente.

Naturalmente c'erano quelli che dicevano: «Solo in Italia succedono queste cose», oppure: «È la casta che si magna tutto e di noi se ne fregano!».

«All'estero queste cose non succedono!».

A proposito di estero, c'erano anche dei viaggiatori stranieri. A parte una famiglia di norvegesi, padre, madre e due figli prepuberali alti e smarriti, ma molto educati, c'erano anche degli inglesi: un signore anziano sui sessantacinque, una signora sui trentacinque con due figli in età da scuola elementare e quello che a tutti gli effetti doveva essere loro padre. Quest'ultimo era completamente ubriaco e passava il tempo ai vari bar dell'aeroporto, li aveva girati tutti, bevendo birra mista a whisky. In una prima fase non aveva capito ciò che stava succedendo e cercava di comunicare, con un accento delle Midlands, con altri viaggiatori che guardava con occhio da pesce lesso e che non lo comprendevano. In una seconda fase la moglie gli spiegò che il loro volo era stato cancellato. I due entrarono in discussione, poi l'uomo si fece strada ondeggiando fino al bancone del check-in e cominciò a urlare, mandando tutti a farsi fottere: «Fock off, fock off evvribodi, focking italians», si reggeva a malapena in piedi. Si staccò dal check-in e si diresse barcollando verso la sala d'attesa.

La moglie non pareva vergognarsi troppo di un marito in quelle condizioni, però gli tolse di braccio il figlio più piccolo. L'uomo si accasciò su una poltroncina e nel giro di pochi istanti si addormentò. Per fortuna c'era quello che con ogni probabilità era suo suocero che riuscì a farsi capire e ad avere una versione comprensibile di ciò che stava succedendo: il volo Bologna-Palermo era stato cancellato, si diceva a causa delle condizioni meteo, ma i viaggiatori avrebbero avuto assistenza e la compagnia stava cercando soluzioni alternative.

In coda al check-in spiccavano le teste bionde di una famiglia di tedeschi, altezza media un metro e novantadue, considerando che la madre pareva una giocatrice di pallavolo e i figli adolescenti erano alti quasi quanto lei. Il bello era che il padre era molto agitato e gridava: «Prima donne e bambini», ritenendo che quelle pertiche dei suoi figli fossero bambini indifesi e bisognosi d'aiuto. In realtà tentava di passare avanti, convinto che in Italia facciano tutti così e che bisognava adeguarsi.

Una signora paffutella, di evidenti origini trapanesi, con un rossetto rossissimo sulle labbra osò dire: «Mi schcusi se mi inchtromettho, ma vogliamo capirci qualcosa?». Un manager di Catania accanto a lei la guardò con aria disgustata, forse per la diversa categoria sociale (ma a me se chiedessero a scatola chiusa di scambiare il conto in banca con uno dei due sceglierei la signora trapanese, che indossava un bracciale d'oro da un chilo), o perché fra i siciliani orientali e quelli occidentali non corre buon sangue.

Lì vicino una famigliola di Varese, non esattamente purosangue, il padre era nato a Termini Imerese ma trasferito da bambino al Nord, madre di Gallarate, figlia quindicenne disgustata dei terroni, espressione assente e indole passiva nei confronti dell'ipotesi di dover andare in Sicilia a passare le feste dai nonni. Aveva quell'espressione che solo certe adolescenti femmine sanno avere, un vittimismo distratto, una catatonia provocatoria di colei che avrebbe voluto restare a casa, in mezzo agli amici e alle amiche, per andare al centro commerciale o a fare le vasche nel pittoresco centro di Varese, per lei Caput mundi. Pur non muovendo un sopracciglio comunicava chiaramente al padre che era tutta colpa sua, che lei non ci voleva venire, che non capivano niente, che Termini fa schifo. Non distoglieva gli occhi dallo smartphone, il che rendeva suo padre ancora più nervoso.

Quest'ultimo parlava con un accento ibrido, mezzo lombardo mezzo siciliano, accento che dava sui nervi alla figlia adolescente, che pure a scuola prendevano in giro perché qualche «e» aperta ce l'aveva anche lei. Per esempio la congiunzione «e» la pronunciava «è», la professoressa di italiano, che pure pronunciava «grotta» con la «o» stretta e «pesca» (il frutto che si mangia) con la «e» con l'accento acuto, la riprendeva sempre: «Non si dice "è", si dice "e"». Comunque suo padre era di quelli che si occupano di tutto, che ci pensano loro, anche se nel suo intimo stava vivendo, come tutti gli altri, momenti di smarrimento se non di terrore.

L'esagitato di prima non trovava pace, continuava con la sua gazzarra. «Qui io brucio tutto, altro che capirci qualcosa! Io li ammazzo tutti!».

In effetti gli animi erano caldi. La maggioranza delle persone interessate digitava freneticamente sul proprio telefonino, cercando di avere indicazioni dalla compagnia aerea, e di fare prima degli altri, per assicurarsi gli eventuali e scarsi posti sostitutivi a disposizione, magari su Catania, o su Trapani, per l'appunto.

«Catania non se ne parla nemmeno!» disse una signora residente a Breganze (Vicenza), ma non originaria del Veneto, che si portava dietro due figlioletti piuttosto agitati, Alvin, anni 7, e Pino, anni 9. Andavano a raggiungere il marito e padre, a Castelvetrano.

«Alvin, amo', non ti pulire la marmellata sui pantaloni, testa di minghia».

Era il 24 dicembre, e c'era maltempo. La gente cercava di raggiungere le proprie località di origine, per unirsi alle famiglie. Oppure si recava in Sicilia per trascorrerci le vacanze o per altri motivi personali. C'erano molti studenti fuori sede, turisti, professionisti, emigrati, operai, che non vedevano l'ora di tornare in Sicilia per passare il Natale insieme ai cari. 140 persone a questo punto in bambola, perché l'aereo non c'era, non c'era più. E adesso come fare?

La furia popolare si scatenò, c'era gente sull'orlo di una crisi di nervi, l'operatore al check-in stava continuamente al telefono ma si guardava attorno, immaginando una via di fuga, per quella merda di stipendio che gli davano ci mancava solo che lo mandassero al rogo, o all'ospedale. Eppure alcuni parevano pronti a farlo.

«Lei adesso mi deve dare una risposta!».

«Mi chiami il responsabile!».

Passavano però i quarti d'ora, e le promesse soluzioni alternative non venivano proposte. Si diffusero voci contrastanti. Per esempio pareva che scaricando una determinata app della compagnia aerea si sarebbero potute valutare le possibilità dei voli in sostituzione di quelli cancellati. In molti lavoravano alacremente con lo smartphone o con il tablet, quelli che credettero di avercela fatta non avevano piacere a propalare la notizia, in parte per godersi il privilegio di averla messa in quel posto agli altri, in parte per il timore che gli altri sfruttassero a loro danno – e perché poi? – la risorsa. «Ma com'è 'sta faccenda che bisogna scaricare la app?».

«Boh, non so» rispondeva strategicamente uno di quelli cui la compagnia aveva già assicurato un volo sostitutivo da Firenze. Almeno secondo quello che pensava lui.

Ma circolavano dicerie di tutti i tipi, per esempio che si sarebbe pernottato a Bologna ripartendo la mattina dopo, se le condizioni meteo lo avessero permesso.

Alcuni prendevano la situazione con fatalismo, altri addirittura si facevano delle belle risate, come se si stessero raccontando delle barzellette. Specialmente due famiglie marchigiane se la ridevano, manco fossero a teatro.

Queste famiglie in realtà non erano completamente marchigiane: marchigiane erano le mogli, che fra loro erano sorelle. Due signore di quelle bene in carne e con petti prosperosi, sempre un po' abbronzate, anche d'inverno, con la risata contagiosa. Una in particolare, la sorella maggiore, teneva banco, del volo cancellato sembrava sbattersene, e sparava aneddoti a raffica, coinvolgendo anche altri passeggeri. Nelle storie che raccontava c'era sempre un sottofondo sessuale, appena accennato, una serie di brutte figure, contrattempi e gaffe.

«Pinu', ti ricordi quella volta a Matera che siamo entrati in una casa, che stavano spennando una gallina?».

«E come no, Mari'?».

Compresi figli e mariti, i due nuclei familiari assommavano a nove persone. Ogni tanto uno dei due coniugi andava verso il desk a sentire se c'erano novità, poi tornava ad ascoltare i racconti che aveva già sentito decine di volte, ma rideva lo stesso.

Seduti sulle scomodissime poltroncine, vicino ai siculo-marchigiani c'erano quattro ultrasessantenni (due coppie) mezzi toscani e mezzi lombardi che stavano andando a passare le vacanze di Natale a Palermo. Quei tipi di persone che si godono una robusta pensione, che hanno i figli sistemati e forse già qualche nipote, che vanno a vedere i musei e che gradiscono molto la cucina siciliana e anche le altre.

Insomma dei buontemponi, anche questi se la prendevano con filosofia, e senza parere stavano ad ascoltare il duetto delle sorelle marchigiane, che erano passate a raccontare del famoso pranzo di Natale con le anguille vive.

Ben presto fra i due gruppi di passeggeri ci fu qualche scambio di battute, per esempio sulle condizioni del britannico ubriaco. Il metodo migliore per fare amicizia spesso è parlare male di elementi terzi.

Nelle vicinanze erano sedute due signore venete sui cinquanta abbondanti che, stranamente, non toccavano i loro cellulari. In effetti li avevano spenti, per non essere raggiungibili, ebbene sì, erano in fuga. Ormai sfinite di preparare cene e pranzetti, soprattutto durante le feste, avevano deciso di mettere in piedi un atto di ribellione nei confronti dei rispettivi mariti e delle rispettive famiglie. Particolarmente risoluta era soprattutto una delle due, quella più alta, Marisa. Avevano organizzato una fuga a Palermo, senza dire niente a nessuno. Temevano di essere addirittura ricercate dalla polizia, se non fosse per il fatto che avevano lasciato un messaggio che suonava così: «Siamo partite per una vacanza. Il Natale fatevelo da voi, torneremo presto. Non cercateci. Wanda e Marisa».

Così si erano concesse una breve vacanza a Palermo per respirare un po' di libertà e vedere un po' di arte: vivevano la situazione come una eccezionale e inebriante novità, anche il contrattempo assai imbarazzante del volo cancellato sembrava loro un'avventura eccitante, una circostanza esotica. Chissà cosa stavano pensando i mariti, probabilmente al loro ritorno avrebbero commentato: «Ma se volevi andare a Palermo ti ci portavo io, ti ho mai negato niente?».

Non parlavano con nessuno, neanche con una coppia seduta nelle loro vicinanze, due giovani sposi con un figlio sui sei mesi, un bel maschiotto tranquillo in quell'età in cui balla la testa perché ancora non si sono definiti i muscoli del collo. Si chiamava Oliviero. I suoi genitori parevano molto preoccupati, l'uomo cercava di dimostrare alla moglie che lui era perfettamente in grado di occuparsi della cosa, anche se di fatto era smarrito e spaventato. Era previsto che suo fratello sarebbe andato a prenderli all'aeroporto, adesso andava avvisato. Alcune signore cercavano di fare i complimenti al bel bambino, ma la madre, calabrese di Lamezia, non dava molta soddisfazione, le pareva che quegli estranei a suo figlio volessero rubargli l'anima.

«E come si chiama questo bel bambino?».

«Oliviero».

«Ma che bel nome...».

Nessuno faceva i complimenti a Margherita, il chihuahua. I suoi genitori tentavano di rassicurarla, continuando a farla bere col biberon, ma lei tremava, mugolava, piangeva, voleva chiaramente tornare a casa.

«Io te l'avevo detto che non era il caso di partire, con Margherita in queste condizioni».

«Mica potevamo lasciarla a casa».

«Io l'avevo detto che non dovevamo partire».

«Vedrai che tutto si aggiusta».

Oltre agli studenti che cazzeggiavano fra di loro, c'erano anche dei viaggiatori solitari, l'imprenditore, a quanto diceva lui, di Catania, un medico romagnolo grande fumatore, lo si capiva dal fatto che ogni quarto d'ora usciva dall'aeroporto per accendersi una sigaretta, e un signore magro magro tutto vestito di nero con camicia nera e cravatta nera, e coi capelli visibilmente tinti di color mogano e pettinati alla scapigliata.

Poteva avere cinquanta sessant'anni, come settanta. Se ne stava in disparte e senza consultare alcun telefonino attendeva di saperne di più.

A un certo punto ci furono segnali impercettibili che qualcosa si stava muovendo. I viaggiatori si alzarono dalle poltroncine, si avvicinarono alle altre persone che presidiavano il desk. Finalmente giunse la notizia ufficiale. Ci si stava organizzando per far partire il gruppo da Bologna. I passeggeri sarebbero stati trasportati a Firenze, dove le condizioni climatiche parevano meno inclementi.

Nel giro di quarantacinque minuti sarebbero stati disponibili due pullman per Firenze, dove l'aeromobile era riuscito ad atterrare. Coloro che optavano invece per restare a Bologna, e ripartire il giorno dopo con il volo equivalente, a meno che non fossero residenti in città, sarebbero stati ospitati in un albergo vicino all'aeroporto di Borgo Panigale.

«Ma domani è Natale, io che cazzo ci faccio in questo albergo del cazzo a Bologna?».

Al check-in si cominciarono a distribuire altri titoli di viaggio, sul volo da Firenze-Peretola.

«Ma a che ora parte questo volo? A che ora saremo a Palermo?».

«Al più presto, signore» rispondeva l'addetto in camicia, che nonostante fosse dicembre inoltrato mostrava due evidenti gore di sudore sotto le ascelle.

Almeno tre gruppi familiari composti da madri e figli aspettavano rassegnati sulle sedie della sala d'attesa: i mariti si erano fatti carico della battaglia al desk, per avere i nuovi biglietti e anche un buono da consumare al bar, del valore di cinque euro.

In coda cominciarono delle timide comunicazioni interfamiliari:

«Non è la prima volta che ci capita, un mese fa siamo rimasti sei ore all'aeroporto».

«Non lo dica a me, la scorsa estate un giorno in più a Palermo siamo stati, per me andava pure bene, ma mio marito, era una bestia».

C'era chi ostentava fatalismo: «Ah, deve essere un segno del destino» disse una signora magra che sicuramente faceva la professoressa di lettere. «Andiamo dai miei suoceri, piuttosto me ne starei tutta la notte in aeroporto, vero bambini?».

«Il Natale è sempre così, ne succedono di tutte».

«Io l'ho sempre detto, se un volo è low-cost ci sarà bene un motivo. Io di solito non li prendo, prendo Alitalia».

«Ah, buoni quelli».

«Sa, noi andiamo a Castellammare del Golfo, lì abitano i genitori di mio marito».

«Noi invece a Castelbuono andiamo, lì sì che c'è la neve».

«Mario, dove li hai messi i tortellini? Guarda che quelli si rovinano».

«Mamma, me lo dai il telefonino?».
«Tieni a mamma, amo'».

I pullman erano pronti alle 22.45, per montarci sopra ci furono accenni di rissa, i viaggiatori cercarono di salire tutti sul primo mezzo disponibile, anche se avrebbero viaggiato insieme e sarebbero decollati tutti con lo stesso aereo, ma quali erano le certezze, ormai?

Una incaricata della compagnia aerea cercava di spuntare i nominativi dei passeggeri, via via che le dicevano nome e cognome scorreva col dito tutta la lista. Ma i nominativi non c'erano. Solo dopo venti minuti, con almeno otto passeggeri abbarbicati alla portiera, i piedi sulla scaletta del pullman, l'incaricata realizzò che le avevano dato la lista sbagliata, di un altro volo. Per avere quella giusta ci volle un altro quarto d'ora, durante il quale a nessuno fu dato il permesso di salire sul bus, neanche alle donne e ai bambini. Per giunta c'era brutto tempo, a Bologna cadeva giù una via di mezzo fra pioggia e nevischio. Gli animi erano sempre più esasperati, eppure nessuno mollava la sua posizione vicino al pullman per andarsi a riparare sotto la tettoia, a una ventina di metri di distanza. Per di più molti erano convinti che oltre l'inganno ci fosse la beffa, perché si vedevano alcuni aerei decollare. Partivano lo stesso. E perché?

Finalmente, anche se con una estenuante lentezza, i passeggeri furono imbarcati, a cominciare dalla corriera che si trovava in prima fila. Una volta a bordo i più scatenarono una nuova ondata di telefonate mediante cellulare. Si informavano parenti e amici che si sarebbe arrivati a Palermo a tarda notte.

«A che ora? Ma che cazzo ne so».

«Ti chiamo quando siamo arrivati... eh? Ma come faccio a saperlo... Ti chiamo».

Il primo pullman partì che erano le undici e mezzo passate, mentre sull'altro era appena cominciato l'imbarco, dunque almeno in questa circostanza ci fu un minimo elemento di soddisfazione per coloro che erano riusciti a montare sul primo. Come se ci fossero delle migliori garanzie, nonostante l'aereo fosse uno solo.

Si tentò di rilassarsi un po'. Venne trasmessa qualche canzone dei Bee-Gees, con lo scopo di rendere l'atmosfera più distesa.

Vabbè, che ci vuole ad arrivare a Firenze, un'ora o poco più. «Diciamo, se tutto va bene arriveremo all'aeroporto di Firenze a mezzanotte e mezzo. Però ci sarà da aspettare il secondo pullman. Ammettiamo che ci imbarchino in fretta, prima delle una e mezza non si parte, saremo a Punta Raisi alle tre, non prima. A andar bene».

Il primo pullman si incamminò per la tangenziale di Bologna, alla volta del tratto appenninico. La gente tirava il fiato, si riprogrammava, alcuni cercavano addirittura di fare buon viso a cattivo gioco. Poteva andare anche peggio, immaginarsi, pernottare a Bologna. Chissà se è previsto un rimborso, a causa del ritardo.

L'autista non aveva abbandonato per un minuto il telefonino, in comunicazione con la sua centrale.

Quelli seduti nelle prime file orecchiavano qualcosa delle sue conversazioni.

«No». «Sì». «Macché». «È un casino...». «Va bene...».

Inaspettatamente, il pullman si fermò all'area di servizio di Cantagallo. Il conducente aprì la portiera, ma si raccomandò che nessuno scendesse, sarebbero ripartiti nel giro di un minuto.

«Mamma, a me mi scappa la piscia».

«Alvin, non si dice la piscia! E poi lo sapevo. Non te l'avevo detto prima di partire? Ora te la tieni, fra mezz'ora siamo a Firenze. Ora non si può scendere».

«Ma mi scappa forte».

«Te la tieni!».

«Me la tieni un po' te?».

2

Nonostante il pullman fosse fermo, i passeggeri in quel momento avevano ricominciato a pensare ai fatti loro, quasi come se fossero già arrivati. Come comportarsi con i parenti che sarebbero venuti a prenderli all'aeroporto? E i regali? I regali che avevano portato? Come raggiungere Castelbuono, Sciacca e le altre località? Il Bed & Breakfast sarà ancora aperto? Di che umore era zio Gaetano?

Alcuni pensavano all'opportunità di fare causa alla compagnia aerea, altri si distraevano, iniziando timide conversazioni con sconosciuti, per una strana circostanza finché erano a bordo del mezzo avevano la sensazione che in qualche modo la situazione si sarebbe risolta, si stava marciando.

«Mamma, guarda, nevica!».

«Mariuccio, dormi a mamma!».

Alcune signore si stavano comunicando delle ricette, su come si facevano gli arancini a Catania, che invece a Palermo, dove non capiscono un cazzo, chiamano arancine. Si scatenò un feroce dibattito, proprio sulla corretta dizione della parola.

«Si è sempre detto arancini, c'è anche un libro, si intitola *Gli arancini di Montalbano*. Mica si intitola *Le arancine di Montalbano*!».

La ex professoressa affermò, in tono lapidario e secondo lei definitivo: «Arancina è il diminutivo di arancia, che è il frutto. Arancino è il diminutivo di arancio, che è l'albero. Mi volete dire che un'arancina è il diminutivo dell'albero?».

«Ma che c'eeentraa...».

«Ma che sta succedendo? E perché non ripartiamo?».

Il conducente risalì sul bus. Da Bologna lo avevano informato che sulla A1 Bologna-Firenze stava nevicando, e che si consigliava di non intraprenderla, anzi, presto sarebbe stata chiusa al traffico, da Casalecchio non facevano entrare nessuno. In effetti passavano pochissimi autoveicoli, sicuramente dotati di pneumatici da neve oppure degli all-season.

Il secondo pullman sul quale erano confluiti gli studenti neanche lo avevano fatto partire, il che naturalmente aveva prodotto reazioni violente e difficili da controllare. Adesso si doveva bloccare il primo pullman e farlo tornare indietro, a Bologna. I passeggeri del primo e del secondo mezzo si sarebbero riuniti a un certo hotel in zona aeroporto e lì avrebbero pernottato.

La situazione pareva chiara ma a questo punto l'autista fece un errore clamoroso. Anziché ripartire, uscire a Sasso Marconi e tornare a Bologna senza dire niente a nessuno, verso l'albergo indicatogli, prese in mano il microfono per una comunicazione ai passeggeri. Vi batté due colpetti per controllare che funzionasse, disse: «Seff, seff, mi sentite?».

E così condivise la notizia con i passeggeri, comunicò loro che l'autostrada probabilmente sarebbe stata chiusa e che comunque era rischioso con il pullman avviarsi su per l'Appennino. L'altro pullman non era nemmeno partito.

Non avrebbe dovuto farlo, quel comunicato.

La massa dei viaggiatori cominciò a urlare e a minacciare fisicamente l'autista, perché loro dovevano arrivare a Firenze e prendere l'aereo per la Sicilia. Nessuno pareva disporre di un minimo di razionalità.

«Metteremo le catene!» gridavano alcuni.

«Se vuole scenda, il pullman lo guido io, ho la patente» fece un altro.

«Tu pensa a guidare, ti paghiamo per questo!» urlò una signora, la madre del placido Oliviero. «Se non ci porta a Firenze io l'ammazzo!».

«Sono allarmismi, come al solito» commentavano altri, che contemplavano dal finestrino un sottile nevischio, che difficilmente poteva impensierire. «Lei adesso ci porta a Firenze, o ne vedremo delle belle!».

«Criminali!».

«Farabutti!».

L'autista se la vide brutta, cinque o sei persone lo volevano aggredire, e lui si prese paura, soprattutto dopo che uno dei viaggiatori inglesi, il padre di famiglia, quando gli spiegarono la situazione, aveva spaccato una bottiglia di birra e aveva minacciato l'autista, intimandogli di andare avanti, a prendere l'aereo per Palermo.

Quello disse: «Va bene, io vado, ma se poi ci fermiamo in mezzo all'autostrada sono tutti cazzi vostri».

Così il pullman ripartì, alla volta di Pian del Voglio.

Purtroppo quando il bus superò Sasso Marconi e iniziò il vero e proprio «tratto appenninico» il nevischio cominciò a trasformarsi in neve fitta.

«Fra venti minuti siamo dall'altra parte» assicurò un viaggiatore, «la neve ce la lasciamo alle spalle».

Non fu così. La neve stava coprendo tutte le carreggiate, il pullman faceva fatica a proseguire. Ormai era cominciato il tratto in salita. I passeggeri osservavano in silenzio e con ansia il lento procedere del pullman, tiravano il fiato.

Adesso il pesante mezzo procedeva a non più di venti chilometri all'ora, e a questa velocità ci sarebbero volute due ore per arrivare a Barberino, cioè al sicuro. E in due ore di neve ne poteva cadere parecchia.

Coi telefonini si passò a consultare freneticamente i siti delle previsioni del tempo. Pesanti nevicate sull'Appenino tosco-modenese, a quanto pareva stava nevicando massicciamente anche a Barberino del Mugello. L'autostrada era chiusa, non passava proprio nessuno, per cui la neve si depositava indisturbata sulle corsie, ma non lo avevano buttato il sale?

«Ah, solo in Italia, solo in Italia».

«I soldi del sale se li è magnati la Casta!».

«Figli di puttana!».

Il pullman arrancava, le ruote slittavano, l'autista sudava sette camicie per tenerlo in carreggiata.

Ogni tanto una breve galleria permetteva di respirare un po', ma subito ricominciava la bufera, all'uscita.

«Siamo a Pian del Voglio, io consiglierei di uscire qui» provò ad azzardare l'autista.

«Neanche per sogno!» gridarono all'unisono i passeggeri. «E che ci facciamo a Pian del Voglio, in mezzo alla neve?».

Così proseguirono, ormai erano in prossimità del valico e della lunga galleria successiva. A quel punto i passeggeri tirarono un sospiro di sollievo, come se il peggio fosse passato, inneggiavano al superamento del valico, convinti che in Toscana non nevicasse per niente, di là il clima è assai più temperato, si sa.

Alcuni quasi si gasarono, contenti di aver avuto ragione.

«Tutto questo allarmismo per quattro fiocchi di neve».

«Se non ci facevamo sentire noi».

«Questi autisti sono delle mammolette...».

Purtroppo quando il pullman uscì dalla galleria ci si dovette rendere conto che dall'altra parte nevicava ancora di più, e alle prime discese il grosso mezzo, nonostante procedesse lentamente, faceva fatica a restare in strada.

Cominciò a slittare a sinistra e a destra, prima lievemente, poi in modo sempre più accentuato. Le ruote non facevano presa, nonostante il bus pesasse svariate tonnellate. E adesso, in discesa, era difficile fermarlo.

L'autista sperava di trovare una galleria dove fermarsi, non si poteva andare avanti in questo modo. Eccola laggiù. Non è che la vedesse, la galleria, aveva solo passato il cartello che la annunciava, però c'era una curva sulla destra, e il pullman iniziò una sbandata lenta ma inesorabile verso sinistra. Con la massima delicatezza il conducente cercò di raddrizzarlo, ma il risultato che ottenne fu che il pullman iniziò a intraversarsi, piano piano, ma a questo punto non c'era più niente da fare. L'automezzo fece un testa coda quasi completo, e continuò la sua marcia alla rovescia, al rallentatore, finché non si adagiò contro il guard-rail.

In quel momento tutti si accorsero che il bus era fermo, sulla dorsale appenninica, sotto una pesante nevicata. Capirono che il pullman difficilmente sarebbe potuto ripartire, che lì erano e lì sarebbero rimasti.

L'autista cercava di telefonare alla sua centrale operativa, ma c'era difficoltà di connessione. Aprì la portiera anteriore, si infilò la giacca a vento e uscì per dare un'occhiata. Il pullman era appena inclinato all'estremità della carreggiata.

Alcuni più arditi scesero per controllare la situazione, in effetti stava nevicando forte, e non sembrava possibile rimettere il bus in rotta di marcia. Fra l'altro non passava nessuno, per cui la neve attaccava sempre di più sul manto asfaltato, ormai ricoperto da uno strato uniforme bianco, per quello che si poteva vedere, dato che era buio, alto già quindici centimetri.

«E mo' che cazzo facciamo?».

«Qui ci sono dei bambini!» gridava una madre.

«Fock the italians, fock the focking italian snow» urlava il padre inglese che si era liberato della bottiglia rotta e ne aveva estratta dallo zainetto un'altra, piena, di Amaro del Capo.

«Adesso lei ci tira fuori da questa situazione» ripetevano altri all'autista, di quelli convinti che quando c'è un casino bisogna prendersela con i responsabili.

I passeggeri più esperti, dotati di spirito organizzativo, stavano controllando la situazione.

«Basterebbe un verricello per tirarci fuori di qui. Ce l'ha un verricello?» disse un signore veneto in scarpe da ginnastica. Residente a San Donà Noventa, mostrava grandi capacità reattive e organizzative.

«No, non ce l'ho il verricello» rispose l'autista, già tutto imbiancato dalla neve.

«Come non avete un verricello!».

Sembrava impossibile quanto forte stesse nevicando.

«Proviamo a dare una spinta» disse il sessantenne veneto. «Facciamo uscire tutte le persone valide, ad esclusione degli anziani e dei bambini».

Così una ventina di persone, alcune delle quali indossavano tenute poco adatte alle rigide temperature, visto che andavano a Palermo, tentarono di spingere il pullman, mentre il conducente sgassava violentemente. Il veneto comandava le operazioni, aiutandosi con un fischietto, del quale, chissà come mai, era in possesso. Sarebbe bastato gridare: «Oh, issa», ma il fischietto aggiungeva un tono di professionalità.

Purtroppo la situazione andò di male in peggio, il pullman lentamente scivolò ancora più giù, e alcuni di quelli che spingevano rischiarono di farsi travolgere. Per fortuna il mezzo si fermò con due ruote nel fosso e non procedette oltre.

Erano le una di notte, ma nessuno aveva fatto caso che fosse Natale, anzi in molti, mentre cercavano di spingere il bus, avevano offeso il Cristo e sua Madre.

L'autista si ridispose al telefono, cercando di comunicare l'emergenza.

Il tipo di San Donà Noventa cominciò a gridare che bisognava che scendessero tutti, a due chilometri di distanza c'era un autogrill, e bisognava raggiungerlo al più presto, per non correre il rischio di morire assiderati. Non si sa perché ma la quasi totalità dei passeggeri gli dette retta, convinta anche che la compagnia aerea sarebbe arrivata a prenderli con l'elicottero, e che li avrebbe scodellati all'aeroporto di Firenze. Ah, se avessero saputo che da Firenze, con quel tempaccio, gli aerei non partivano già da alcune ore.

«Che facciamo con i bagagli? Ce li prendiamo?» lanciò un ragazzo di Cinisi, che frequentava un corso di cucina a Verona.

«E certo che ce li prendiamo, come dobbiamo fare?».

Così accadde che circa cinquanta persone scesero dal bus, e si affollarono davanti ai portelloni dei bagagli. Ciascuno prese la sua valigia piccola, quella concessa a bordo dai voli low-cost.

La comitiva si mise in moto in direzione sud, cioè verso Firenze, una fila di camminanti nel buio e nella tormenta, che cercava di far procedere le valigie con le ruote sulla neve, a costo di sforzi indicibili.

Si sentivano come profughi, gettati verso un destino incerto e sofferenze che poi sarebbero state difficili anche solo da ricordare. Per giunta era impossibile scattare delle fotografie, non c'era illuminazione sufficiente.

Solo in cinque rimasero sul pullman, con l'autista, convinti che la compagnia aerea avrebbe provveduto. Si scatenò una nuova offensiva via smartphone. Però sul pullman cominciava a fare freddo.

San Donà Noventa, presa la testa dei viaggiatori, come capobranco, solcava la neve a mo' di rompighiaccio, eppure nel giro della mezz'ora abbondante necessaria, per l'avanguardia, per raggiungere l'area di servizio, il livello del manto nevoso si sarebbe alzato di parecchi centimetri. La scena assomigliava a quella di un esodo: i maschi cercavano di aprire la strada, le donne e i bambini arrancavano, gli anziani si dimostravano meno soggetti alla disperazione dei loro figli, consapevoli che non tutti ce l'avrebbero fatta. La nevicata si infittiva sempre più. Una quota appenninica di circa 600 metri slm imponeva sacrifici paragonabili, per gli interessati, alla traversata del monte Ararat.

I marcianti entrarono in una galleria di chilometri 0,278, dentro era buio pesto. Perché avevano spento l'illuminazione?

Ci si sarebbe potuti fermare dentro la galleria per riprendere fiato, scuotersi la neve di dosso, rincuorare i bambini, ma ormai la comitiva era presa da una frenesia che si traduceva in un'unica parola, che non era Centro di accoglienza ma Area di servizio. «Ormai dovrebbe mancare poco, un ultimo sforzo».

«Noi andiamo, se voi volete aspettare qui...».

Nessuno volle aspettare, nonostante i piedi fradici e congelati, le mani che non si sentivano più, tutti si gettarono nuovamente sotto la neve gelida che il vento faceva torneare in tutte le direzioni. Riprese la traversata. Non si vedeva a due metri di distanza. E se qualcuno si fosse perso? Il veneto di San Donà decise di mettersi in ultima posizione, in realtà è così che fanno i maschi alfa dei lupi, mica stanno davanti, a imporre un ritmo impossibile. Stanno in retroguardia, a incitare i deboli e i malati.

Quando i pellegrini giunsero in prossimità dell'area di servizio per poco neanche la videro. La neve cadeva fittissima e non c'era una luce accesa.

Qualcuno andò involontariamente a sbattere contro il cartello segnaletico, capì che lì girando a destra si arrivava all'area di servizio.

«Di qua, di qua!».

«Stiamo uniti, prendiamoci tutti per mano!».

Prostrati, affranti, distrutti, i passeggeri del volo GX5566 giunsero all'area di servizio, che però pareva deserta e abbandonata. Si cercò protezione sotto le pensiline del benzinaio, ma la neve, spinta da un vento di tempesta, arrivava anche lì.

Per una tendenza involontaria i profughi si addensarono uno vicino all'altro, con le loro valigie ai piedi, o stringendole forte in una morsa disperata, ultimo appiglio, ultima speranza di salvezza.

Ma perché il Grill pareva chiuso, le luci erano spente, e non c'era nessuno?

«Dobbiamo entrare, o moriremo tutti congelati, presto!».

«Io devo andare immediatamente alla toilette, dove sono le toilette?».

3

Erano le due di notte, il gruppo raccolto sotto la pensilina faceva corpo unico, non si vedeva niente e nessuno, a parte cinque o sei autotreni abbandonati lì forse fino a San Silvestro.

Lentamente alcuni si spostarono verso le porte a vetri del Grill con un afflato biblico, ma le porte erano sbarrate. Anche il benzinaio era chiuso, tutto spento.

I dipendenti del Grill se ne erano già andati via, per la stradina di servizio, con i loro quattro per quattro, onde evitare di rimanere bloccati, oltretutto era andata via la corrente già da un bel po'. Un plotoncino di avanguardia composto da cinque persone fece il giro dell'edificio, al loro ritorno videro una signora accovacciata per terra, vicino al compressore per gonfiare i pneumatici. Non aveva retto.

«Le porte sono tutte chiuse a chiave, dietro c'è una porta più piccola di servizio, ma è chiusa anche quella, bisognerebbe sfondarla».

«Abbattiamola, presto! I bambini...».

«Andiamo a vedere» disse il signore taciturno vestito di nero.

Lo portarono sul posto. «Fatemi luce» disse quello, e dette un'occhiata. Tirò fuori di tasca un coltellino multilama, si mise al lavoro e nel giro di un paio di minuti la porta era aperta.

Quelli che erano con lui si guardarono l'un l'altro, perplessi, in mezzo ai fiocchi di neve.

«Presto, entriamo! Andate a chiamare gli altri».

La cinquantina di persone si accalcò all'ingresso posteriore, sgomitando. Penetrarono in un corridoio, passarono per una cucina. Cercavano di accendere la luce, senza riuscirci: o l'avevano staccata o la corrente elettrica se ne era andata in tutta la zona. Possibilissimo, magari c'era stato un danno alla linea.

«Cazzo!».

«Non dica parolacce, non vede che ci sono dei bambini!» disse la mamma di Breganze.

Tenendosi in fila come ciechi, seguivano i bagliori di luce prodotti dai telefonini, che si stavano scaricando, e il flebile biancore delle luci di sicurezza.

Riuscirono a raggiungere il locale principale del Grill, il salone, dove c'era il bar, i tavolini, il self-service, il Tabacchi, e un'immensità di prodotti in esposizione, ogni ben di Dio. Si vedeva poco, ma c'erano alimentari, dai salamini alla bottarga, vini, giocattoli, libri e riviste, gadget, souvenir, cappelli, cacciaviti e altro materiale da ferramenta, scottex, carta igienica, birre, caramelle, panettoni, peluche, babbi natale, panforti e anche qualche articolo da regalo, come grattugie o set per la grolla valdostana. Dietro il banco anche sigarette, liquori, pile elettriche, Gratta e vinci di ogni tipo.

Per i profughi era come se, dopo aver visto la morte in faccia, fossero arrivati nel paese di Bengodi.

Attoniti, pieni di neve com'erano bagnarono per terra. I bambini piangevano, gli anziani, per fortuna pochi, vacillavano, le madri si stringevano ai figli, alcuni uomini cercavano di mettere ordine, di evitare che il morale scendesse sotto i tacchi. In realtà una volta all'interno del Grill il morale si era sensibilmente rialzato da solo.

Parlò il signore di San Donà Noventa.

«State a sentire, siamo in salvo. Siamo al coperto. Qua dentro c'è il riscaldamento, acqua e viveri. Prima di tutto assicuratevi che siano con voi tutti i vostri parenti e amici, contatevi, qualcuno potrebbe essere rimasto per strada. Cercate di asciugarvi, di riprendervi, toglietevi gli indumenti bagnati, cambiatevi le calze e le scarpe, se ne avete di ricambio. Adesso proviamo a metterci in contatto con i soccorsi».

«Scusi, ma chi è lei per dare ordini? Come si permette? Qualcuno ha stabilito che lei decide per gli altri?».

«What did he say?» chiese la signora britannica madre di due figli e moglie del tipo che aveva bevuto troppo.

Una delle due venete in fuga cercò di risponderle: «He says to check if anybody is missing».

Wanda si era espressa con proprietà, ma l'inglese fece una faccia interlocutoria e disgustata, possibile, pensava, che nessuno parli inglese qui.

Suo padre aveva capito, si guardò un po' in giro e capì che Jimmy, suo figlio, quello che amava la bottiglia, non era della partita. Uscì fuori a cercarlo dotato di una pila subacquea che aveva arraffato in un espositore. Ce n'erano a decine.

Così, allo stesso modo di uno stremato stuolo di reduci provenienti da aree belliche, le cinquanta persone si impossessarono del Grill, come se avessero raggiunto un rifugio andino, e come se tutto a loro fosse dovuto.

«Prima donne e bambini» urlò il tedesco che si portava dietro la famiglia di lungagnoni.

«Ma quali bambini, questi sono dei brindelloni» disse uno dei toscani.

Si cominciarono a cercare delle fonti di illuminazione, torce, fornelli a gas, candele. Furono trovate migliaia di candele rosse natalizie, e si cominciò ad accenderle. Giacche e cappotti furono stesi nell'area self-service, insieme a calzini e a pantaloni fradici. Chi ne aveva di riserva si cambiò le scarpe, certe signore misero quelle col tacco, appositamente portate per il pranzo di Natale. Fu immediatamente assalito il frigo, peraltro spento, dove c'erano acqua minerale, succhi di frutta, birra.

«Ci vorrebbe qualcosa di caldo».

Una delle due venete in fuga dichiarò trionfante che i fornelli nelle cucine funzionavano. «Avete un accendino?».

Di accendini ce n'erano a migliaia.

Si trovarono delle pentole, ci si rovesciarono dentro alcune bottiglie di acqua minerale non gassata, si preparò un tè.

Quando fu servito si ebbe la sensazione dello scampato pericolo, inoltre le candele davano all'ambiente un tocco di calore e di intimità.

Gli scaffali di alimentari furono saccheggiati: ci si abboffò di biscotti, Tuc, mortadella, limoncello, puzzone della Val di Fassa, ricciarelli, ACE, latte di soia.

Lentamente la gente cominciava a riprendersi, e così riprese anche l'attività frenetica coi telefonini. Che però cominciavano ad esaurire le cariche, inoltre il campo difettava, se non per quelli che avevano Wind, che non funziona mai, tranne quando non funzionano gli altri fornitori.

Tutti cercavano di mettersi in contatto telefonico, con il 113, con parenti e amici, con l'aeroporto ecc.

Erano ormai le tre di notte, i bambini mugolavano e morivano di sonno. Si presero dei cuscini da certe panche e si organizzarono dei giacigli improvvisati per i piccoli e gli anziani; come coperte si utilizzarono delle tovaglie, l'intero Grill fu messo a soqquadro.

Le notizie erano che si erano attivati i soccorsi e che presto sarebbero arrivati dei mezzi. Qualcuno andò a guardare che succedeva fuori: la nevicata era straordinariamente imponente, ormai sull'asfalto si erano depositati cinquanta centimetri che continuavano ad aumentare a vista d'occhio, non si vedevano già più le impronte dei viaggiatori nella notte.

In poche ore la neve avrebbe superato il metro, una nevicata così non la si vedeva da trent'anni. Ciò metteva in difficoltà i mezzi di soccorso, inoltre quando al delegato ufficiale (quello di San Donà Noventa) fu chiesto: «Ci sono dispersi? Qualcuno che è rimasto al freddo? Persone in particolari condizioni di salute, gente che si sente male?», il delegato, come fosse un capitano in trincea che doveva assicurare che nei suoi reparti tutto stava andando per il meglio, rispose: «No, qui tutto in ordine, provvisto a rifocillare e riscaldare la comitiva, organizzate brande di fortuna, preparati cibi caldi».

Così al gruppo rifugiatosi nel Grill non venne data la priorità, in quanto erano tutti al coperto, in salute, dotati di vettovaglie e di mezzi di riscaldamento. Be', sì, in effetti c'erano quelli che erano rimasti sul pullman che però dopo un po', al freddo, si erano mossi anche loro, con l'autista, e intorno alle tre, tre e mezzo, avevano raggiunto il Grill anche loro. Furono accolti dagli altri di malavoglia, come se l'area di servizio fosse stata già conquistata da loro e non ci fossero più posti disponibili.

Chi sdraiato per terra, chi su certe poltroncine di plastica, chi sui tavoli, ciascuno cercò di riposarsi.

«I soccorsi arriveranno al più presto, tranquillizzatevi».

«Già, ma il volo per Palermo?».

Alcuni furono capaci di prendere sonno, un paio di individui cominciarono addirittura a russare, altri rimanevano svegli, in silenzio. Non tutti però riuscirono a tranquillizzarsi.

La coppia di trentenni col chihuahua era terrorizzata, temeva che il cagnetto morisse assiderato. Sottovoce lei disse: «Margherita sta tremando, non vedi? Christian, la piccola ha freddo, vai a cercare una coperta, Margherita morirà, presto, fai qualcosa!». In effetti all'interno del Grill la temperatura stava scendendo, gli impiegati abbandonando la nave avevano lasciato il riscaldamento al minimo, ma quando la corrente elettrica era saltata l'impianto se ne era andato in blocco.

Christian, facendosi luce con una candela, si aggirò in mezzo a quelli che dormivano, e accecato dalle sue responsabilità genitoriali non esitò a sottrarre una copertina a un viaggiatore che stava dormendo.

Margherita fu stropicciata un po' e avvolta stretta stretta nella copertina, sulla quale c'era l'immagine di un orsacchiotto. Il chihuahua smise di tremare, e si addormentò.

L'uomo vestito di nero se ne stava per conto suo, nonostante o forse proprio perché si era riusciti a entrare nel Grill grazie alle sue abilità, in parecchi diffidavano di lui pensando che fosse un ladro. Temevano che se si fossero addormentati quello gli avrebbe rubato il portafoglio.

Ma non c'era da preoccuparsi, alcuni valenti restavano vigili a guardia, ogni tanto uscivano fuori per vedere se si facevano vivi i soccorsi, ma non succedeva niente di nuovo, vi furono altre telefonate al centro di soccorso, dal quale si preannunciava che gli spazzaneve con i mezzi di salvataggio adeguati sarebbero arrivati alle prime luci dell'alba o qualche minuto dopo. A quanto pareva nell'area di servizio non c'erano delle emergenze sanitarie, e allora...

«Ma qui ci sono dei bambini, e degli anziani».

«Faremo il possibile, ci sono delle emergenze ben più gravi».

La mamma di Lamezia intanto andò a controllare Oliviero, che a onor del vero se la dormiva proprio pacificamente, ma senza la sua copertina. La madre comunicò immediatamente al marito che qualcuno aveva rubato l'oggetto all'infante, e grazie a tutte quelle pile subacquee in esposizione, il misfatto venne presto scoperto.

«Mi scusi signora, mi farebbe vedere il suo cane dentro lo zainetto?».

«E perché? Poverina, è traumatizzata, non se ne parla nemmeno, le fareste paura».

«Poche storie, signora, abbiamo visto che lo avete avvolto in qualcosa, ci faccia vedere».

Il compagno della signora tentò di farsi valere.

Il padre del bimbo, sostenuto da una forza di grado superiore, strappò lo zainetto che conteneva il cagnetto dalle mani della donna.

Il chihuahua cominciò ad abbaiare all'impazzata, ma non riuscì a evitare che i fatti venissero a galla.

La copertina del bimbo era avvolta attorno al cane delle dimensioni di un grosso ratto.

Seguì una breve rissa, ma la capacità di resistenza dei proprietari del cagnetto si dimostrò debole. D'altronde come sarebbero riusciti a giustificare il loro orribile gesto?

I proprietari del cane dovettero subire lo stigma sociale della maggioranza dei presenti, alcuni dei quali assai incazzati per il fatto di essere stati svegliati.

«Non c'è più religione, adesso si rubano le copertine ai bambini per darle ai cani».

«Ci vorrebbe la galera».

«Quando siamo fuori di qui vi denuncio!» urlava la madre del bambino, un po' infastidito da tutto quel gridare. «E adesso io dovrei coprire mio figlio con la coperta nella quale è stato avvolto un cane? Disgraziati, irresponsabili!».

«Non è il momento di litigare!».

«Lasciateci dormire, qui ci sono delle persone anziane!».

«Ma questi soccorsi arrivano o no?».

«Bisogna avere pazienza, è in corso una nevicata epocale!».

«Silenzio!».

«Quiet please».

I due col chihuahua si spostarono in un angolo, sdegnati ed emarginati. Si sdraiarono su una panca, uno sopra l'altra, col cane nel mezzo. Era buio, nessuno li vide in quella strana posizione, che poteva sembrare erotica. Il cane, nonostante si trovasse benissimo, mugolava, perché aveva capito che non bisogna mai dare le cose per scontate, e che è sempre meglio frignare che dare l'idea di non soffrire per qualche particolare problema.

A esclusione dei cinque o sei elementi che si erano fatti carico di rimanere in contatto con i soccorsi, gli altri, esausti, si addormentarono. Le candele si esaurivano, non valeva la pena di sostituirle, la temperatura nel locale non scese sotto i tredici gradi.

Erano da poco passate le quattro del mattino che si sentì battere violentemente sul vetro del Grill, e degli schiamazzi. Erano i due britannici, padre settantenne e figlio alcolista, che in qualche modo avevano raggiunto i familiari. Quella gente ha mille vite, e il tipo, superata l'ubriachezza, aveva trovato le energie per arrivare al rifugio, senza morire assiderato come il leader degli AC-DC.

Qualcuno andò a prenderlo sul lato posteriore, facendolo entrare. Lui non ebbe esitazioni, penetrò immediatamente dietro il bancone del bar e si servì abbondantemente di brandy italiano e di gin. In breve tempo, cadde svenuto per terra, vicino ai signori toscani-lombardi.

Fra i vigilanti furono stabiliti dei turni di guardia, affinché ciascuno potesse riposare almeno un po', erano esausti anche loro.

4

Alle sette e mezzo del mattino comparvero le prime luci dell'alba, appena percettibili visto che continuava a nevicare fitto. Solo un lieve chiarore. Dei soccorsi neanche l'ombra, possibile?

I bambini si svegliarono cominciando a fare casino, svegliarono anche gli altri, che magari erano riusciti a prendere sonno solo da mezz'ora.

Nel locale faceva un po' freddo, nonostante la piccola folla fosse concentrata in un ambiente unico.

La comunità che aveva occupato il Grill si rimise in movimento: bambini che piangevano, gente che inveiva, persone che si lamentavano per non aver dormito un attimo e che urlavano che non si rompessero i coglioni. Ci fu un certo affollamento nei bagni. Alcune persone pretendevano di fare la toelette, si stabilirono dei turni di tre minuti massimo a testa. Fu difficile farli rispettare.

Si fecero dei caffè con la macchinetta. Per colazione la gente si servì di paste e Buondì, biscotti e panettone.

Ma i soccorsi non si vedevano. Il veneto di San Donà Noventa, quello in continuo contatto telefonico con la centrale, dormiva profondamente. Non rispose ad alcune chiamate. Quando si svegliò fu lui a chiamare, ma l'operatore, uno nuovo, disse che non aveva novità e che avrebbe fatto sapere appena ce ne fossero state.

«Allora quando arrivano? E dove ci portano? Lo sa quanto costa a me questo scherzetto?» diceva il manager di Catania, che era quello meno disposto a riconoscere l'autorità del veneto, che rivendicava di essere un volontario scelto del Soccorso alpino.

«Qui non possiamo stare dietro a questa gente, occorre muoversi!».

«Fermi tutti, stiamo agli ordini, la centrale dice di non muoversi, di aspettare, ormai è questione di minuti!».

«Ma quale centrale, ma quali ordini! Chi viene con me? Ho studiato la carta geografica, qui vicino c'è un piccolo paese, arrivarci è un gioco da ragazzi».

Si formarono così due schieramenti: il primo, organizzato dal catanese, sosteneva la necessità di muoversi per cercare aiuto, perché c'era una strada che portava al paese lì sotto.

Il secondo, capitanato dal San Donà, diceva che muoversi era una pazzia, perché al più presto sarebbero venuti a prenderli coi mezzi di soccorso.

Il dibattito fu breve, e non si arrivò a una mediazione.

Il gruppo d'accordo col catanese, pur nettamente minoritario, non si rese disponibile a seguire le regole democratiche. Loro sarebbero partiti lo stesso, e che gli altri si fottessero, se faceva loro piacere.

Quindi una piccola pattuglia di persone, alcuni viaggiatori maschi e singoli, senza parenti a rimorchio, più la famiglia degli spilungoni tedeschi, decise di mettersi in marcia. Il paese in effetti risultava molto vicino, mezz'ora al massimo. Mezz'ora sì, forse, in condizioni ottimali di visibilità, senza un metro di neve da solcare, e conoscendo la strada, in presenza di punti di riferimento, e avendo consapevolezza del fatto che c'era da fare una bella discesa e una bella salita in mezzo alla tormenta.

Il gruppo era composto da una decina di persone. Coloro che dovevano portarsi dietro la valigia si attrezzarono con corde e cinghie, per mettersi il carico sulle spalle, a mo' di zaino. Alcuni si ostinarono a trascinarsela dietro: comunque, dopo un buon caffè caldo preparato dalle sorelle marchigiane, la squadra si mise in movimento. Presto scomparvero alla vista dei codardi che erano rimasti al Grill. Dopo mezz'ora non avevano fatto più di quaranta metri, e dovettero affrontare un'ulteriore difficoltà, il cancello che separava la zona autostradale dal demanio pubblico. Ovviamente la chiave di quel cancello ce l'avevano solo i lavoratori del Grill.

Quelli che erano restati nell'area di servizio, ormai ridotti a una quarantina di persone, vivevano in un clima di sospensione. Aspettavano, che altro si poteva fare? Dopo la colazione la famiglia di norvegesi uscì fuori. Abituati alla neve mostravano confidenza con l'elemento. Inoltre i quattro erano dotati di giacche a vento tecniche e di scarpe da trekking di goretex o analoghi, i bambini si misero a fare a pallate.

Dentro furono accese altre candele, si dette una riordinata all'ambiente del Grill. Per terra si era formato uno strato di cartacce, di sacchetti di patatine fritte, di bottiglie di plastica, di confezioni vuote.

I bambini italiani stavano alle vetrate, guardavano fuori invidiando i norvegesi che ruzzolavano nella neve.

«Mamma, posso andare anch'io?».

«Nemmeno per sogno, ti bagni tutto».

«Ma mamma!».

Nonostante i divieti dei genitori, però, si costituì un gruppetto composto dai cinque figli delle due sorelle marchigiane e dai due maschietti della signora di Breganze che viaggiava senza marito. Il gruppo, avvicinandosi lentamente alla porta antipanico, infranse i divieti e si lanciò all'aperto.

«Gianmauro, torna subito qui!».

«Alvin, adesso le prendi!».

Ma i bambini ormai erano irrecuperabili, si rotolavano nella neve, nella quale sprofondavano per mezzo metro.

La mamma dei due maschietti si lanciò all'aperto, cercando di riagguantare i figli. Affondò immediatamente nella neve, cadendo goffamente.

Gli spettatori, da dietro le vetrate del Grill, risero un po', ma quelli che risero di più, sguaiatamente, furono i figli della signora.

«Venite qua immediatamente, maledetti stronzi!» gridava lei.

«E vienici a prendere, mamma'» le replicavano gli infami, in piena eccitazione e disinibizione, tuffandosi nella neve.

«Ma che ore sono?».

«Sono passate le nove».

La neve continuava a cadere, chissà, ormai 120 centimetri? Sull'autostrada non passava alcun mezzo meccanico, e gli spazzaneve?

I bambini, ovviamente, si misero a edificare un colossale pupazzo di neve.

«Ah, dimenticavo! Buon Natale» disse a voce alta una delle signore venete in fuga, Marisa. «Buon Natale a tutti».

«Buon Natale» rispose una delle sorelle marchigiane.

«Buon Natale» disse lo scassinatore vestito di nero.

«Happy Christmas!» aggiunse Wanda.

L'autostrada era tutta bianca, spettrale, il cielo plumbeo continuava a vomitare tonnellate di neve, ma non faceva poi tutto questo freddo.

I bambini tornarono all'interno del Grill dopo una mezz'oretta, paonazzi in volto e tutti gasati.

«Mamma, ho fame, che c'è da mangiare?».

«Posso prendere un po' di panettone?».

«Mi fai il caffellatte?».

«Posso prendere il peluche di Zea Zea?».

La madre dei due maschietti, incurante dell'eventuale giudizio dei presenti, stampò due begli schiaffi sui volti dei suoi bambini.

«Avete offeso la mamma, adesso siete in punizione!».

«Ma mamma, che abbiamo fatto?».

«Lo sapete bene cosa avete fatto».

I due si tennero alla larga dalla mamma, perché non era escluso che di schiaffi ne arrivassero altri.

Si rifugiarono presso i bambini siculo-marchigiani, che avevano rubato dei mazzi di carte nuovi di zecca, li avevano sfasciati, e si stavano accingendo a iniziare una partita a Schwimmen.

Nel frattempo la squadra del catanese aveva percorso poco più di trecento metri. Era uno strazio avanzare nei 110 cm di neve, fra l'altro senza essere dotati della attrezzatura necessaria. Ah, ad averci un paio di ciaspole... Ma nessuno dei membri della squadra sapeva cosa fossero, le ciaspole.

Non si vedeva niente, e non era per nulla facile orientarsi, infatti i dieci persero la direzione, ammesso che la conoscessero.

Scesero per un po', finché non si bloccarono all'altezza di un fosso, anch'esso sommerso dalla neve.

«Ma dove stiamo andando? Qui non si capisce niente».

«E se tornassimo indietro?».

«Non se ne parla nemmeno».

La precedente conversazione non fu così facile come potrebbe sembrare a leggerla come è scritta.

Il vento disperdeva le parole, la neve attutiva il volume, le bocche dei malcapitati erano semicongelate e paralizzate.

«Io non ce la faccio più».

«Prendi, prendi questo» disse un ragazzo offrendo al sofferente una mignon di Vecchia Romagna Etichetta Nera.

Trovarono una parvenza di riparo in un piccolo capannone senza pareti. I tedeschi estrassero ciascuno un thermos contenente una bevanda calda. Non ne offrirono a nessuno.

Forse per questo motivo ci fu un'immediata discussione sulla direzione da prendere. Verso destra, in salita, o verso sinistra, in discesa? I tedeschi propendevano per la discesa, il paese doveva essere in *basso*. Il manager di Catania e il suo sparuto gruppo di seguaci invece erano certi che bisognava andare a destra, il paese era giusto lì sopra.

Non si riuscì ad addivenire a un accordo, anche perché andare dritto era impossibile. Così ci fu una nuova scissione, i due gruppi presero direzioni opposte. Entrambi si sarebbero persi nella neve.

5

Intorno alle dieci le persone rimaste nel Grill erano pronte, col cappotto o la giacca addosso, ma perché i soccorsi non arrivavano?

Da un nuovo contatto telefonico risultò che c'era stato un contrattempo. La squadra di soccorritori era stata deviata su un gruppo di persone disperse, in mezzo alla neve.

«Lo sapevo, puttanaccia cane» disse uno dei toscani, «lo sapevo».

«Ai dit me che quel lì non ha mica tanti neuroni nel cervello».

«E noi che facciamo qui, ci hanno lasciati soli?».

Nel frattempo le due sorelle marchigiane, motteggiandosi a vicenda, stavano passando in rassegna l'offerta alimentare del Grill. In effetti c'era di tutto.

«Che dici, mettiamo lo zampone o il cotechino?».

«Io farei due zamponi e due cotechini, siamo un bel po'».

«Ma le pentole ci sono? Ce n'è una grande?».

«Sì che ci sono, vado a mettere su l'acqua».

«Mettine anche un po' per le lenticchie».

«Perché, ci sono anche le lenticchie?».

«E come no, guarda qui, e son anche di quelle buone, sono de Castelluccio».

«Lendigghie de Gastelluggio? Anvedi!!!».

«Te rigordi de guella volta che mamma invege dell'oio ne' lendigghie ge mise el sabone?».

«E gome no, simmelo rigordo!».

Le due sorelle marchigiane ridevano, con la loro risata ultracontagiosa, e senza neanche pensarci troppo si erano già avviate a organizzare il pranzo di Natale.

Il medico romagnolo si unì nella fase dei preparativi: «Io di antipasti aprirei quei salamini, poi vedo che c'è anche una cremina di funghi in scatola, basta scaldarla un attimino a bagnomaria».

«E gol bane gome famo?».

«Ma la voi fenì de barlà marchiggiano?».

«Che sei figlia de signuri?».

Le due sorelle ridevano, immerse nel loro lessico familiare, anzi, famigliare.

Comunque il pane era la mancanza più grave.

«Ci sarebbero delle friselle pugliesi, basta immergerle qualche secondo nell'acqua».

«Ma ghe, lei è un guogo?». Ormai il viaggio era partito, e la parlata pseudo-marchigiana sarebbe diventata il linguaggio universale.

«Guogo no, ma l'abbedido nun me manga» rispose il cardiochirurgo romagnolo, che propose di aprire anche certi barattolini di alici di ottima qualità.

Si formò una squadretta efficace ed efficiente, che si dette da fare nel perfezionamento del menu. Fu redatta una lista precisa di tutti i prodotti che venivano presi dagli espositori del Grill: «Che poi non ci dicano che abbiamo rubato».

I mariti siculi delle sorelle marchigiane disposero i tavolini in fila, a realizzare un lunghissimo tavolone.

«Quanti siamo?».

Così si passò a contare quelli che avevano intenzione di partecipare al pranzo: ci furono una trentina di adesioni in tutto. Anche la famiglia norvegese fu della partita, fra l'incuriosito e l'incredulo.

Una decina di persone si rifiutò di far parte di quell'assurdità, fra questi la famigliola di Varese, i cui membri, con un po' di puzza sotto il naso e di diffidenza, si organizzarono per conto proprio, con dei panini che si erano portati dietro per il viaggio, probabilmente non volevano mischiarsi con quei terroni.

Gli inglesi neanche capirono di che cosa si trattasse, quando il cardiochirurgo romagnolo, in buon inglese, gli spiegò che si organizzava un pranzetto temettero che qualcuno volesse fregarli, come fanno di solito gli italiani. Questo perché era previsto che ognuno dovesse pagare una quota per i cibi trafugati, i vini eccetera. Gli inglesi non avevano intenzione di pagare proprio niente, nemmeno le bottiglie che il capofamiglia aveva sottratto e continuava a sottrarre dal bar.

Il veneto di San Donà Noventa disse che non poteva partecipare, doveva restare di vedetta.

«Semmai assaggerò, ma non state a organizzare chissà che, ormai i soccorsi stanno arrivando».

«Ma vai in mona te e i soccorsi! Sono dodici ore che devono arrivare, che vadano in mona anche loro!».

A parlare era stata una delle due venete in fuga. Che stavano facendo? Avevano comunicato con i familiari, confessando il loro colpo di testa, oppure non avevano detto niente a nessuno, e anzi, ci stavano un po' prendendo gusto alla situazione? Probabilmente la seconda. Da buone casalinghe comunque si rendevano disponibili, si presero la responsabilità della cottura dei cotechini: fra di loro parlavano in segreto anche della possibilità di preparare del purè, ovviamente in scatola.

Alla coppia di trentenni col chihuahua non fu nemmeno chiesto se si univano al gruppo. Ormai erano stati messi al bando da tutta la comunità per l'orrendo gesto del furto della copertina.

Fra l'altro Margherita doveva fare i bisogni, e questo terrorizzava i suoi proprietari: temevano che se l'avessero portata fuori lei non avrebbe retto allo shock, sarebbe morta di freddo, o di paura. Non era pensabile che la facesse nella neve, gelandosi le zampine.

«Facciamogliela fare nei bagni, non se ne accorgerà nessuno».

Così si assentarono, tutti e tre. Christian sorvegliava sulla porta, mentre lei (che si faceva chiamare Asia, certe volte abbreviato in Ax, in realtà il suo vero nome era Assunta) incitava Margherita a farla sulle piastrelle di gres maiolicato della toilette.

Tuttavia Margherita era in difficoltà, abituata a farla sul marciapiede, non in una stanza chiusa, nonostante le scappasse molto forte e la sua padrona cercasse di corroborarla facendo «Pssss, psss» lei a pisciare non ci riuscì.

«Dobbiamo portarla fuori, Christian, mettile il coat».

Le fecero indossare il cappottino di lana infeltrita, sul quale c'era ricamata la scritta «MARGHY». La portarono fuori e lei cominciò a piagnucolare, caiii, caii, sentiva tanto freddo. Però il cambiamento d'aria la costrinse a fare la pipì, la fece addosso proprio alla sua padrona, che la teneva in collo.

«Oddio che schifo, Christian, guarda che schifo».

Non si sa dove un cane così piccolo potesse conservare tanta pipì, sta di fatto che Asia era tutta lordata, la sua giacca a vento Moncler inzuppata di orina.

I tre tornarono dentro il locale, dove quella banda di matti era tutta impegnata nell'organizzazione del pranzo di Natale.

I ragazzi erano stati incaricati di apparecchiare: tovaglie rosse, piatti e bicchieri di carta, posate di plastica, tovagliolini natalizi sponsorizzati dalla Coca-Cola.

Il cardiochirurgo si incaricò di scegliere i vini, mentre le sorelle misero l'acqua sul gas.

«Ma ghe, de brimo non famo gnende?».

«Ci sarebbero dei tortellini Giovanni Rana».

«E il brodo?».

«Eh, li facciamo asciutti, con la salsa al ragù».

«Ma è quella confezionata...».

«Pazienza».

«Di pentole grandi ce n'è una sola».

«E che fa? Prima ci cuociamo i tortellini, poi nell'acqua ci facciamo zamponi e cotechini».

Intervennero i signori Gasparini, una parte dei pensionati tosco-lombardi.

«Noi veramente di tortellini ne abbiamo due chili, li abbiamo presi da Tamburini, sono di quelli buoni».

«Qui c'è anche del tartufo a scaglie, e se facessimo delle fettuccine?».

«Sempre nella stessa acqua?».

Si decise di cuocere prima i tortellini, poi salvare l'acqua e in essa mettere a cuocere le fettuccine.

«I tortellini ci mettono niente a essere pronti».

«Va bene, allora facciamo le fettuccine al tartufo. Il burro c'è?».

«E gome no».

Insomma venne fuori un menu più che rispettabile, anzi, un fior fiore di menu.

Mentre l'acqua era sul fuoco, ci vollero svariate bottiglie di minerale, furono aperte confezioni di salame e di spalla. Furono preparate le friselle («Mi raccomando, non più di tre secondi nell'acqua»), furono aperti sei-sette barattoli di ragù pronto, si trovarono addirittura delle buste di grana padano grattugiato.

Uno dei pensionati tosco-lombardi si prese l'incarico di segnare tutta la merce che veniva utilizzata: descrizione, quantità, prezzo unitario, totale.

Come vino il cardiochirurgo scelse naturalmente del Sangiovese di Faenza, un ottimo rapporto qualità prezzo. Le bottiglie furono stappate e messe al centro di ciascun tavolino, insieme a una candela rossa a torciglione. Per i ragazzi Coca-Cola e Fanta.

«E lo spumante?».

«Bisognerebbe metterlo in fresco, qui i frigoriferi sono morti».

«E le mettiamo fuori no?».

C'era una sorta di gara dell'iniziativa, dell'obiettivo impossibile e della soluzione.

Il cardiochirurgo estrasse quattro bottiglie di Carpené Malvolti dal frigo spento, si infilò il cappotto e la sciarpa e uscì.

Cacciò le bottiglie nella neve, avendo cura di infilare uno spazzolone come segnale, con quella nevicata nel giro di dieci minuti lo spumante non sarebbe stato possibile ritrovarlo.

Si accese una sigaretta, protetto dalla pensilina del Grill.

Che nevicata! C'era un silenzio che se non fosse uno stereotipo avrebbe definito irreale.

Le corsie dell'autostrada erano un tutt'uno bianco e compatto, intonso. Mentre si godeva la sigaretta, non era del tutto scontento di essere lì. A quell'ora avrebbe dovuto essere al tavolo operatorio, su un ragazzino con una grave malformazione all'aorta. Lui era molto scettico sull'utilità di quell'intervento chirurgico, secondo lui non serviva a niente, ma un pezzo grosso dell'università di Palermo aveva tanto insistito. Mah...

Sentì un rumore, in lontananza, forse un motore, forse due motori. I soccorsi? Aspettò un po'. Vide i due spazzaneve che procedevano uno dietro l'altro, a quindici all'ora. Più che altro si vedevano i lampeggianti arancioni. La neve veniva spruzzata ai margini, si accumulava sulla corsia di destra e su quella di emergenza.

Era l'ora, pensò il cardiochirurgo.

Tuttavia i due spazzaneve tirarono dritto, non si fermarono. Il bello era che dove erano appena passati la neve si stava già depositando di nuovo, nel giro di qualche decina di minuti forse non si sarebbe più vista neanche la traccia.

Rientrò nel Grill, e non disse niente di quello che aveva visto.

«Spumante in fresco! Sappiate che se dovessi morire all'improvviso per una trombosi le bottiglie sono segnalate da uno spazzolone infilato nella neve! Non posso portarmi questo segreto nella tomba».

Alcuni sorrisero, anche se era proprio un senso dell'umorismo da cardiochirurgo.

Nel Grill non c'erano più di sette-otto gradi centigradi, eppure l'atmosfera era calda, grazie alle candeline, alle pietanze calde in arrivo e al calore che emanavano i presenti.

Dalle cucine filtrava un odorino di tartufo, stemperato nel burro in padella.

Oliviero, il grosso e serafico bambino di sei mesi, mangiava la sua pappetta con anticipo rispetto al pranzo degli adulti. Divorava quello che la mamma gli avvicinava alla bocca, probabilmente non avrebbe disdegnato nemmeno i tortellini o le fettuccine. Si accontentò e dalla gioia lanciò anche qualche strilletto, agitandosi sul seggiolone (perché nel Grill c'era anche un seggiolone), saltellando e flettendo le gambe grasse. Erano tutti innamorati di lui.

«Gu ga gu, ga gu ga» gli facevano le persone di una certa età.

«Ma come siamo belli, ma come siamo sexy» quelle con qualche anno in meno.

A mezzogiorno e mezzo la tavolata era pronta e imbandita.

«Accomodatevi, accomodatevi. Signor capitano, ge sdanno novidà? Stanno a arivà li soggorsi? Perché noi qui magnamo, a la faccia loro!».

Gli antipasti furono messi in tavola, oltre agli affettati c'erano olive in salamoia, alici, formaggio di capra.

«Ognuno si sieda dove vuole, non stiamo a fare formalità, sbrigatevi che fra poco i tortellini sono pronti».

L'uomo vestito di nero, che non parlava con nessuno, si sedette in posizione defilata. Sorprendentemente fu lui ad aprire le danze, a voce alta:

«E allora Buon Natale a tutti!».

Coloro che non partecipavano al pranzo masticavano amaro, alcuni non masticavano niente, disprezzavano quella massa di deficienti che in quella situazione drammatica si erano messi a pranzare. Cotechino! Che schifo, diceva la figlia di Varese, che fin dalla tenera età di un anno aveva cominciato a rompere i coglioni sul mangiare, non le piaceva niente, le faceva tutto schifo. Che schifo, commentava a voce quasi alta, forse nel tentativo di farsi sentire, sicuramente nel tentativo di mettere in imbarazzo i suoi genitori. «Che schifo!». Certamente si trattava dell'ennesima richiesta di attenzione, ma, contrariamente a quello a cui la ragazzina era abituata, alla comitiva seduta a tavola dei suoi gusti alimentari e delle sue richieste di attenzione non gliene fregava proprio niente.

La sorella maggiore marchigiana orecchiò un «che schifo» e alzando in alto un bicchiere di Sangiovese brindò così: «A tutti quelli che ce fa schifo, auguro solennemente di andarselo a piia' n'ter culo».

Gli inglesi, che non capivano neanche una parola, senza tenere nessun rapporto scritto di ciò che prelevavano dagli espositori, mangiavano würstel crudi con ketchup, patatine Pai, aringhe sott'olio e trincavano birra.

«Brindo al Natale più caratteristico della mia breve esistenza» disse uno dei due pensionati tosco-lombardi.

«Brindo alla faccia di chi mi vuole male» fece una delle due venete in fuga.

Rapidamente gli antipasti vennero spazzolati, giusto in tempo per l'arrivo dei tortellini.

«Ecco qua, tortellini per tutti, gentilmente offerti dai signori... già, dai signori?».

«Lasci perdere, lasci perdere. Tanto li avremmo regalati a chi un se li meritava».

«Viva le gambe delle amiche di Treviso!» urlò il cardiochirurgo, ma nessuno capì a cosa si riferisse.

Furono portati in tavola i tortellini al ragù, fumanti.

«Ah, i soccorsi possono anche arrivare in questo momento, ma io magno, aspetteranno».

«Passatemi i piatti».

Le due sorelle funzionavano come una macchina da guerra, mentre una sporzionava i tortellini («non male per niente, anche il ragù è buono, bisogna che mi segni questa marca...»), l'altra buttava in pentola tre chili di fettuccine.

«Posso avere un bicchiere di rosso?».

La famiglia di norvegesi parve gradire molto antipasti e tortellini.

«Ma gome fanno a rimane' così magri si magnano come maiali?».

In tavola arrivarono anche le fettuccine, si diffuse il profumo del tartufo, l'atmosfera si era scaldata, volavano i brindisi e gli auguri di Buon Natale.

In attesa del cotechino le sorelle marchigiane tenevano banco.

«Ah, questa la voglio proprio racconta': pranzo di Natale con piatti de carta e posate de plastiga, me sembra quando facevo volontariato alla RSA».

«Aridaie ma', l'hai raccontata cento volte!».

«Inzomma io faccio volontariato presso una RSA, aiuto a intrattenere i vecchietti, faccio compagnia, metto la musica, cose così. Per Natale, cioè, il giorno prima, facciamo il pranzo de Natale. Nun era Natale ma tanto i vecchietti so' rincoioniti, che fa? E quanto magnavano! Ma la massima attrazione erano i balli, finito di mangiare. Balli lenti. Inzomma c'erano tre o quattro maschi che volevano a tutti i costi balla' con me. Manca poco se menavano, con il tripode, per chi era il primo. E avreste dovuto vederli! Si avvinghiavano a me come delle sanguisughe, e mi appoggiavano la testa sul petto, come i bambini. Ma che dico appoggiavano, cercavano di infilarla in mezzo. E mi davano certe tastate alle chiappe. "Ma inzomma!" ce digo io, "che modi!". Facevo finta de scandalizzarmi, ma li lasciavo fare. In fondo che male facevano? Uno me fa: "Mercoledì ci sposiamo". "Ma come" dico io "se sei sposato già, tua moglie è in zala, è lì che ti guarda". "Nun te preoggupa'" me fa lui "ho già chiesto l'annullamento alla Sacra Rota"».

Si scatenarono le risate, in mezzo ad altri brindisi col Sangiovese. «Buon Natale a tutti, fuori che a chi ci vuole male». Seguivano sguardi di intesa.

«Mamma mia, bono sto' rosso, me fa proprio schifo!». E giù risate.

«Che schifo! Che schifo!».

Furono serviti zamponi e cotechini, con le lenticchie.

I norvegesi, che non capivano niente, si divertivano lo stesso anche loro. Dicono che siano un popolo molto freddo, però basta che bevano un po' di alcol e si sciolgono. Successe proprio così, solo che i norvegesi non sono molto abituati a bere il vino, e lo davano anche ai bambini.

Il pranzo proseguì con panettoni, panforte e ricciarelli. Il medico romagnolo andò a prendere le bottiglie di spumante. Ne approfittò per fumarsi un'altra sigaretta. E i soccorsi? Niente in arrivo, tanto che anche il capo di San Donà Noventa si era unito al banchetto, gli avevano messo da parte un bis di primi e cotechino.

Si stapparono i Carpené Malvolti, ne fu rovesciato un po' sul pavimento, ma non molto.

Seguirono altri brindisi, in piedi o seduti, altre battute, altri auguri, alcune donne avevano già iniziato a sparecchiare.

Dopo pranzo ci fu chi promosse l'idea di giocare a carte.

«Un pranzo di Natale senza partita a carte che pranzo di Natale è? Michele, vai a prendere un mazzo. Voi bambini, finide de sparecchia'».

Il signore tutto vestito di nero intercettò le carte, nuove di zecca. «Posso mescolarle io?».

«Ma certo, a cosa sa giocare?» disse la signora Pinuccia con un certo senso di superiorità, visto che era una giocatrice provetta, passava tre o quattro ore della sua giornata impegnata in partite di canasta, ramino e burraco.

Il tipo in nero cominciò a sgranchirsi un po' le dita. Aveva delle mani esili e bianchissime, con dita lunghe e delicate, che però si muovevano a velocità strabiliante, e con una gestualità precisa. Con una mano sola riusciva a tenere due mazzi insieme, ma non solo, li mescolava, sempre con una mano sola.

Le carte ruotavano, e a intervalli regolari lui le esibiva in circolo perfetto, da una parte e dall'altra, come a mostrare che non c'era trucco e non c'era inganno.

Miracolosamente sul suo volto, fino allora sempre serio, comparve un sorriso a trentadue denti. Si passava le carte da una mano all'altra, e guardava soprattutto i bambini, che erano sbalorditi.

«In piedi, in piedi» gli dissero «qui non si vede niente».

Così si alzò, sempre con le carte in mano, e salì sulla pedana, vicino al bancone del bar, sul quale c'erano sei o sette candele, che creavano un'atmosfera.

Busto eretto, sguardo scintillante, sembrava un'altra persona.

Iniziò lo spettacolo vero e proprio.

Portava un braccio alla volta in alto, con la testa leggermente piegata da una parte, rispetto al pubblico stava di tre-quarti. Con la mano in alto si faceva passare mazzetti di carte fra l'indice e il medio, fra il medio e l'anulare e poi il mignolo, e improvvisamente le carte sparivano! Mostrava la mano facendola volteggiare, il palmo e il dorso, ma le carte non c'erano più. Possibile?

Il pubblico, grandi e piccoli, era esterrefatto e silenzioso. Ed ecco che le carte ricomparivano nell'altra mano, a ventaglio. Lui le faceva volare via, caddero per terra, ma una rapida manipolazione e voilà, le carte erano di nuovo nella sua mano destra.

Se ne liberava, ma queste uscivano fuori da tutte le parti, come se qualcuno da lontano gliele lanciasse. Con estrema professionalità anche lui talvolta faceva la faccia stupita, come se non sapesse da dove le carte saltavano fuori, mostrava sorpresa, e con questi gesti distraeva gli spettatori, che non avevano mai visto una cosa del genere.

Anche coloro che non avevano partecipato al pranzo non potevano fare a meno di buttare un occhio; furono presto stregati, perfino l'annoiatissima ragazzina di Varese si alzò per vedere meglio.

Dato che lo spettacolo era muto riuscì a coinvolgere anche gli inglesi.

Il mago si avvicinò a loro, e cominciò a estrarre carte dalle loro orecchie, dal naso, addirittura dalla scollatura della signora. Si allontanò per tornare sulla pedana, poi si batté una mano sulla fronte, come se si fosse dimenticato qualche cosa. Tornò dagli inglesi, estrasse di tasca il portafogli del capofamiglia e glielo restituì.

Questo era più confuso del solito, dal pubblico si sollevò un «Oohhh», e poi si scatenò un applauso scrosciante.

«Bravo!» urlò il cardiochirurgo romagnolo, la cui assicurazione sulle mani, lo sarebbe venuto a sapere dopo, valeva un decimo di quella del mago.

Questi ringraziava flettendo la testa, ma via subito con un altro numero.

Si passò alle palline da ping pong, dove le aveva trovate il prestigiatore? Le aveva prese negli espositori oppure le aveva con sé? Erano truccate?

In effetti un trucco ci doveva pur essere, oltre alla semplice (semplice si fa per dire) manipolazione. Anche le palline scomparivano e ricomparivano a velocità frenetica. Uscivano fuori soprattutto dalla bocca, il mago ne estrasse almeno dieci. Non dava il tempo di pensare, di credere, di dubitare. Suscitava semplicemente meraviglia.

Gli spettatori erano incantati, cioè impietriti, e non pensavano a niente: non al volo per Palermo, non ai soccorsi, non alla compagnia aerea low-cost, al maltempo, all'albergo pagato a Palermo e al tassametro che scorreva, ai parenti in attesa, alle questioni familiari sgradevoli che immancabilmente a Natale vengono a galla, alla fine delle ferie, ai compiti per casa, al tumore di zio Giuseppe.

Bambini, adulti, maschi e femmine erano sedotti, avrebbero voluto che il numero continuasse all'infinito.

Ecco che il mago chiamò vicino a sé la ragazzina di Varese. Questa fece un po' di storie, si vergognava, ma presto non resistette al magnetismo del mago, che cominciò a imporre le mani sulla testa, sulle spalle, sulla schiena, senza toccarla, con molto garbo.

A un certo punto fece una faccia strana, quasi avesse avvertito la presenza di qualcosa dentro il maglioncino della ragazza. Ne tirò fuori un piccolo Babbo Natale di peluche, come se la ragazza se lo fosse nascosto addosso.

Il mago assunse un'espressione di rimprovero, alzò il dito e la redarguì, solo a gesti, sorridendo, si vede che era abituato a lavorare all'estero, non aveva bisogno di parlare.

Così si avvicinò ai bambini, e si scoprì che ciascuno di essi aveva con sé un Babbo Natale, sotto un braccio, dentro il giubbotto, addirittura dentro il cappello di lana.

Altro gigantesco applauso.

Fu proprio mentre lo spettacolo di prestidigitazione

era in corso che nel Grill arrivarono i soccorsi, in assetto di guerra.

I soccorritori non credevano ai loro occhi: nel locale sembrava di essere a una festa paesana, dopo il pranzo sociale, con spettacolo di magia. Bottiglie di spumante semivuote, panettoni aperti, limoncello e sigarette, ci mancava solo che si mettessero a ballare il liscio, o a procedere alle estrazioni della lotteria parrocchiana.

6

I membri della squadra di soccorso, quasi tutti militari, erano sbalorditi.

Con loro c'erano un medico e un infermiere, che, non sapendo cosa dire, chiesero: «Ci sono emergenze sanitarie qui? Cardiopatici? Diabetici? Gente che prendeva farmaci a lungo termine?».

Pareva di no. Invece i viaggiatori offrirono loro panettone e spumante. «Buon Natale!». «Benvenuti». «Accomodatevi!». «Un caffè? Ma vi dovrete adattare, è della macchinetta».

Dopo un paio di minuti di smarrimento i soccorritori ripresero in mano la situazione.

«Presto, raccogliete tutte le vostre cose, partiamo subito, non c'è tempo da perdere».

«Ma come, qui dobbiamo mettere un po' in ordine».

«Lasciate perdere, montate sui mezzi».

Si trattava di mezzi militari, con ruote tassellate e catene, in numero di quattro camionette col telone.

«A bordo farà un po' freddo, ma troverete delle coperte. Partenza fra cinque minuti».

«Chi di voi è il signor Manfrin?».

«Sono io» rispose il soccorritore alpino di San Donà Noventa.

«Ecco la lista dei viaggiatori. Spunti quelli che sono presenti mano a mano che salgono sui mezzi. In fretta!».

«Ma io... non so se...».

«Animo! Contiamo su di lei!».

I passeggeri recuperarono i loro bagagli e si incolonnarono verso i mezzi militari. Per la maggior parte di loro si trattò di un amaro ritorno alla realtà, del quale avrebbero fatto anche a meno, per qualche minuto ancora.

Il viaggio verso Firenze fu lungo e faticoso. Le camionette avanzavano lentamente, precedute da una Campagnola con scritto «INIZIO COLONNA» e seguite da un'altra Campagnola con scritto «FINE COLONNA».

Dentro si moriva dal freddo, ed entrava puzzo di gasolio.

A Calenzano c'era un Centro di soccorso, ove le persone soccorse venivano radunate. Ci furono momenti di grande confusione, nessuno sapeva dove andare.

Erano presenti anche coloro che al mattino avevano abbandonato il sicuro rifugio del Grill, tentando di raggiungere il paese vicino. Non ci erano riusciti, uno di loro aveva subito un principio di congelamento, indossando scarpe da ginnastica.

Il sedicente manager di Catania non abbandonava neanche per un attimo il telefonino, parlava con certi suoi corrispondenti, evidentemente persone di riguardo e di potere.

«Non finisce qui» diceva. «Non finisce sicuramente qui».

Alle ore diciannove i passeggeri del volo GX5566 per Palermo furono chiamati all'altoparlante. Due nuove corriere li avrebbero portati alla stazione di Firenze. Da qui avrebbero preso un treno per Roma-Fiumicino, dove sarebbero stati imbarcati per Palermo. Date le condizioni atmosferiche di raggiungere Roma in pullman non se ne parlava nemmeno.

Alla stazione di Firenze si ricongiunse l'altra parte della comitiva, quella del secondo pullman. Questi da Bologna non si erano mossi, avevano pernottato in un albergo a Borgo Panigale. Anche lì, a quanto pareva, le cose non erano andate lisce come si potrebbe immaginare. Comunque avevano raggiunto Firenze in treno, Alta-Velocità.

Ci volle più di un'ora per controllare che tutti i passeggeri fossero presenti, e distribuire i voucher che dovevano sostituire i biglietti ferroviari. Alcuni passeggeri avevano rinunciato, altri avevano trovato soluzioni alternative, alcuni si defilarono. Per esempio il gruppo di turisti pensionati tosco-lombardi non se la sentì di rimettersi in movimento, visto che fra l'altro erano vicino a casa propria.

«Io sono stanca, me ne tornerei a casa. A Palermo ci andremo un'altra volta, e voi che fate, venite da noi?».

«Ma sì, non me la sento di fare un'altra notte in bianco».

«Le fettuccine erano bbone, no?».

Nel saluto fra i quattro e le due famiglie siculo-marchigiane ci fu della commozione.

Si scambiarono indirizzi, telefoni, indirizzi mail, tutto il possibile: «Non fateci lo scherzo di non venirci a trovare a Porto Recanati». «Siete voi che dovete venire a San Casciano, abbiamo anche il forno a legna, altro che cotechino, ci facciamo un capretto». «Shdate bbene, me raccomanno». «Shdate bbenne pure voi. Buon viaggio». «E che deve da succede', angora?».

I due gruppi si lasciarono con baci e abbracci. Purtroppo non si sarebbero visti mai più, in vita.

A Roma l'illusionista abbandonò la comitiva, prendeva un aereo per Francoforte, dove si esibiva per il giorno di Natale. Fra l'altro gli altri passeggeri avevano scoperto la sua identità, si trattava di un personaggio assai famoso, un'autorità mondiale nel mondo della prestidigitazione. Molti vollero farsi un selfie con lui, e lui acconsentì di buon grado.

All'aeroporto di Palermo, in serata, c'erano centinaia di persone, tutti a prendere i parenti, della loro singolare avventura ne aveva parlato anche la televisione.

7

Nell'area di servizio appenninica ci volle un bel po' per inventariare i danni dell'occupazione da parte del gruppo di viaggiatori del volo GX5566 per Palermo.

Il risultato finale, da sottoporre a verifica, parlava di una cifra non inferiore ai quarantamila euro.

Fecero impressione i dati sullo spumante: oltre trenta bottiglie risultavano mancare all'appello. Per non parlare dei Gratta e vinci.

Ora, non è escluso che qualcuno se ne fosse approfittato, fra i controllori stessi. Chi poteva escludere che nel momento del conteggio si facesse a gara per infrattare bottiglie, salumi e sigarette, visto che i responsabili del saccheggio non c'erano? In effetti trenta bottiglie di spumante Carpené Malvolti, come avevano fatto a bersele? E non c'è da pensare che se le fossero portate via, con i bagagli a mano. Forse potevano essersi fregati qualche pacchetto di sigarette, ma quaranta stecche, dove le avevano messe?

Eppure la ditta che gestiva il Grill stabilì che il valore della merce sottratta ammontava a 32.565 euro. Senza contare i danni alle strutture e alle attrezzature, contabilizzati in circa 5.720 euro. E adesso chi avrebbe pagato? La lista dei generi alimentari utilizzati, nell'emergenza, dai rifugiati, non superava i 650 euro, secondo l'elenco da essi redatto e firmato dal signor Gasparini Luigi, residente a San Casciano Val di Pesa.

In base a questa lista i 31 partecipanti al pranzo avrebbero dovuto sborsare la cifra di 27 euro circa a testa, anche se comunque rimaneva il contenzioso con la linea aerea, che secondo i viaggiatori avrebbe dovuto assumersi il carico della spesa, come minimo.

Ma ormai i viaggiatori non costituivano più un corpo unico, ricevettero degli avvisi singolarmente, anche coloro che nel Grill non ci avevano nemmeno messo piede.

Qualche mese dopo la signora Pinuccia fu chiamata da una donna che si autodefiniva «nota scrittrice». Questa stava scrivendo una novella, un romanzo, insomma un libro sulla vicenda del Pranzo di Natale nell'area di servizio. Voleva sapere se la signora Pinuccia, e magari anche suo marito, i suoi figli, e sua sorella, erano disponibili a un incontro-intervista su quella vicenda.

I marchigiani si resero disponibili e una domenica la scrittrice, una discreta ragazza sui quaranta che abitava a Roma, li andò a trovare a Porto Recanati. Naturalmente fu invitata a pranzo. Alle sorelle marchigiane non mancava la chiacchiera, rintontirono la scrittrice di notizie e aneddoti, alcuni dei quali non avevano nulla a che vedere con il pranzo al Grill appenninico.

Dopo circa otto settimane la prima stesura del romanzo era pronta. A grandi linee riportava i fatti come erano avvenuti, con il volo cancellato, la rissa, il pullman, la camminata nella neve, la notte all'addiaccio, i soccorsi che non arrivavano, il pranzo natalizio, l'esibizione del mago, eccetera. Anche la storia del chihuahua fu mantenuta, pur se con qualche modifica. La proprietaria del cane divenne una bella figliola, una fighetta con pretese di carriera nel mondo dello spettacolo, il personaggio antipatico nel quale immedesimarsi al negativo.

Inoltre qualcosa fu aggiunto, per motivi squisitamente narrativi, qualcosa che mancava nei fatti in sé: un po' d'amore. Le donne in fuga dal marito divennero una, la quale nel corso della notte ha un breve incontro erotico con un altro viaggiatore, un tipo misterioso inventato ad hoc. I due il giorno dopo si salutano, come se nulla fosse avvenuto, ma l'episodio ha la sua importanza, oltre al fatto che una scopata ci vuole sempre, per la caratterizzazione del personaggio. C'era un conflitto inespresso fra questa donna, intensa e problematica, con la stupida proprietaria del chihuahua, conflitto che poteva innalzarsi al valore di metafora.

La scrittrice fece leggere la stesura a un suo amico sceneggiatore, convinta che la storia fosse l'ideale per ricavarci un film, o alla peggio un film-tv, da far uscire a Natale. Lo sceneggiatore disse che la storia non era male, sembrava una cosa alla Virzì, coralità, un po' di cinismo sociologico, un elemento di speranza. Però c'era un problema insormontabile, tutta quella neve. «Girare scene dove nevica è costosissimo, neve vera o finta che sia, figurati sull'Appennino. Non te lo prenderà mai nessuno. Bisognerebbe cambiare la location, che ne pensi se il gruppo rimane isolato su un traghetto? Salgono tutti sul traghetto che deve cambiare rotta per via del maltempo, pranzo di Natale con l'equipaggio!».

«Ma che c'entra il traghetto, e poi questa è una storia che è accaduta veramente».

«Mah, sei tu che mi hai chiesto un consiglio. Per me fai come ti pare».

Alicia Giménez-Bartlett

Natale d'ottobre

Quando un essere umano è in preda a un dispiacere profondo, si mescolano in lui svariati sentimenti: frustrazione, rabbia, tristezza, delusione, incredulità, angoscia... Francisco li provava tutti insieme, e pur non potendo distinguerli l'uno dall'altro, li sentiva confusamente agitarsi in un magma infernale. Frustrazione: tutto ciò che aveva sognato per quelle feste di Natale svaniva di colpo. Rabbia: in quel momento avrebbe volentieri ucciso la sua ex moglie con le proprie mani. L'immagine che gli veniva alla mente era quella dello strangolamento: afferrarle la gola e stringerla finché non avesse smesso di muoversi. Tristezza: come poteva vivere senza vedere la bambina che amava tanto? Peggio: sua figlia, ancora così piccola, rischiava di dimenticarsi di lui e della sua esistenza. Delusione: aveva già pensato a tutto in ogni particolare: le passeggiate, i menu, i film da vedere insieme, le decorazioni da appendere all'albero, il presepe col muschio e le statuine, la merenda con i cuginetti... Incredulità: non era possibile. È vero che i bambini si ammalano, prendono grossi raffreddori da un giorno all'altro, arrivano a quaranta di febbre in un momento, e vedendoli prostrati, con la fronte che scotta, a volte si ha l'impressione che stiano per morire. Ma non muoiono, in men che non si dica saltano giù dal letto, sono impazienti di giocare, saltare, muoversi, andare in giro... Possibile che la bambina si fosse ammalata repentinamente proprio il giorno in cui doveva partire per venire da lui? Era legittimo il sospetto che ci fosse lo zampino della sua ex moglie. Di sicuro Martina non stava così male. Poteva avere un po' di naso chiuso che sua madre ingigantiva per fargli un dispetto. La telefonata non era stata distesa:

«Francisco, la bambina non può partire».

«Come? Che cos'hai detto? Ti spiace ripetere, per favore?».

«È raffreddatissima, ha la febbre. Non posso metterla su un aereo in queste condizioni».

«Senti, Silvia, da Madrid a Barcellona c'è un'ora di volo. Lo sai che le hostess sono molto attente con i bambini».

«Non se ne parla nemmeno. Martina è a letto e non te la mando come un pacco postale».

«Ma, Silvia, è Natale!».

«Può essere Natale o Pasqua o il giorno del Giudizio, ma mia figlia è malata e non parte. E poi, che cosa pensi di fare con la bambina a casa tua in questo stato?».

«Che cosa credi che io possa fare, darle il colpo di grazia? Vuoi forse dire che in casa mia non c'è tutto il necessario per far star bene la bambina? Che non sono un buon padre e non so occuparmi di mia figlia? Che cosa diavolo vuoi dire?».

«Basta. Non ho voglia di ripetermi. Stai facendo una

montagna di un sassolino. Vedrai la bambina tra qualche giorno, quando starà meglio».

«Sei tu a fare una montagna. Sei un medico, e sai bene che un raffreddore infantile...».

«Ti saluto, Francisco. Adesso metto giù».

Era da un po' che non avevano una discussione così accesa, ma non era la prima volta che lei ne usciva chiudendogli il telefono in faccia. Francisco gettò il cellulare sul divano.

Angoscia: a parte il dispiacere di non vedere sua figlia, che razza di Natale avrebbe passato da solo? Erano le quattro del pomeriggio del 24 di dicembre. E dato che aveva deciso di cenare in casa con la bambina, loro due soli, aveva rifiutato ogni altro invito. Aveva detto di no al cenone in casa di sua sorella, e non si era inserito nella «cena dei senza famiglia» che lo aveva salvato l'anno prima, quando non era il suo turno di stare con la piccola. Peccato, perché era una serata divertente. Scapoli, divorziati e nemici delle feste comandate si ritrovavano tutti insieme, facevano una bella mangiata, ridevano e bevevano fino alle ore piccole ignorando tutti gli obblighi del Natale e del più imbecille consumismo. Ma adesso era impensabile presentarsi senza preavviso. Certo, avrebbe ancora potuto telefonare, ma non gli piaceva fare la parte dell'uomo bistrattato dall'ex moglie, neppure davanti agli amici. E poi ormai era in guerra con il mondo, con il destino, forse anche con se stesso. Era davvero un cattivo padre come Silvia velatamente lasciava intendere? L'opinione comune non era dalla sua parte. Un pittore è sempre visto come un soggetto instabile, velleitario, incline a una vita disordinata e bohémienne, l'esatto opposto della figura che si ritiene adatta per accudire un bambino. E non importa che si ammazzi di lavoro, che si alzi all'alba per star dietro agli impegni col gallerista, che si guadagni da vivere più che dignitosamente e riceva la stima di critici e collezionisti. No, tutto questo non conta. La gente continuerà a vederlo come l'imbrattatele squattrinato e irresponsabile che vive in soffitta patendo la fame e il freddo, pieno di debiti e amante della bottiglia. Tutte balle, luoghi comuni d'altri tempi pescati nei romanzi e nei film!

Piantato in asso il pomeriggio della vigilia! Che cosa poteva fare, adesso? Mettersi a lavorare era escluso, non era dell'umore. Non era dell'umore per fare niente, a dire il vero. La solitudine non gli dava nessun fastidio, e non era certo un tipo religioso o tradizionalista, ma non poteva fare a meno di pensare che quella sera tutti stavano insieme e condividevano la cena in una specie di rito senza tempo, indipendente dalla fede e dai valori tradizionali. Era una sera dedicata ai legami e all'amicizia.

Mise il cappotto e uscì. Se fosse rimasto a casa un momento di più, a rodersi sulla situazione, avrebbe potuto spaccare qualcosa, un mobile o uno dei suoi quadri.

Si diresse verso il centro senza un obiettivo preciso. C'era molta gente per le strade e quasi tutti camminavano in fretta, impazienti di trovare al più presto quello che stavano cercando. Erano i ritardatari, a caccia degli acquisti dell'ultima ora: prelibatezze, bottiglie, regali... Le profumerie erano affollate da scoppiare. Li odiò tutti, uno per uno, così stupidi e pieni di idee e aspirazioni stupide, impazienti di scambiarsi pacchetti inutili solo perché è Natale, di rinchiudersi tutti insieme a ingozzarsi di tacchino ripieno seduti vicino a parenti che non hanno mai sopportato, con un albero finto carico di palline a presidiare il salone. Assurdo!

Intanto i marciapiedi si andavano svuotando. Francisco salì i gradini che portavano a un mercato coperto. I commercianti ritiravano la merce lanciandosi frasi d'augurio e battute salaci da un banco all'altro. I più giovani si rincorrevano gettandosi torsoli di cavolo e foglie di lattuga. Un macellaio grande e grosso tuonò: «Forza, muoviamoci, che mi aspetta la suocera!». Risuonò una risata generale.

Uscì e andò a comprare una bottiglia di whisky in un negozio di liquori. Non gli serviva altro. La cena era già pronta, l'aveva consegnata quella mattina una ditta di catering spiritosamente battezzata «Catering Hepburn». Ironie postmoderne. Il menu era pensato per il gusto dei bambini: cannelloni ripieni e petti di pollo impanati, crema catalana e una scelta di torroni. Se avesse dovuto ordinare per sé avrebbe preso del sushi, forse dei frutti di mare. Il commesso del negozio di liquori lo guardò con diffidenza, perfino con commiserazione: un povero alcolizzato che si prepara ad affrontare una triste sera di Natale.

Alle sette le strade erano già deserte. Nessuno, assolutamente nessuno vi si avventurava, come se fossero le cinque del mattino, come se fosse esploso un qualche genere di ordigno che, rispettando gli edifici, avesse sterminato la popolazione. Francisco si decise a tornare a casa. Per le scale c'era odore di arrosto, di carne stufata nel cognac. Gettò uno sguardo desolato nel soggiorno, perfettamente pulito e in ordine, con l'albero nudo in un angolo. Sospirò rassegnato. Si sarebbe servito un aperitivo e avrebbe messo la cena nel forno. Poi, con due whisky e una pastiglia di sonnifero, avrebbe chiuso in bellezza la serata. L'indomani sarebbe stato un altro giorno. Non gli rimaneva molto da fare.

Mentre i cannelloni si scaldavano, accese il televisore. Il giovane re dava inizio al suo messaggio di Natale. Elegante, nel suo abito impeccabile, parlava con serenità. Non aveva molti anni più di lui. Francisco aveva sempre pensato che la vita di un membro della famiglia reale fosse qualcosa di terribile: pochissima libertà, un'assoluta mancanza di autonomia: impossibile fare una normale passeggiata per la città come aveva fatto lui poco prima. Eppure il re, quella sera, dopo la diretta televisiva, sarebbe andato a sedersi a tavola con la famiglia. Aveva due figlie molto carine, una poco più grande e una di poco più piccola della sua. Un nodo di commozione gli strinse la gola. Si alzò e andò a togliere i cannelloni dal forno. Decise di accompagnarli direttamente con il whisky, invece di aprire una bottiglia di vino. Dieci a uno che avrebbe finito per crollare sul divano, ubriaco fradicio.

Stava per assaggiare il primo boccone, quando sentì suonare alla porta. Gli parve così strano che pensò di aver sentito male. Ma andò lo stesso a vedere. Sul pianerottolo, in effetti, c'era una strana ragazza che lo guardava con un sorriso indefinibile.

«Le porto la parola del Signore» disse, come unica spiegazione.

«Ah!» esclamò lui.

«So che non è l'ora più adatta, ma forse lei ha qualche minuto da dedicarmi».

«Mi ero appena seduto a tavola».

«Posso tornare domani, se preferisce».

«No!» si lasciò sfuggire senza pensarci. «Entri, può parlarmene adesso. Perché no?».

La ragazza, magra, di un biondo scialbo, infagottata in un vecchio cappotto troppo grande, entrò timidamente e lo seguì nel corridoio. Arrivata nel soggiorno, rimase sulla porta a osservare l'insieme: il televisore acceso, i cannelloni sul tavolo, l'unico posto apparecchiato.

«Stava guardando il discorso del re? Se vuole posso aspettare che finisca, prima di cominciare».

«No, non importa. Lo leggerò domani sul giornale».

«È un bell'uomo, questo re, e piuttosto giovane».

«Giovane, sì. Ma perché non si toglie il cappotto?».

«Non vorrei disturbare».

«Non disturba. Si accomodi».

Le porse una sedia, spinto dalla curiosità. La guardò sbarazzarsi dell'indumento con movimenti impacciati. Era vestita con roba dozzinale, scelta secondo un criterio intenzionalmente bacchettone e démodé. Da dov'era uscita una tipa del genere? Posò ai piedi della sedia una grossa borsa, che sembrava piena di libri e di carte.

«Appartengo alla congregazione locale dei Testimoni di Geova. Qui vicino abbiamo la nostra Casa del Regno».

«Ah!» tornò a esclamare lui, guardandosi dal fare domande.

«Lo so che non è la serata giusta, solo che non uscivo di casa da una settimana, per via di una brutta influenza, e siccome adesso sto meglio... In genere usciamo sempre in due a predicare, ma il fratello che mi accompagna lavora in una pescheria, e in questi giorni è molto occupato».

«E predicate sempre di sera?».

La ragazza rimase interdetta, arrossì, si guardò le scarpe. Così vestita e in quell'atteggiamento sembrava uscita da un romanzo di Dickens. Francisco ebbe un moto di simpatia. Povera ragazza! Chi l'aveva manipolata al punto da spingerla a fare una vita del genere?

«Ecco, vede... abito anch'io nei paraggi, la incontro spesso per strada, sempre da solo. Poco fa, mentre tornavo a casa, l'ho vista rientrare. Mi sono detta che forse stasera non festeggiava in famiglia. Per questo sono salita, ma ci ho messo un po' a decidermi. Questo è un giorno in cui la gente non vuole saperne di predicazioni».

«E lei, lei non ce l'ha una famiglia? Non cena con nessuno?».

«Sì, certo che ho una famiglia, solo che noi non celebriamo il Natale. Anzi, veramente lo celebriamo, ma non oggi. Perché Gesù è nato in ottobre, non lo sapeva?».

«Ah!» esclamò Francisco per la terza volta.

Cominciava a sorridere fra sé. Magnifico! Se Gesù era nato in ottobre, non c'era motivo per sentirsi depressi la sera del 24 dicembre. Era abituato a passare le serate da solo, e non ne soffriva affatto. Tornò a guardare la ragazza con interesse. Lei sedeva rigida per la timidezza.

«Posso offrirle qualcosa da bere? Un bicchiere di vino, una birra...».

«Non bevo alcolici».

«Una coca-cola, un caffè?».

«Neppure eccitanti».

«Un'acqua tonica?».

«Be', questo sì, ma non voglio disturbare».

Francisco andò in cucina, prese una lattina dal frigo e tornò con un bicchiere. Lei bevve un sorso. Poi si schiarì la gola:

«Lei crede in Dio?».

«Be'...» fece lui titubante, «non è che ci abbia pensato molto, ultimamente».

«Succede a tutti, siamo così immersi nella nostra vita, così presi dal lavoro e da tanti piccoli impegni, che ci dimentichiamo di pensare alla cosa più importante».

Francisco temeva la piega che stava prendendo il discorso, e cercò di portarlo fuori dai soliti binari, di lanciare una sfida.

«Comunque, non so se a Dio importi molto che noi crediamo in lui».

«Oh no!» disse lei trasalendo leggermente. «A Lui importa moltissimo, invece. Lui è sempre attento a noi, a quello che pensiamo, a quello che facciamo...».

«Lei crede?».
«Ma certo!».
«E come lo sa?».
«È scritto nella Bibbia. Nella Bibbia c'è scritto tutto. Solo che noi l'abbiamo dimenticato e ci siamo allontanati dalla retta via, ma la Bibbia è la migliore guida per l'uomo. Ogni volta che abbiamo bisogno di un consiglio, lì lo troviamo. Ci sono perfino i consigli per la salute, nella Bibbia! È il libro che Dio ci ha dato perché sapessimo sempre che cosa fare».

Francisco si rese conto che era una ragazza profondamente ignorante. Probabilmente non aveva mai letto un libro che non fosse la Bibbia in vita sua. Le sorrise. Lei continuò il suo discorso, che aveva tutta l'aria di essere stato imparato a memoria. Prese perfino un tono di voce potente e risoluto, probabilmente imitando i predicatori più anziani di lei.

«Dio è così buono che ci ha promesso la vita eterna, e lui fa sempre quello che promette, quindi possiamo essere certi che l'avremo».

«La vita eterna dell'anima?».

Lei sgranò gli occhi, ma lui capì che non lo stava guardando, assorta com'era nel suo discorso mille volte ripetuto.

«Dio ci darà la vita eterna, noi risusciteremo il giorno del Giudizio».

In circostanze normali, Francisco sarebbe stato tentato di prenderla in giro, lei e le sue idee di resurrezione e vita eterna. O forse l'avrebbe solo riaccompagnata alla porta. Ora però si sentiva disposto ad ascoltare qualunque cosa. La voce della ragazza gli faceva compagnia ed era perfino affascinato da certi aspetti del suo discorso. Che Gesù Cristo fosse nato in ottobre gli sembrava un'idea carica di potenzialità che forse non si sarebbero verificate ma che valeva la pena di esplorare.

«Risusciteremo?».

«Esattamente come dice il Signore, con il corpo che abbiamo in vita, gli stessi occhi, la stessa bocca, tutto uguale».

«E risusciteremo tutti quanti? Tutti quelli che sono vissuti fin dall'inizio dei tempi?».

«Tutti, da Adamo ed Eva in poi. Le faccio un esempio: i suoi genitori sono già morti?».

«Mio padre sì, ma mia madre è ancora viva».

«Bene, allora lei potrà rivedere suo padre e riabbracciarlo».

La prospettiva di ritrovarsi tra i piedi suo padre vivo gli mise addosso una certa agitazione, non erano mai andati d'accordo. Era stato un uomo autoritario, che aveva ostacolato la sua vocazione artistica.

«Risusciteremo in Cielo, allora».

«No, risusciteremo in terra, proprio dove siamo adesso».

«Ma non ci staremo».

«Sì che ci staremo. È stato dimostrato che se tutta la gente vissuta sulla terra fino a oggi si stringesse un pochetto, ci staremmo benissimo, e avanzerebbe ancora del posto. E non parlo di stare tutti ammucchiati e scomodi, ma di riempire gli spazi vuoti. Abbiamo i deserti, le foreste, il Polo Nord e il Polo Sud, le montagne, perfino i campi da golf si potrebbero utilizzare».

«Però ci sono luoghi dove l'uomo non può vivere, e se lei mi dice che avremo il corpo che abbiamo adesso...».

La ragazza sorrise di soddisfazione astuta: aveva tenuto da parte la sua carta migliore e lui le dava l'opportunità di calarla con orgoglio.

«Il Signore ha pensato a tutto. La terra si trasformerà nel paradiso e non farà né freddo né caldo. Vuole vederlo, vuole vedere come sarà il paradiso?».

Lui annuì vagamente, senza nascondere perplessità. Lei si chinò verso la borsa dei libri e tirò fuori un opuscolo a colori. Glielo porse, tutta felice.

«Guardi. Lo guardi bene»

Francisco aprì il fascicoletto. Le due pagine centrali erano interamente occupate da un'illustrazione. Raffigurava uno strano paesaggio, che non corrispondeva a nessun luogo geografico riconoscibile. Nell'insieme sembrava una specie di savana africana, ma coperta fino all'orizzonte da un'erba verde e ben tosata. Vi crescevano delle conifere, tipiche di un ambiente nordico, e anche delle betulle. Da un lato c'era un filare di meli carichi di frutti rossi e carnosi. Qua e là si vedevano animali selvatici delle più varie specie: leoni, elefanti, pinguini... ma anche della fauna domestica: galline bianche come la neve, anatre e mucche con il muso rosato. Nel centro era riunito un gruppo umano armonioso e felice: un uomo e una donna che sembravano aver vissuto la loro vita precedente negli anni Cinquanta, una madre, giovane e sorridente, che stringeva al petto un bambino, e una serie di ragazzini che correvano in maglietta e berretti da baseball. Da com'erano vestiti, e dal tipo di rappresentazione, Francisco pensò che l'opuscolo fosse stato concepito negli Stati Uniti. Nell'insieme l'immagine che aveva sotto gli occhi era una delle cose più allucinanti che avesse mai visto. La ragazza continuava a fissarlo speranzosa.

«Che gliene pare?».

«Molto carino. Ma, mi dica, gli animali non combattono tra di loro, non attaccano l'uomo?».

«Per nulla. Nel paradiso tutti saranno buoni e misericordiosi, anche gli animali. E non avranno bisogno di uccidere per mangiare, perché Dio nutrirà le sue creature. Regneranno l'armonia e la pace».

Mentre la ascoltava gli venivano in mente mille domande. Per esempio: in che lingua avrebbero comunicato i redivivi? E come mai, nell'illustrazione, alcuni erano risuscitati bambini mentre altri erano adulti? E poi, ciascuno tornava in vita dov'era vissuto, vicino a casa? Perché se c'era da stringersi, occupando montagne e deserti, era ovvio che molti avrebbero dovuto spostarsi. A chi sarebbe toccato migrare? Erano domande che gli sorgevano spontanee, senza malizia, ma decise di non farne parola alla ragazza, che avrebbe potuto prenderle come obiezioni impertinenti. Non voleva infastidirla. E intanto lei continuava, piena di entusiasmo:

«Immagini che gioia rivedere tutti i suoi cari, in un prato bellissimo, circondati di fiori e di uccellini che cantano sugli alberi!».

Pensò a suo padre, sempre di pessimo umore, costretto a passeggiare tra mucche e leoni, forse qualche canguro, col suo sorriso forzato e beffardo. Sicuramente ne avrebbe approfittato per rinfacciargli le sue scelte, i suoi studi, la sua carriera artistica, lui che aveva sempre desiderato un figlio medico o ingegnere.

Rimase assorto a fissare il vuoto. L'immagine dell'umanità risuscitata e vagante senza scopo per il mondo persisteva nitida nella sua mente. Certo, la prospettiva di quell'happening finale organizzato da Dio a beneficio degli esseri viventi non era priva di attrattive. Tutti insieme appassionatamente: bestie feroci e animali da cortile, vicini e conoscenti morti da chissà quanto che si incontrano e si salutano come se si fossero visti l'altro giorno. Tornò alla consapevolezza del presente e ritrovò davanti a sé la predicatrice, i suoi occhi felici.

«Non vuole farmi compagnia?» le propose. «Ho una cena pronta per due. Sarà fredda, ormai, ma posso rimetterla in forno».

«Veramente volevo arrivare a casa presto».

«In mezz'ora ceniamo, vedrà».

Si alzò senza darle il tempo di rispondere. Prese la teglia dei cannelloni e la rimise a scaldare, poi portò di nuovo tutto nel soggiorno. La ragazza stava guardando la televisione. Dopo il discorso del re, scorrevano sullo schermo immagini di famiglie felici riunite a tavola.

«Anche nella sua religione si festeggia il Natale in famiglia? In ottobre, voglio dire».

Lei lo guardò con aria evanescente e cominciò a mangiare.

«No, noi non festeggiamo il Natale, né a ottobre né mai. A dire il vero non festeggiamo niente, nemmeno i compleanni, nemmeno la Pasqua, nemmeno quando nasce un bambino. Nelle altre religioni sembra che le ricorrenze servano solo per avere un giorno di festa in più. Noi crediamo che ogni giorno della vita meriti di essere celebrato e per questo ringraziamo Dio ogni mattina».

«Capisco» mormorò lui, e subito aggiunse: «È ancora sicura di non volere neppure un sorso di vino?».

«No, grazie, va bene così. Vede...» esitò, «a parte quello che le ho detto, c'è un'altra ragione per cui non bevo alcolici. Aspetto un bambino».

Lui rimase interdetto. Non sapeva cosa dire. Erano ammesse le congratulazioni tra i testimoni di Geova? Con qualche dubbio, ci provò:

«Ma è una bellissima notizia! Le auguro ogni felicità».

Lei si mostrò timida, arrossì un poco, sorrise.

«Sì, siamo molto contenti, mio marito ed io. E lei, ha figli?».

«Ho una bambina che vive con sua madre. Siamo separati. Questa sera doveva venire a trovarmi, ma non è stato possibile».

«Be', verrà un altro giorno, no?».

«Sì, verrà un altro giorno».

«Allora non è grave».

Finirono la cena in silenzio, tranquilli, senza tensioni, come se si conoscessero da tempo. Poi lei si alzò e disse che voleva fare qualcosa per sdebitarsi.

«Lasci almeno che le lavi i piatti, visto che è stato così gentile da invitarmi».

«Neanche per sogno! Non abbiamo sporcato quasi niente, e poi ho la lavastoviglie».

Andò a prenderle il cappotto, e quando glielo porse lei lo guardò, improvvisamente timorosa.

«Mi imbarazza molto quello che sto per dirle, ma dato che sono venuta a predicare, sono tenuta a seguire le regole. Devo chiederle se vuole comprare qualcuno dei libri che ho con me. Il ricavato va tutto alla Casa del Regno».

«Ma certo, quanti libri ha?».

«Quattro».

«Me li dia tutti e quattro».

«Ma sono tutti uguali!»

«Non importa, gli altri li regalerò ai miei amici».

La piccola transazione economica avvenne in silenzio. Poi si avviarono verso la porta.

«Grazie di tutto. È stato davvero gentile. Mi promette di leggere il libro?».

«Promesso. Ma sono io che ringrazio lei, mi ha fatto compagnia».

La guardò entrare nell'ascensore con la sua aria un po' stramba. Tornò nel soggiorno. Era il momento giusto per un whisky. Sedette sul divano e cominciò a sfogliare il libro di propaganda religiosa. Era davvero insopportabile, un ammasso inverecondo di scempiaggini. Alcune interpretazioni dei passi biblici sembravano essere state concepite da un decerebrato incapace perfino di esprimersi con chiarezza. Si capiva che era una cattiva traduzione dall'inglese. Le illustrazioni, poi, erano incredibili. Bambini dall'aria poco sveglia condotti per mano da padri e madri con un sorriso beato. Giovani circondati da uccelli (gli uccelli devono essere un segno inequivocabile di serenità e di amore). Per essere un mondo che prometteva la felicità eterna, si presentava in modo decisamente noioso. Certo, l'idea di non dover festeggiare niente era un aspetto tutt'altro che disprezzabile. Che senso ha far festa e scambiarsi regali a comando in certe date? E anche la storia delle bestie feroci non era male. Che tutti gli animali di tutte le specie potessero vivere liberi e in pace era una bella idea. Lui aveva sempre detestato i giardini zoologici, gli acquari, i canarini in gabbia, per non parlare dei negozi di animali. Insomma, qualunque fantasia è valida nel paradiso delle religioni. I musulmani sognano di essere circondati da bellissime urì, e invece questi immaginavano i leoni a spasso in mezzo alla gente. Il fatto è che nessuno vuole rassegnarsi all'idea di morire e basta. Strano modo di appartenere al mondo animale. A poco a poco, perdendosi tra questi pensieri, Francisco si addormentò.

Diversi mesi dopo, in un fine settimana di pioggia, sua figlia trovò in una pila di riviste vecchie il libro illustrato dei Testimoni di Geova. Lo sfogliò, soffermandosi sulle figure, e andò a chiedergli:

«Che fiaba è questa, papà?».

Lui se ne era completamente dimenticato.

«È una specie di fiaba di Natale».

«Di Natale? Ma non c'è la neve, non c'è l'albero e nemmeno la stella cometa...».

«Sì, è una fiaba un po' strana. Chi l'ha scritta dice che il Natale viene a ottobre».

La bambina, abituata a ricevere spiegazioni un po' troppo complicate per la sua età, preferì non fare altre domande.

«Posso disegnarci sopra con i pennarelli?».

«Sì, fai quello che vuoi. Non mi serve più».

Lei disegnò cappelli sulle figure umane, allungò le unghie delle mani come artigli, e mise occhiali da sole a leoni e tigri. Quando mostrò il risultato al suo papà, lui le disse:

«È venuto benissimo. Molto meglio di com'era prima».

E lo pensava veramente. La mente infantile di sua figlia aveva completato l'illustrazione dandole il tocco surreale di cui aveva bisogno. Si rese conto che non aveva più rivisto quella ragazza, che non ci aveva più pensato. E lei non si era più fatta viva per continuare la predicazione. Era una ragazza intelligente, doveva aver capito che lui non si sarebbe mai convertito né avrebbe mai frequentato la sua Sala del Regno. Meglio così, quella sera rimaneva un bel ricordo per entrambi. Una ragazza intelligente e dolce, rifletté. Un peccato che fosse già sposata e che aspettasse un bambino. E che fosse adepta di una religione così rigida, per di più. Chissà! Forse, se si fossero incontrati prima, sarebbe potuto nascere qualcosa tra loro, avrebbero potuto innamorarsi, magari anche sposarsi. E lui non si sarebbe ritrovato a divorziare da una donna isterica come la sua ex.

Dopo qualche mese la vide all'uscita di un supermercato. Portava una sporta della spesa e un bebè a tracolla. Di sicuro era lei. Indossava un maglione enorme e una ridicola gonna a fiori che le arrivava fino ai piedi. Il suo primo impulso fu andarle incontro per salutarla, ma poi si trattenne. A che scopo? E, soprattutto, che cosa avrebbe potuto dirle dopo averla salutata? La seguì con lo sguardo mentre si allontanava senza averlo visto. Sembrava uscita dalle illustrazioni di quel libro che aveva nella borsa, mancava solo una tigre mansueta al suo fianco. Non poté fare a meno di sorridere e bisbigliare tra sé: «Ti auguro tutta la felicità del mondo, piccola predicatrice di assurdità, che sia a ottobre o ad agosto, a marzo o a dicembre, tu sei per me lo spirito del Natale. Spero di tutto cuore che tu sia felice, per te dev'essere molto più facile che per me». Poi tornò nel suo studio e si mise a dipingere.

Indice

Questo volume è stato stampato
su carta Holmen Book Cream
della cartiera Holmen Paper AB
nel mese di novembre 2021

Stampa: Officine Grafiche soc. coop., Palermo

Legatura: LE.I.MA. s.r.l., Palermo

Promemoria

1 Alicia Giménez-Bartlett. Uomini nudi
2 Antonio Manzini. Pista nera
3 Luisa Adorno. L'ultima provincia
4 Geoffrey Holiday Hall. La fine è nota
5 Colin Dexter. L'ultima corsa per Woodstock
6 Andrea Camilleri, Gian Mauro Costa, Alicia Giménez-Bartlett, Marco Malvaldi, Antonio Manzini, Francesco Recami. Ferragosto in giallo
7 Marco Malvaldi. Odore di chiuso
8 Giuliana Saladino. Romanzo civile
9 Franco Lorenzoni. I bambini pensano grande. Cronaca di una avventura pedagogica
10 Ella Berthoud, Susan Elderkin. Curarsi con i libri. Rimedi letterari per ogni malanno